Juliette Bensch
Last minute Liebe

Juliette Bensch

Last minute Liebe

Erotischer Liebesroman

© 2011 by

édition el!es

Internet: www.elles.de

E-Mail: info@elles.de

Umschlaggestaltung und Satz: graphik.text Antje Küchler

Umschlagfoto: © LPP – Fotolia.com

ISBN 978-3-941598-22-5

Tessa sah auf die Uhr. Die Zeit schien einfach nicht zu vergehen. Das Irish Pub war leer. Es war halb zehn Uhr morgens. Wenn es danach ginge, hätte sie gar nicht kommen müssen, aber es lag nicht an ihr, das zu entscheiden.

Sie beobachtete einige Leute, die den Gang vor der Kneipe entlanggingen. Sie zogen kleine Koffertrollis hinter sich her, waren offenbar auf dem Weg zu ihrem Gate und schienen mit dem Gedanken zu spielen, sich hineinzusetzen. Dann gingen sie aber doch weiter. Es wurde hektischer, weitere Passagiere durchkreuzten den Gang, doch Tessa blieb die Arbeit verwehrt – so konnte sie sich wenigstens von ihrem anstrengenden Wochenende erholen und auf ihren Urlaub einstimmen.

Gerade als sie sich dazu entschlossen hatte, ihren Roman aus der Tasche zu holen und unauffällig unter der Theke zu lesen, kam diese Frau. Sie war groß, mit blonden Locken und schien völlig aufgelöst. Ohne Tessa anzusehen, setzte sie sich an einen der Tische in der Ecke.

Tessa verspürte sofort eine seltsame Sympathie mit der Fremden. Sie konnte ihren Blick kaum von ihr lösen. Was sie zu erkennen glaubte, waren Tränen. Die Frau stützte auf Augenbrauenhöhe ihren Kopf in ihre Hand und konnte so ein stückweit ihre Augen mit ihren Fingern verbergen.

Tessa war überrascht, eine unangenehme Verbundenheit mit der Frau zu verspüren. Sie kannte diese Situation nur allzu gut.

Wie oft hatte sie selbst in letzter Zeit geweint.

»Guten Morgen! Darf es etwas für Sie sein?«, fragte Tessa leise, als sie vor ihr stand.

Der Lockenkopf hob sich und Tessa hatte freien Blick auf feuchte blaue Augen. »Morgen«, murmelte die andere Frau, dann legte sie die Stirn kurz in Falten, als sie über ihre Bestellung nachdachte. »Einen Whisky, bitte. Einen doppelten.«

»Gern. Welchen denn?«

Die Fremde zog die Augenbrauen hoch und lächelte verlegen. »Ich weiß nicht, irgendeinen.«

»Dann würde ich Ihnen den Dalwhinnie empfehlen.«

»Wenn Sie das sagen. Dann nehme ich den, bitte.«

Tessa nickte, drehte sie sich um und ging zur Theke. Während sie das kleine Glas füllte, kam sie nicht umhin, sich zu fragen, ob die junge Frau aus demselben Grund weinte, der Tessa die letzten Nächte das Einschlafen erschwert hatte.

Als Tessa zurück zum Tisch der Frau ging, lag nun ein Papier vor ihr, auf das sie wie betäubt starrte. Erst als das Glas vor ihren Augen auftauchte, hob sie ihren Kopf und sah Tessa gedankenverloren an. Sie sah aus, als wüsste sie nicht mehr, wer sie war. Dann stellte Tessa noch etwas vor sie, und die Frau beobachtete sie genau dabei.

»Die hat mich bisher immer davor bewahrt durchzudrehen«, erklärte Tessa und zog nur einen Mundwinkel zu einem Lächeln hoch.

»Danke schön. Das ist sehr nett von Ihnen.« Die Blonde nahm das in Papier verpackte Stück Zartbitterschokolade in ihre Hände und strich nachdenklich mit ihrem Daumen darüber. »Ich werde es versuchen.« Dann brach ihre Stimme weg, und ihre Augen füllten sich aufs Neue mit Tränen. »Entschuldigung.«

Tessa nahm einige Papierservietten von ihrem kleinen Tablett und legte es ebenfalls auf den Tisch. »Zum Tränentrocknen.«

Wortlos blickte die andere zu Tessa auf. Ihre Augen schienen fast eine Ewigkeit aufeinander fixiert. Keine von beiden verzog auch nur einen einzigen Muskel.

Dann senkte die Fremde den Blick zum Papiertuch. »Danke.« Sie lächelte bitter, presste sich das Tuch an die Augen und begann zu tupfen.

Tessa stand noch immer vor ihr. Es gab keinen Grund, noch länger am Tisch zu verweilen, aber es war, als hatte sich ihr Kopf ausgeschaltet. Tessa wollte am liebsten mitweinen, als sie sie so beobachtete. Etwas in ihr wollte aber auch stark sein. Meldete sich genau in diesem Moment ihr Beschützerinstinkt gegenüber schönen Frauen? Tessa war ganz überrascht, als dieser Gedanke in ihr Form annahm. Wie konnte sie jetzt schon an andere Frauen denken?

»Soll ich mich vielleicht ein bisschen zu Ihnen setzen?«, hörte sie sich fragen.

Die andere sah Tessa wieder an, und es war unmöglich, zu erkennen, was sie von dieser Idee hielt.

»Nur wenn Sie möchten«, versicherte Tessa.

Die Blonde legte die Stirn in Falten, als hätte sie noch immer nicht ganz verstanden.

»Sie kennen das doch aus Filmen, oder?« Tessa lachte etwas unbeholfen. »Der Barkeeper hilft bei allen möglichen Problemen. Er ist nicht nur für das leibliche Wohl zuständig, sondern auch für das seelische. Ich hoffe, es macht Ihnen nichts aus, dass ich kein Mann bin. Einen männlichen Kollegen kann ich Ihnen im Moment nicht anbieten.«

Ihr Gegenüber schüttelte den Kopf. Das sollte wohl heißen, dass sie sich nicht daran störte, dass Tessa nicht dem medialen Vorbild eines männlichen Barkeepers glich. »Aber müssten wir dann nicht an der Bar sitzen?«

»Für Sie mache ich eben so etwas wie einen Hausbesuch.«

Die andere nickte, und Tessa zog den Stuhl ihr gegenüber vor, um sich darauf niederzulassen. Es fühlte sich seltsam an. So bemüht war sie sonst nie um ihre Kundschaft, wenngleich sie es immer irgendwie spannend fand, sich vorzustellen, welche Leben es waren, die sich am Flughafen kreuzten. Das war der Ort großer Emotionen, trauriger Trennungen und spannender Begegnungen. Neue Lebensabschnitte kamen zum Ende und begannen hier, und sie selbst hatte sie oft in den Gesichtern der Menschen um sie herum erahnen können. Was wohl die Geschichte der Fremden ihr gegenüber war?

»Na, erzählen Sie mal!«, bat sie, um die junge Frau endlich zum Reden zu bringen.

»Ach herrje, das ist ja ganz schön peinlich, dass ich Ihnen hier was vorheule. Sie haben doch sicher Besseres zu tun, als sich um mich zu kümmern.«

»Wie Sie sehen, sind wir ganz allein. Da kann ich mich ruhig etwas besser um Sie kümmern.« Tessa lächelte, dann fügte sie hinzu: »Okay, ich geb's zu, ich bin ganz uneigennützig. Ich will doch nur meine gute Tat für den Tag erledigen und mir positives Karma verschaffen.«

Endlich lachte die andere, wenngleich dieser Moment nicht lange anhielt.

Tessa musste unweigerlich auch lächeln. So gefiel ihr die Frau gleich viel besser. Dass sie auch hübsch war, war Tessa natürlich keineswegs entgangen, aber ein Lächeln ließ ihre Schönheit um ein Vielfaches mehr zur Geltung kommen. Vielleicht schaffte sie es ja, noch einige mehr aus ihr herauszulocken. »Also?«, forderte sie erneut. »Sie wissen doch, dass Reden die Seele befreit.«

Die Blonde wischte sich mit der flachen Hand die Tränen unter den Augen weg. »Also, ich habe einen Freund, der in London wohnt. Vielleicht wäre es aber besser zu sagen, *ich hatte*.« In diesem Moment verzog sich ihr Gesicht und Tränen eroberten wieder die soeben getrockneten Stellen.

Tessa sah sie mitfühlend an. Sie konnte sehr gut nachempfinden, wie es der Frau in diesem Moment ging. Eben war alles noch im Reinen und plötzlich gehörte der wichtigste Mensch nicht mehr zum eigenen Leben dazu. »Wie ist das denn passiert?«

Stockend brachte sie hervor: »Ich wollte ihn überraschen ... diesen Arsch. Ich hatte ein Ticket gebucht und wollte einige

Tage bei ihm verbringen. Lange konnte ich sowieso nicht, weil ich nur wenige Tage Urlaub bekommen habe. Den meisten habe ich ja schon aufgebraucht und mit ihm verbracht.« Leiser, fast zu sich selbst sprechend, fügte sie hinzu: »Meine kostbare Zeit hab ich mit ihm vergeudet.« Daraufhin trank sie den ersten kräftigen Schluck aus dem kleinen Glas.

Dieser Gedanke war Tessa allerdings fremd. Keine Sekunde, die sie mit Anne verbracht hatte, hatte sie je bereut.

»Ich wollte ihn ja wie gesagt überraschen«, schluchzte sie weiter. »Aber ich konnte mir nicht verkneifen, ihn anzurufen, um zu hören, was er heute so macht. Mein Vorwand war, ihn zu wecken.« Sie schwelgte in Erinnerungen jüngster Geschehnisse, während ihre Finger über den Rand des Glases glitten. »Sein Mitbewohner ging ans Telefon. Er sagte – ziemlich gleichgültig übrigens –, dass mein Freund nicht da sei. Er hat auch extra in sein Zimmer geschaut. Das fand ich äußerst merkwürdig. Wir telefonieren ja eigentlich jeden Abend, und er hatte nicht erwähnt, dass er eher aufstehen musste oder dergleichen. Sein dämlicher Mitbewohner wusste auch nicht einmal, ob er überhaupt in der Nacht da gewesen war.« Sie seufzte. Das waren viele Informationen auf einmal. Nun war mal wieder ein brennender Schluck aus dem kleinen Glas fällig.

Daraufhin fuhr sie fort: »Ich beschloss, ihn auf seinem Handy anzurufen.« Ihre Stimme war zu einem Piepsen geworden. Sie unterdrückte wahrscheinlich einen gewaltigen Tränenausbruch, als sie das Finale ihrer Geschichte erreichte, zu dem Tessa bereits eine gewisse Vorahnung hatte.

»Und dann?«, hakte Tessa möglichst einfühlsam nach.

»Eine Frau hat abgenommen.« Sie putzte sich abgeklärt die Nase, so als hätte sie für einen Moment wieder die Oberhand über ihre Gefühle gewonnen. »Sie hat gesagt, er wäre gerade duschen, und fragte, wer ich denn sei. Seine Freundin, hab ich gesagt. Da meinte sie doch wirklich ...« Ihre Gefühle hatten sie doch wieder überwältigt, und sie kämpfte mit ihrer Stimme bei jedem Wort, das sie herausbrachte. »Sie meinte, da würde ich mich wohl irren, denn sie sei seine Freundin. Sonst wäre er ja wohl kaum gerade bei ihr, und ich soll ihn in Ruhe lassen, blabla.« Eine gerechte Imitation der anderen Frau war ihr nur mäßig gelungen.

»Und Sie glauben ihr das?«, hakte Tessa nach.

»Wieso sollte ich ihr denn nicht glauben?«

»Einen Moment!« Tessa konnte sich das keine Sekunde länger mit ansehen, sprang auf, eilte zur Theke und griff eine Handvoll Papierservietten, die sie der Frau auf den Tisch legte. Dann setzte sie sich wieder hin und stützte ihren Kopf in die Hand.

»Danke«, schluchzte die andere, lächelte matt und schnäuzte sich zum wiederholten Male. »Tatsache ist, dass ich diesen Arsch auf keinen Fall überraschen werde.« Ihr Blick richtete sich auf den Zettel, der vor ihr lag. Tessa folgte der Richtung und erkannte einen Ausdruck vom Online-Check-in. Veronika Hagebusch stand darauf. Der Flug war ausgeschrieben von Berlin nach London.

Sosehr Tessa auch Mitgefühl für Veronika empfand, sosehr meldete sich urplötzlich auch ihr eigenes rudimentäres Fernweh. Finanziell hatte es für Anne und sie meist nur für Kurztrips innerhalb Deutschlands gereicht. Anne hatte sie dann überrascht und nicht verraten, wo die Reise hingehen sollte. Sie hatte ein Hotel an der See gebucht, und Tessa hatte erst im letzten Moment erfahren, wo sie ihren Urlaub verbringen würden. In diesen Momenten hatte sie über jeden kleinen Zwist hinwegsehen können. Es waren nur noch sie zwei, die zählten. Annes dunkle Augen, ihre muskulösen Arme ... Wie sie Tessa das Gefühl geben konnte, eine Prinzessin zu sein.

Für einen Moment verspürte Tessa den Impuls, selbst einen Schluck aus dem kleinen Glas zu nehmen. Sie fühlte sich nicht mehr wie eine Kellnerin, sondern eher wie eine Leidensgenossin. Zum Glück erkannte sie schnell, dass das Glas, das zwischen ihnen stand, bereits leer war, sodass sie der Versuchung nicht erliegen konnte.

»Wissen Sie«, begann Tessa, woraufhin Veronika interessiert

aufschaute, »ich habe selbst vor kurzem erst eine Trennung durchgemacht. Gott sei Dank habe ich ein paar sehr gute Freunde, sonst würde ich jetzt wohl gar nicht mehr wissen, wie Tageslicht überhaupt aussieht. Und wissen Sie, was meine Freunde immer gesagt haben?«

Veronika schüttelte leicht den Kopf.

»Ich soll rausgehen und was unternehmen, um mich abzulenken.« Sie machte eine Pause. »Vielleicht würde Ihnen das ja auch helfen! Kennen Sie nicht noch ein paar andere Leute in London, bei denen Sie Unterschlupf bekommen könnten, sodass Sie den Flug nicht umsonst bezahlt haben? So eine Art Kurzurlaub, um etwas anderes zu sehen?«

»Das geht doch nicht«, krächzte Veronika über neu aufkommende Tränen hinweg. »Dort würde es mir noch viel schlimmer gehen. Jede Straße würde mich an ihn erinnern. Wir haben fast unsere ganze gemeinsame Zeit in London verbracht. Ich werde ohnehin schon jede Sekunde an ihn denken, da muss ich dabei nicht noch weinend durch London laufen.«

»Sie haben recht, die Idee war nicht sonderlich gut«, gab Tessa zu, »aber vielleicht war es doch ein Missverständnis und es gibt eine gute Erklärung für diese prekäre Situation. Überlegen Sie nur, wenn er sich bei Ihnen entschuldigen und das Ganze aufklären möchte, dann können Sie das nur per Telefon machen. In diesem Fall würden Sie sich ärgern, dass Sie Ihren Flug nicht angetreten sind.«

Veronika schüttelte vehement den Kopf. »Ich glaube nicht, dass es ein Irrtum ist. Ich will mir auch keine Hoffnungen machen, die dann in arger Enttäuschung enden könnten. Ich habe zwei Freunden von ihm je eine SMS geschickt und gefragt, ob es wahr ist. Sie haben sich seit einer halben Stunde noch nicht gemeldet, und ich glaube nicht, dass es daran liegt, dass sie noch nicht wach sind. Ich gehe lieber kein Risiko ein und bleibe hier. Bevor ich meinen Fuß noch mal auf die Insel setze, muss er mir erst einmal einiges erklären.« Veronika klang bereits um einiges abgeklärter, aber Tessa wusste, dass dieser Zustand keineswegs stabil war. Sie überlegte, durch welche Frage sie das Gespräch am Laufen halten konnte, ohne dass sie Veronika wieder zum Weinen bringen würde, doch Veronika kam ihr zuvor: »Wie lange sind Sie denn schon getrennt?«

»Sechs Wochen.« Tessa hatte nicht lange überlegen müssen.

Veronika nickte. »Hat Ihr Freund sie auch betrogen?«

Tessa sah ihr verblüfft in die Augen. Sie hatte nicht erwartet, dass sich das Gespräch ihren eigenen Problemen zuwenden würde. So etwas passierte den Barkeepern im Film doch auch nie. Leider halfen ihr Filme jetzt auch so gar nicht weiter, denn sie konnte an keinen denken, der ihr einen Verhaltensvorschlag für ihre Situation als Lesbe vorgab. Sollte Tessa aufklären, dass es sich nicht um einen Freund, sondern eine Freundin handelte? Sie mochte diese Coming-out-Situationen nicht, die sich im Alltag ab und an darboten. Es war nicht so, dass sie nicht zu ihrer Frauenliebe stand, aber sie konnte auch nichts dagegen tun, dass sie jedes Mal aufs Neue unsicher wurde, wenn es darum ging, sich zu erklären. Sie hatte in derartigen Situationen keine Sicherheit, dabei liebte Tessa genau das: Sicherheit. Eine in der Art, die Anne ihr hatte vermitteln können.

»Alles in Ordnung bei Ihnen?«, erkundigte sich Veronika. »Sie sind ja in Gedanken ganz weit weg.«

Tessa blinzelte.

»Habe ich da einen wunden Punkt getroffen? Möchten Sie lieber nicht darüber sprechen?«

Tessa war erstaunt, wie schnell sich das Gespräch tatsächlich zugunsten ihrer eigenen Probleme gewandelt hatte. »Ach nein, ist schon in Ordnung«, winkte sie ab. »Es ist nur ...«, begann sie, »... ich hatte keinen Freund, sondern eine Freundin.«

Veronika legte den Kopf ein wenig schräg und ihre Stirn kaum merklich in Falten. Dann lächelte sie, sodass sich ihr ratloser Ausdruck wieder verzog. Ihr Blick senkte sich, fast so als wäre sie beschämt. »Ach so.« Sie lächelte. »Verstehe.«

»Entschuldigen Sie, ich wollte mich Ihnen jetzt nicht aufdrängen. Das gehört wirklich nicht hierher.«

Veronika sah sofort wieder auf. »Nein, nein, das ist vollkommen in Ordnung. Es ist Ihr gutes Recht, die Sache richtigzustellen. Andernfalls würden wir ja gewissermaßen falsche Tatsachen diskutieren.« Sie lächelte gutmütig. »Sie waren also mit einer Frau zusammen? Nur dass ich Sie nicht falsch verstanden habe.«

»Genau.«

»Also, wo war ich?« Veronika runzelte die Stirn, als sie zu sich selbst sprach. »Ach ja.« Sie blickte Tessa an, schien zu verharren, unsicher, ob sie die Frage formulieren sollte.

Tessa wartete geduldig ab.

»Ich hatte mich gefragt, ob Sie auch betrogen wurden«, äußerte Veronika bedacht.

Tessa lächelte schief, schüttelte daraufhin gewissenhaft den Kopf. »Zumindest nicht, dass ich wüsste«, fügte sie hinzu. »Sie hat es vorher beendet, bevor sie etwas Neues anfing. Im Nachhinein bin ich ihr dafür auch sehr dankbar. Es war so schon schwer genug. Da wäre das nun wirklich die Krönung gewesen.«

»Sie Glückliche!«

Tessa protestierte sofort: »Glücklich kann man das ja nun wirklich nicht nennen! Vorbei ist vorbei, ob nun mit Betrug oder ohne. Wehgetan hat es in jedem Fall.«

»Es hat?«, hakte Veronika nach. »Heißt das, Sie sind bereits völlig darüber hinweg?«

Tessa dachte einen kurzen Moment darüber nach. »Ganz so würde ich es nicht bezeichnen, aber immerhin muss ich mich nicht mehr in den Schlaf weinen. Trotzdem fühle ich mich manchmal so leer, wissen Sie, an freien Tagen zum Beispiel. So etwas wie Langeweile fällt dann manchmal über mich herein, die ich so einfach nicht mehr gewohnt bin, da ich sonst fast immer meine Freundin um mich herum hatte, und da war es irgendwie nie langweilig.«

»Aber Sie haben doch gesagt, Sie haben Freunde, die Sie überreden, etwas zu unternehmen.«

Tessa lachte kurz auf. »Leider sind die aber auch keine vierundzwanzig Stunden am Tag um mich herum. Was heißt leider? Vielleicht eher zum Glück, oder würden Sie gern ständig belagert werden?«

Veronika lächelte. »Gut zu wissen, dass es besser wird«, sagte sie leise.

»Ist das etwa Ihre erste Trennung?«

Veronika schüttelte prompt den Kopf. »Nein, aber ich hatte dieses Mal so ein gutes Gefühl und hab überhaupt nicht damit gerechnet. Irgendwann will man doch mal den Mann – oder eben die Frau – fürs Leben finden. Und ich dachte wirklich, es wäre so weit. Andere Trennungen taten irgendwie nie so weh.«

Tessa stützte den Kopf in ihre Hand und sinnierte über die Trennungen, die sie selbst bisher bewältigen musste, bis sie zu einer Schlussfolgerung gelangte: »Ist es nicht jedes Mal so, dass man das Gefühl hat, dass die aktuelle Trennung das höchste der Gefühle ist und dass man nie so sehr gelitten hat?«

Veronika sah interessiert auf.

»Zumindest, wenn man selbst verlassen wurde«, fuhr Tessa fort. »Man denkt jedes Mal, dass man das gar nicht verdient hat und dass es nie zuvor so schlimm gewesen ist.«

»Wollen Sie damit sagen, dass wir es vielleicht doch beide verdient haben?«

»Nein, ganz und gar nicht. Ich meine nur, dass das Leid im Moment des Leidens wesentlich größer erscheint als im Rückblick im Moment des Glücks oder zumindest der Zufriedenheit.«

Veronika runzelte die Stirn. »Sie sind ja richtig philosophisch.«

Ein Lächeln huschte über Tessas Gesicht, als sie ihre Theorie mehr und mehr bestätigt sah.

»Und was lernen wir daraus?«, hinterfragte Veronika.

»Dass wir nicht leiden dürfen. Dann erscheint das Leid nicht so groß.«

Veronika zog eine Augenbraue nach oben, nur eine, und

wirkte damit fast, als hielte sie Tessa für ein wenig verrückt. Sie öffnete den Mund, doch Tessa kam ihr zuvor: »Ja, ich weiß, Sie wollen sagen, dass das unmöglich ist. Vielleicht haben Sie ja recht. Ach, keine Ahnung«, winkte sie ab. Daraufhin schob sie die Untertasse, auf dem das Stück Schokolade lag, noch mehr in Veronikas Richtung. »Hier, probieren Sie. Vielleicht hilft es.«

Etwas lustlos ließ Veronika ihre freie Hand in Richtung der Schokolade gleiten. Mit der anderen stützte sie ihren Kopf. Sie begann, das Papier mit nur einer Hand abzuwickeln, als wäre es ein Geduldsspiel oder als würde sie länger etwas davon haben wollen. Als sie das dunkelbraune Viereck freigelegt hatte, sah sie noch einmal kurz prüfend zu Tessa, bevor sie eine Ecke abbrach und sich in den Mund steckte. Sie legte ihre Hand wieder untätig auf den Tisch, während sie die Schokolade im Mund zergehen ließ. Sie sah für ihre Verhältnisse zufrieden aus, sogar eine Spur dankbar. Das färbte auf Tessa ab, und auch sie begann, sich glücklicher zu fühlen.

»Wie heißen Sie?«, erkundigte sich Veronika.

»Teresa, aber die meisten nennen mich Tessa.«

»Veronika.«

»Ich weiß.«

Die Blonde sah sie verwundert an, sodass Tessa schmunzelnd auf das Papier deutete, das noch immer vor Veronika lag und noch immer ihren Namen trug. Veronika nickte daraufhin verstehend.

Einen Moment lang saßen sie schweigend da und sahen sich nur hin und wieder in die Augen. Tessa entging nicht die helle Tiefe von Veronikas Augen. Ihr Blick wanderte über ihre rechte Wange zu ihrem schlanken makellosen Hals. Dann rutschte sie wieder ein paar Zentimeter nach oben, um sich Veronikas Ohrläppchen anzusehen, die jedoch zum großen Teil von ihren Locken verdeckt waren. Tessa stützte den Kopf auf ihre Hand, um ihre Perspektive um einen geringen Grad zu verändern. Sie entdeckte die schlichten Ohrstecker in Veronikas Ohrläppchen. Da bewegte Veronika ihren Kopf, und Tessa erschrak. Was tat sie da? Sie konnte doch unmöglich Anne so schnell vergessen haben, sich entliebt haben? Auf der anderen Seite ... Was soll's. Es war ihr gutes Recht, andere Frauen anzusehen. Anne hatte dabei sicherlich keine Skrupel und nutzte die Vorzüge des Singledaseins gewiss aus.

Sie beobachtete, wie Veronika erneut ein Stück Schokolade abbrach und das Stück in den Mund führte. Tessa bemerkte, wie grazil ihre Finger waren. Wunderschön sahen sie aus. Ob sie sich dessen wohl bewusst war? Ob sie es ihr sagen sollte?

Tessa vergaß plötzlich, weshalb sie an diesem Ort war. Mutwillig riss sie sich aus ihrer Gefühlsduseligkeit und redete sich ein, dass Veronika hetero war. Ausgerechnet. Aber das war natürlich typisch.

»Alles in Ordnung?«

Tessa nickte.

»So ganz glücklich sehen Sie mir aber auch noch nicht aus. Sind Sie sicher, dass Sie dem Rat Ihrer Freunde immer brav gefolgt sind und etwas unternommen haben?«

Tessa wollte nicken, doch irgendwie wurde daraus fast ein Schulterzucken. Diese etwas skurrile Bewegung brachte Veronika zum Schmunzeln.

»Was sind denn Ihre Pläne in nächster Zukunft?«

»Sobald meine Kollegin da ist, habe ich zwei Wochen Urlaub.«

»Ach was!« Veronika lächelte. Sie sah so bezaubernd aus in diesem Moment. »Das ist doch schön.«

»Ja.« Da fiel Tessa noch etwas ein: »Ich darf nicht vergessen, den Rucksack mitzunehmen«, sagte sie mehr zu sich selbst als zu Veronika.

»Wie bitte?«

Tessa winkte ab. »Ach nichts. Ich hab nur im Pausenraum schon seit einiger Zeit noch einen Rucksack stehen und ich müsste ihn, jetzt vor dem Urlaub, endlich mal mit nach Hause nehmen. Da sind Sachen drin, die ich in der Wohnung meiner Ex noch hatte. Die hatte ich mir vor einer Weile mal abgeholt, bevor meine Schicht begann.«

»Ach so.« Veronika fokussierte Tessa wieder und stimmte einen fröhlicheren Ton an: »Also, fahren Sie denn weg?«

Etwas schuldbewusst schüttelte Tessa den Kopf.

»Warum denn nicht?«

»Es wäre sehr kurzfristig geworden.«

»Aber es gibt doch Last-Minute-Angebote! Hier am Flughafen müsste man doch noch am ehesten an so etwas rankommen.«

Tessa zuckte die Schultern. »Wer will schon allein in den Urlaub fahren?«

»Ach, wieso nicht? Bevor ich meinen Freund ... Exfreund kennengelernt hatte, war ich auch allein in London.«

Tessa legte den Kopf ein wenig schief. »Und das war nicht langweilig oder so?«

»Gar nicht. Sie lernen schneller neue Leute kennen, als sie denken. Die Engländer haben da keine Scheu – erst recht nicht bei hübschen Frauen. Sie dürften also wirklich kein Problem haben.« Veronika lächelte breit.

Tessas Puls beschleunigte sich. War das ein Kompliment? Tessa schluckte. Wie sollte sie bloß mit so einem Kommentar umgehen? Flirtete Veronika, oder hatte sie einfach vergessen, dass sie eine spezielle Frau vor sich sitzen hatte, die gewisse Äußerungen als zweideutig empfinden könnte?

»Sie dürften wirklich keine Schwierigkeiten haben, jemanden kennenzulernen.« Veronikas Lächeln zuckte plötzlich zusammen. »Das heißt, ich kenne mich natürlich nicht damit aus, wie es für Frauen ist, die gern Frauen kennenlernen würden.«

Tessas Puls verlangsamte sich wieder ein wenig. »Tja«, begann Tessa, »entweder sollte *frau* in spezielle Lokalitäten gehen oder sehr gute Antennen haben.«

»Antennen?« Veronika lächelte. Offenbar konnte sie sich unter dem Begriff nichts Richtiges vorstellen. »Haben Sie die denn?«

In diesem Moment bemerkte Tessa aus dem Augenwinkel ihre Kollegin. Sie ging an ihrem Tisch vorbei, musterte sie ein wenig länger als üblich und grüßte schließlich. Ohne ihren Schritt zu verlangsamen, ging sie auf den Tresen zu. Sie verschwand kurz in der kleinen Tür hinter der Bar. Als sie wieder herauskam, sah sie erneut interessiert zu Tessa, die sie ihrerseits beobachtet hatte. Sie wandte sich an Veronika: »Tja, da ist meine Ablösung. Jetzt habe ich also offiziell Urlaub. Darf es noch etwas für Sie sein?«

»Ich denke, Sie haben Urlaub?«, fragte Veronika amüsiert.

»Ja, aber ich gehe ohnehin gleich zum Tresen. Da kann ich Ihnen auch auf dem Rückweg noch etwas mitbringen.«

»Nein, danke.« Veronika lächelte. Ihre Tränen waren versiegt, und sie sah schon um ein Vielfaches heiterer aus. »Sie waren sehr nett zu mir. Hat mich gefreut, Sie kennenzulernen.«

»Die Freude ist ganz meinerseits.« Tessa zwinkerte und stand auf. Am Tresen angelangt, traf sie der fragende Blick ihrer Kollegin. Sie brauchte gar nichts zu sagen, Tessa verstand auch so, dass sie brennend interessierte, weshalb sie mit einer Kundin am Tisch saß. Den Gefallen tat Tessa ihr allerdings nicht. Die Frau war ihre Kollegin, nicht ihre Busenfreundin! »Hallo. Na, alles klar bei dir?«, sagte sie nur.

»Ja, vielen Dank, dass du eingesprungen bist. Mein Kind ist krank, und ich musste warten, bis mein Mann aus der Nachtschicht zurück war.«

Hab ich etwa nachgefragt?, dachte Tessa sarkastisch, sagte jedoch kein Wort.

»War alles okay gewesen soweit?«

»Ja, klar, war nicht viel los.«

»Kanntest du die Frau?« Ihre Kollegin deutete so unauffällig wie möglich mit dem Kopf in Richtung des Tischs, an dem Tessa bis vor kurzem noch gesessen hatte.

»Da ist wohl jemand neugierig?«

»Mensch, bist du heute mit dem falschen Bein aufgestanden?«, entgegnete Tessas Kollegin. »Tut mir ja leid, dass du wegen mir Überstunden machen musstest, aber es ging nicht anders. Und seit wann kann man mit dir nicht mehr smalltalken?«

»Entschuldige.« Tessa fuhr sich mit der Hand über die Stirn.

»Du bist wirklich reif für den Urlaub. Ich hoffe, du kommst erholter zurück. Wo geht's denn hin?«

Ach, das leidige Thema schon wieder, dachte Tessa. »Ich fahre gar nicht weg«, entgegnete sie.

»Ach so? Wieso das denn nicht?«

»Ich will mal ein bisschen sparen.«

Die andere lachte daraufhin kurz auf. »Wofür gibst du denn schon großartig Geld aus? Du hast keine Kinder, die alles Mögliche brauchen, und ein großes Haus hast du auch nicht zu versorgen. Stimmt's? Und so bescheuerte Ticks wie künstliche Fingernägel oder so etwas hast du ja Gott sei Dank auch nicht.«

Tessa spürte, wie innerlich die Wut in ihr aufstieg. War ihr Leben weniger wert, weil sie es nicht für Kinder ausgab? Nach außen hin zwang sie sich jedoch zu lächeln und antwortete: »Was nicht ist, kann ja noch werden. Geldsparen an sich ist ja nicht verkehrt.«

Tessa spürte, dass ihre Kollegin noch endlos lange weiterreden könnte. Sie bereute bereits ihre Andeutung, selbst einmal Kinder zu bekommen. Diese Aussage rief geradezu nach detaillierteren Nachfragen. Wann und mit wem würde es denn so weit sein? Nein, sie musste ihrer Kollegin zuvorkommen. »Na gut, dann wäre ja alles geklärt«, schob sie schnell hinterher. »Ich werde dann gleich verschwinden.«

»Okay«, sagte die andere, und Tessa meinte, einen Hauch von Enttäuschung in ihren Augen zu sehen.

Tessa ging schnell durch die Tür im hinteren Bereich in den Pausenraum, um ihre Sachen zu holen. Als sie wieder herauskam, war das Erste, was sie bemerkte, dass Veronika nicht mehr auf ihrem Platz saß. Sofort ließ sie ihren Blick umherschweifen, doch Tessa wurde nicht fündig. Stattdessen entdeckte sie ihre Kollegin, die sich hinter dem Tresen niedergelassen hatte und ein Romanheft las. Für einen Moment lang überlegte sie, ob sie ihre Kollegin fragen sollte, ob sie Veronika hat weggehen sehen, doch stattdessen blickte sie noch einmal zu ihrem Tisch. Es war nicht unüblich, die Bezahlung einfach am Platz liegen zu lassen, wenn man es eilig hatte. Tessa sah deutlich etwas an Veronikas Tisch liegen.

»Tschüss«, rief sie ihrer Kollegin kurzentschlossen zu, die jedoch lediglich von ihrem Romanheft aufsah.

Tessa war nicht ganz bei der Sache, als sie den Fünf-Euro-Schein in die Hand nahm, den Veronika liegen gelassen hatte. Es lagen auch noch Münzen daneben. Das Trinkgeld war großzügig. Ein bittersüßes Lächeln schlich über ihre Lippen. Gedankenverloren schob sie die Münzen umher und bemerkte, dass darunter ein Stück Papier lag. Es war der Computerausdruck, der Veronika dazu bemächtigte, das übliche Prozedere des Check-in zu umgehen. Dieser Zettel war gewissermaßen ihre Bordkarte. Tessa blickte kurz auf in die Ferne. Sie hatte sie tatsächlich dagelassen. Vielleicht würde sie das noch bereuen. Sollte Tessa vorsichtshalber den Ausdruck am Tresen hinterlegen, falls Veronika zurückkommen würde, weil sie ihre Meinung geändert hatte?

Tessa schaute noch einmal auf das Trinkgeld. Da erst fiel ihr auf, dass es gar keine Euro-Münzen waren. Tessa nahm eine in die Hand und betrachtete sie genauer. Das Profil eines Frauenkopfs war darauf geprägt. Die Königin von Großbritannien! Wahrscheinlich wollte Veronika sämtliche lästige Erinnerungen an ihre Vergangenheit, die sie in England verbracht hatte, auslöschen. Aber ihr musste doch bewusst sein, dass sie Tessa damit keinen Gefallen tat. Tessa kam ins Grübeln. Ein erneuter Blick auf das Blatt Papier vor ihr ließ sie etwas ahnen. Konnte es sein ... war es möglich, dass ...?

Hinter Tessas leichten Stirnfalten lief ein Film ab. Ihre Hand ruhte auf den Münzen und dem Papier. Die eine Seite ihres Mundes zog sich zu einem Lächeln nach oben, während sie sich in Gedanken ausmalte, wie ...

Eine Durchsage, wie sie fast im Minutentakt durch das Flughafengebäude schallten, ließ sie dieses Mal aufhorchen: »Wir bitten Passagierin Veronika Hagebusch, unverzüglich zum Gate vier zu kommen. Passagierin Veronika Hagebusch, bitte zum Gate vier.« Es folgten dieselben Informationen auf Englisch, doch die nahm Tessa schon gar nicht mehr wahr. In einer Kurzschlussreaktion riss sie das Papier an sich und kehrte die Münzen mit einer Hand in die andere, um sie in ihre Hosentasche zu stecken. Sie schaute sich nur noch einmal zum Tresen um. Ihre Kollegin saß unverändert an ihrem Platz.

Danach überschlugen sich Tessas Gedanken, und um ein Haar auch ihre Beine. Während sie in Richtung des genannten Abfluggates rannte, fingerte sie ihren Personalausweis aus ihrem Portemonnaie. Wenn sie ihn selbstbewusst entgegenstrecken würde, kämen vielleicht gar nicht erst Zweifel auf und sie würden nur schnell auf das Foto schauen. Was tat sie da nur? Das würde doch niemals klappen!

Nachdem sie ihren Ausweis von der Hülle befreit hatte, überprüfte sie mit einem flüchtigen Blick, dass sie ihre EC-Karte dabeihatte. Damit würde sie auch im Ausland Geld abheben können. Was noch? Kleidung hatte sie dabei. Die schwang im Rucksack bei ihren schnellen Schritten mit.

Tessa verlangsamte ihren Schritt, als sie einige Anzeigetafeln vor sich sah. Verschiedene Abfluggates lagen hier hintereinander. Sie fand die vier und rannte zielstrebig darauf zu. Vor der Tür, die nach draußen zum Flugzeug führte, stand eine Stewardess und sah sich ungeduldig um. Tessa rannte auf sie zu. Die Bordkarte flatterte in ihrer Hand, die britischen Münzen klapperten in ihrer Hosentasche.

Die Stewardess schien sichtlich erleichtert, als Tessa atemlos vor ihr zum Stehen kam. Sie warf einen Blick auf Ausweis und Ausdruck, von dem sie einen dafür vorgesehenen Teil abriss. Kurz darauf schickte sie Tessa schon zur Tür und sprach zu irgendwem etwas in ein Walkie Talkie.

Tessas Herz raste vom Rennen und vor Nervosität. Was drohte ihr überhaupt, wenn ihr Schwindel auffliegen sollte?

Nun, das galt es zu verhindern. Sie ermahnte sich zur Eile und durchschritt schnell die Tür, um keine Skepsis bei der Stewardess hinter sich zu wecken.

Vor ihr stand in einigen Metern Entfernung das Flugzeug, das sie nach London bringen würde. Wenn es nicht noch zu einem Malheur kam. Sie rannte den Weg bis zur Gangway, um die nahe stehende Sicherheitsbeamtin zufriedenzustellen. Tessa hatte keine Ahnung, wie viel Zeit planmäßig noch bis zum Abflug war.

Als sie die Gangway erklommen hatte, stand vor ihr erneut eine Stewardess in derselben Montur. Sie beäugte die Papiere in Tessas Hand und setzte mit Kuli einen Kringel auf die Bordkarte, wobei ihre Augen in eben derselben Sekunde bereits woanders hinsahen. Nun fing ihre eigentliche Arbeit an. Sie bedeutete Tessa den Weg zu einem der noch freien Plätze in der Mitte des Flugzeugs und kümmerte sich dann um das Schließen der Tür. Auf dem Weg zum Sitzplatz begegneten Tessa einige ungemütlich dreinschauende Augenpaare. Offenbar hatten sie auf sie warten müssen.

Eine Durchsage wurde gemacht. Tessa verstand überhaupt nichts. An dieses verzerrte Nuscheln, das durch die Sprechanlage übertragen wurde, musste sie sich erst einmal gewöhnen. Es dämmerte ihr, dass die Crew sich offenbar auf Englisch verständigte. Gut, dass das für sie kein Problem war. Fürs Abitur hatte sie Englisch und Französisch gelernt, und auch jetzt im Job brauchte sie die Fremdsprachen noch. Sie musste sich nur erst einmal darauf einstellen, dann verstand sie auch von Satz zu Satz mehr.

Nun begann die Crew, die Sicherheitshinweise zu erläutern, während das Flugzeug sich auf den Weg zur entsprechenden Startbahn machte. Tessa war so lange nicht geflogen, dass sie vorsichtshalber die Ohren spitzte. Die Vorführung beunruhigte sie ein wenig. Vielleicht war es doch keine so gute Idee gewesen, ausgerechnet an diesem Tag zu fliegen. Sie bemerkte, dass etliche der Passagiere in eine Zeitschrift oder ein Buch vertieft waren, anstatt den Hinweisen ihre volle Aufmerksamkeit zu schenken. Da war sie wohl die Einzige, die sich Sorgen machte.

Eine der Stewardessen stand direkt neben ihr im Gang, und Tessa musterte sie genau, während sie die Richtungen der Notausgänge zeigte. Eine adrette Figur hatte die Frau. Und auch das Gesicht war makellos, während sie lächelnd die Arme nach vorn streckte.

Wie kam es, dass Stewardessen immer schön waren, zumindest auf einem objektiven Mindestmaß betrachtet? Tessa kam nicht umhin, sich das zu fragen, jetzt, da ihr bewusst geworden war, dass Anne langsam immer weniger Platz in ihrem Herzen einnahm und sie die Augen für andere Schönheiten offenhielt. So hübsch die Stewardessen auch waren, Tessa fragte sich, ob sie des Bewerbungsfotos wegen eingestellt wurden. Das konnte aber wohl kein ernsthaftes Kriterium sein! Na, ihr konnte es ja letztendlich egal sein. Sie hatte nie Stewardess werden wollen.

Ein bisschen abwesend musterte sie die Füße der Frau. Sie trug Pumps, wie alle ihre Kolleginnen auch. Tessa runzelte die Stirn. Wie konnte das im Notfall kein Sicherheitsrisiko sein? Sie konnten stolpern. Das wäre bei dem engen Rock auch kein Wunder. Tessa seufzte. Wie konnten diese Airlines bloß Optik vor Sicherheit stellen?

»Schnallen Sie sich bitte an?«, wurde sie von der Stewardess auf Englisch aus ihren Gedanken gerissen.

Tessa nickte und war etwas peinlich berührt. Als sie sich anschnallte, bemerkte sie, dass sie noch immer die Papiere in der Hand hielt. Sie beugte sich nach vorn, um sie im Rucksack zwischen ihren Beinen zu verstauen, aber auch um sie vor neugierigen Blicken zu schützen. Sie blickte selbst noch einmal fasziniert darauf. Veronika Hagebusch stand auf dem einen, Teresa Winter auf dem anderen. Lächelnd schüttelte sie den Kopf. Wie hatte das nur funktionieren können?

Plötzlich blieb das Flugzeug stehen. Die Crew saß mittlerweile selbst angeschnallt auf ihren Plätzen. Die Motoren wurden lauter und lauter, und die Maschine setzte sich in Bewegung.

Sie beschleunigte rasant und drückte Tessas Kopf in die Rückenlehne. Tessa schluckte nervös. Was hatte sie sich bloß dabei gedacht?

Als die Geschwindigkeit offenbar nicht mehr zu steigern war, hoben sie ab. Einige Sekunden lang war Tessa noch nervös, doch als sie einen Moment später einen Blick zum Fenster wagte und sah, wie viel sie schon an Höhe gewonnen hatten, wurde sie ruhiger. Die Stadt unter ihnen wurde immer kleiner, und bald waren die Häuser nicht mehr einzeln auszumachen. Tessa atmete auf und setzte sich entspannter hin. Ein kleines Kichern entwich ihr. Unglaublich, sie flog nach London.

Tessa erwachte durch eine Durchsage. Sie hatte so schnell nicht mitbekommen, was gesagt worden war. Viel zu eingenommen war sie von dem Ziehen in ihrem Nacken, das sie verspürte, als sie sich wieder gerade hinsetzen wollte. Sie hatte gar nicht gemerkt, wie sie während des Fluges eingenickt war. Wie hatte sie überhaupt bei dem Motorengeräusch schlafen können?

Die Stewardessen waren dabei, mit einem Rollbehälter durch die Gänge zu gehen und Müll einzusammeln. Offenbar würden sie in Kürze landen.

Da ertönte erneut eine Durchsage. Es war der Pilot selbst, der verkündete, dass es nur noch wenige Minuten bis zur Landung seien. Sofort spähte Tessa in Richtung des Fensters. Von ihrem Platz am Gang aus konnte sie nicht viel sehen. Sie hatte gehofft, die Sehenswürdigkeiten Londons bereits von oben ausmachen zu können, doch sie konnte rein gar nichts zuordnen.

Der Pilot sprach währenddessen weiter und erklärte, dass sie in der britischen Hauptstadt von vierundzwanzig Grad und strahlendem Sonnenschein empfangen würden. Tessa lächelte. Das war wirklich das Verrückteste, was sie je getan hatte. Nie im Leben hätte sie vermutet, es zu wagen, in ein Flugzeug in ein anderes Land zu steigen, ohne vorher auch nur das Geringste geplant zu haben.

Der Pilot hatte weitergesprochen, und Tessa hörte noch, wie er die Ortszeit verkündete. Es war Mittag. Vielleicht würde sie ja gleich eine Portion Fish und Chips essen können, dachte Tessa voller Vorfreude. Doch in diesem Moment wurden ihr schlagartig auch die Nachteile ihrer waghalsigen Aktion bewusst. Sie hatte keine Bleibe, und auch der Rückflug stellte sie vor ein Problem. Ihre Vorfreude wurde augenblicklich von Sorgen getrübt. Hoffentlich würde sie einen Schlafplatz finden – einen, der auch bezahlbar war.

Bereits wenige Minuten später landeten sie sanft auf einer Landebahn des Flughafens London Stansted. Tessa musste nicht auf ihr Gepäck warten und konnte direkt in das Flughafengebäude gehen. Einen Moment lang musterte sie ihre Umgebung, um sich zu orientieren und die neuen Eindrücke auf sich wirken zu lassen. Sie atmete tief durch. Ihre ersten Atemzüge englischer Luft. Sie lächelte.

Nun war es allerdings Zeit, die etwas unangenehmeren Dinge zu erledigen. Sie brauchte unbedingt einen Rückflug und einen Schlafplatz, denn wahrscheinlich würde sie keinen Rückflug am selben Tag bekommen. Dann würde sie sich informieren müssen, wie man vom Flughafen in die Stadt kam. Plötzlich keimte die Sorge in ihr auf, dass ihre Sprachkenntnisse doch nicht ausreichend waren.

Eins nach dem anderen, dachte sie und setzte sich in Bewegung. Tessa suchte die Airline, mit der sie hergeflogen war. Während sie einige Zeit in der Schlange für den Ticketschalter anstehen musste, kam ihr eine Idee. Sollte sie fragen, ob eine Buchung für den Rückflug auf den Namen Veronika Hagebusch vorlag? Ihr Puls beschleunigte sich, als sie in Erwägung zog, erneut einen Betrug zu begehen. Das war ganz und gar nicht ihre Mentalität. Sie war weder spontan noch abenteuerlustig. Im Normalfall.

Sie war an der Reihe. Auf Englisch grüßte sie die Angestellte der Fluggesellschaft. Ihr begegnete ein erwartungsvoller Blick. *Ach, was soll schon passieren,* dachte Tessa und äußerte schließlich:

»Liegt eine Buchung nach Deutschland unter dem Namen Hagebusch vor?«

Die Dame am Schalter zog eine Augenbraue nach oben. »Ist diese Auskunft für Sie?«

Tessa zögerte. »Ja.«

»Können Sie mir bitte Ihren Ausweis zeigen?«

Tessa schluckte. Ob das wohl gutging? Mit einer geringen Hoffnung auf Glück holte sie ihren Ausweis aus der Tasche und hielt ihn der Dame hin.

Diese warf einen skeptischen Blick darauf und erkundigte sich erneut nach dem Namen. »Sie sind aber nicht diese Frau Hagebusch, oder?«, hakte sie nach.

»Ähm, nein, sie ist aber eine Freundin von mir und hatte heute leider keine Zeit, zum Flughafen zu kommen. Deswegen hat sie mich gebeten, das für sie zu erledigen.«

»Was genau zu erledigen?«

»Na ja, nachzusehen, ob eine Buchung vorliegt. Das sollte nämlich jemand anderes für sie machen, und sie weiß nicht, ob derjenige das erledigt hat«, spann sich Tessa zusammen.

»Das kann Ihre Freundin leider nur persönlich erfragen. Doch das geht auch vom Internet aus. Sie muss nicht extra zum Flughafen kommen.«

»Ja ... nun ja, sie hat aber leider kein Internet und wie gesagt keine Zeit.«

Die Dame schüttelte bedauernd den Kopf. »Wenn etwas auf ihren Namen gebucht wurde, kann sie die Informationen nur persönlich einsehen. Auf diese Weise schützen wir die Daten unserer Kunden.«

»Hm, na ja ...« Tessa dachte nach. Sie wollte nicht unglaubwürdig wirken, doch sie brauchte auch diesen Flug, also improvisierte sie weiter: »Wissen Sie, es ist auch so, dass meine Freundin, Frau Hagebusch, leider auch gar keine Zeit hat, den Flug wahrzunehmen. Daher wollte sie ihn mir schenken.«

Sie wurde von der Dame am Schalter unterbrochen, die langsam die Geduld zu verlieren schien: »Wenn eine Buchung auf ihren Namen vorliegt, darf natürlich auch nur sie selbst fliegen.«

»Natürlich. In Ordnung. Dann würde ich gern eine Buchung auf meinen Namen machen.«

Die Dame zog die Augenbrauen nach oben. Offenbar hatte sie erwartet, dass Tessa nach dieser Auskunft wieder verschwinden würde. »Für wann denn?«

»So innerhalb der nächsten zwei Wochen?«

Tessa bekam einen Flug in genau einer Woche, am kommenden Montag. Das war genug Zeit, die Stadt zu sehen, und ihre Ersparnisse würden hoffentlich auch reichen.

Als Nächstes begab sie sich zu einem Schalter, der Auskünfte über Hotels und Unterkünfte verteilte. Sie ließ sich die Adressen einiger Jugendherbergen geben und ging zum Zug, der sie ins Stadtzentrum brachte.

Tessa schob die Karte, die so groß war wie eine EC-Karte, in die Vorrichtung am Türschloss. Das rote Lämpchen blinkte, und die Tür sprang leise auf. Der Raum war dunkel, die Vorhänge waren zugezogen. Tessa betätigte den Lichtschalter und erleuchtete damit den Raum. Fünf Doppelstockbetten aus Metallgestellen tauchten vor ihr auf, alle mit der gleichen einfachen weißen Bettwäsche bezogen. Tessa seufzte. Sie hatte ja absichtlich eine preisgünstige Jugendherberge ausgesucht, um ihre Ersparnisse zu schonen und ruhigen Gewissens etwas in London unternehmen zu können. Aber dass ein Zehnbettzimmer so eng aussah, überraschte sie dann doch ein wenig. Mit Anne hätte sie nie in so einem großen Raum übernachtet. Es gab keinerlei Privatsphäre. Das hätte Anne nicht zugelassen. Sie hätte lieber mehr investiert, damit sie ihre Ruhe hatten. Was soll's, dachte Tessa, sie würde es schon überleben.

Sie schaute sich etwas genauer um und war erleichtert, dass ihre Privatsphäre wenigstens nicht bis aufs Äußerste strapaziert werden würde. Es waren offensichtlich nur zwei andere Betten belegt, auf denen Sachen lagen. Tessa warf einen Blick auf den

Zettel, den man ihr an der Rezeption gegeben hatte. Ihr war das Bett Nummer fünf zugeteilt worden. Sie sah sich um und entdeckte die Nummern an den Betten. Sie würde oben schlafen, gleich neben dem anderen bereits belegten Doppelstockbett.

Tessa wusste nicht genau, wie sie den Rest des Tages verbringen würde. Es gab so viel zu sehen, aber sie hatte keine Ahnung, wo sie anfangen sollte. Sie würde erst einmal ankommen, sich etwas ausruhen und dabei die Matratze testen.

Tessa ging die paar Schritte in Richtung der Leiter zu ihrem Bett. Irgendetwas am Rucksack, der auf dem unteren Bett neben ihrem lag, erregte ihre Aufmerksamkeit. Sie sah genauer hin und machte einen Anstecker aus. Es war ein runder Button, der die Farben des Regenbogens zeigte. Tessa legte den Kopf schräg. Ob die Besitzerin dieses Rucksacks lesbisch war? Bedeutete der Regenbogen in England wohl dasselbe wie in Deutschland? Dass es eine Frau sein musste, war Tessa klar, denn es gab in diesem Hostel gar keine gemischtgeschlechtliche Zimmerbelegung.

Gerade wollte sie ihren Blick abwenden, als die Tür geöffnet wurde. Tessa drehte sich beschämt um und machte sich daran, die Leiter zu ihrem Bett zu erklimmen. Eine Person durchschritt den Raum. Tessa konnte nicht anders. Sie drehte ihren Kopf, während sie noch auf der Leiter stand, in Richtung der Frau, die gerade hereingekommen war. Sie hatte einen blonden Kurzhaarschnitt und funkelte Tessa aggressiv aus dem Augenwinkel an, sodass Tessa das Herz fast stehenblieb. »Hi«, rang sich Tessa noch ab. Ein bisschen Höflichkeit konnte sie dieser Fremden wohl noch entgegenbringen, egal, wie sie sie angesehen hatte.

Die andere brummte nur, ohne richtig zu antworten. Dann ließ sie sich auf dem unteren Bett nieder. Tessa erklomm den restlichen Anstieg und tat es ihr gleich. Sie ließ die Beine vom Rand des Bettes über das Gitter hinunterbaumeln, während sie ihre Wasserflasche aus dem Rucksack holte und etwas trank. Auch die andere war mit ihrem Rucksack beschäftigt. Immer wieder schickte sie skeptische Blicke in Tessas Richtung. Sie wirkte, als hätte sie die Vermutung, bestohlen worden zu sein, und würde nun überprüfen, ob noch alles da war.

Tessa versuchte, das Eis mit einem zaghaften Lächeln zu brechen, als sich ihre Blicke erneut trafen. Die andere jedoch ignorierte diesen Annäherungsversuch. Tessa schätzte sie auf siebzehn. Sie war ohnehin zu jung für sie, und ihre eher feindliche Ausstrahlung reizte sie auch nicht gerade. Tessas einziges Ziel bestand auch lediglich darin, jemanden zu finden, mit dem sie im Laufe der Woche wenigstens ein paar Worte wechseln konnte, damit sie sich nicht allzu einsam fühlte. Es wäre natürlich auch nicht schlecht, ein paar Tipps zu erhalten, was sie sich an Sehenswürdigkeiten ansehen sollte.

Tessa war in Gedanken versunken, doch ihr Blick haftete noch auf dem Rucksack der Fremden, die ihre Suchaktion langsam zu beenden schien. Die andere bemerkte Tessas Blick und folgte ihm. Dann sahen sie beide auf ihren Regenbogenanstecker.

Die Blonde beäugte Tessa daraufhin skeptisch. »Was glotzt du so?« Verlegen schlug Tessa die Lider herunter. »Hast du irgendein Problem?«, hörte sie die andere fragen und schüttelte prompt den Kopf. »Hiermit, meine ich«, fügte die Blonde hinzu und tippte mit ihrem Finger auf den Button.

Tessa schaute erneut hin. Plötzlich schwenkte ihre Stimmung um und sie musste sich das Lachen verkneifen. Die andere wirkte kaum noch bedrohlich auf sie, nun, da Tessa verstanden hatte, dass die Aggressionen nur auf einer unbestimmten Angst gegen Homophobie beruhten.

»Was amüsiert dich denn so?« Ihre Stimme klang immer noch feindselig.

»Ach, nichts«, winkte Tessa ab. »Mach dir keine Sorgen. Ich tu dir nichts, ich bin selbst lesbisch.« Dann lächelte sie die andere offen an.

Der Ausdruck der Blonden verschwand aus ihrem Gesicht, wurde aber nicht durch Freundlichkeit ersetzt.

In diesem Moment öffnete sich erneut die Tür und eine schlanke Schönheit mit langen schwarzen Haaren betrat den Raum. Sie war etwa im selben Alter wie ihre Vorgängerin. Interessiert sah sie zu Tessa hinauf.

»Hi«, sagte Tessa wieder.

»Hi«, lautete die Antwort in Kombination mit einem zurückhaltenden Lächeln. Dann wandte sie sich an die Blonde: »Also, was machen wir heute noch?«

Die Blonde zuckte die Schultern, schaute aber weiterhin Tessa an – mit wachsendem Interesse, wie sie fand. Daraufhin sah auch die Schwarzhaarige noch einmal zu Tessa hinauf.

»Ist sie deine ...?«, deutete Tessa an die Blonde gewandt an.

»Wir sind nur Freunde – sehr gute Freunde.«

Die Schwarzhaarige schien überfordert. Hilflos blickte sie von der einen zur anderen.

»Ich bin Teresa«, stellte Tessa sich vor. »Ihr könnt mich aber auch Tessa nennen.«

»Karen«, sagte die Blonde.

»Chloe«, ergänzte die Schwarzhaarige nach kurzem Zögern.

Tessa lächelte erneut, und dieses Mal stimmten beide mit ein. »Die Kleine ist neu auf unserem Zimmer. Wir haben uns ein bisschen unterhalten, als ich auf dich gewartet habe«, erklärte Karen ihrer Freundin.

Tessa musterte Chloe genauer. Sie wirkte völlig anders als Karen – graziler, femininer, und sowieso war der erste Eindruck auf Tessa weniger aggressiv gewesen. Chloe war wahrlich eine Augenweide. Wache dunkle Augen schielten ab und an zu Tessa, ein perfekt geschnittener Mund zuckte hin und wieder, so als wolle er eine Frage aus ihrem Kopf formulieren.

»Sie spielt in unserem Team«, verkündete Karen, und ein sympathisches Grinsen schlich sich auf ihre Züge.

Mit erstaunt hochgezogenen Augenbrauen schaute Chloe zu Tessa hinauf. »Wirklich?«, fragte sie, ohne eine Antwort zu erwarten. »Wieso hast du das nicht gleich gesagt?«

Tessa amüsierte sich köstlich. Ihr entging nicht, dass Chloe sie plötzlich mit einer anderen Art von Aufmerksamkeit ansah. Nach Karens Kommentar musste sie Tessa wohl einer Musterung unter ganz anderen Gesichtspunkten unterziehen. »Freut mich«, fügte sie hinzu, und es klang, als wäre sie zufrieden mit dem, was sie sah. Tessas Herz vollführte einen kleinen Sprung. Natürlich dürfte auch Chloe zu jung für sie sein, aber dass sie als Sechsundzwanzigjährige und damit schon fast altes Eisen der Prüfung durch einen Jungspund standhielt, erfreute sie doch über alle Maßen.

»Also, was treibst du hier so?«, fragte Chloe.

»Urlaub.«

»Allein?«

»Hoho, Chloe«, kicherte Karen.

Tessa konnte sich das Grinsen nicht verkneifen. »Ja, wieso?«

»Ach, nur so.« Chloe ließ sich nicht aus der Ruhe bringen und grinste frech. »Und, was hast du für Pläne?«

»Keine Ahnung. Sightseeing.«

»Ja, schon klar, aber was genau?«, hakte Chloe nach.

»Das weiß ich leider noch nicht genau.«

»Na, ist wohl nicht alles so durchorganisiert bei dir, oder?«

»Sagt das Mädchen, das vergessen hat, das Hostel zu buchen«, witzelte Karen.

Chloe hob den Zeigefinger in ihre Richtung. »Ich bin ja noch jung, meine Liebe. Da ist es ja geradezu vorgeschrieben, dass man ungeplante Sachen unternimmt. Aber ...« Sie stockte, als sie wieder zu Tessa sah, die aufgesetzt hüstelte. »Jung?«, fragte sie nach. »Ihr müsst mich ja für eine alte Schachtel halten.«

»So meinte ich das natürlich nicht«, entgegnete Chloe, die sich jedoch ein Lachen kaum verkneifen konnte.

»Schon okay. Dafür könnt ihr zwei der Oma helfen.«

Karen und Chloe richteten zeitgleich ihren Blick – eine Kombination aus Überraschung und Schock – auf Tessa.

»O Gott«, kicherte Tessa. »Was denkt ihr von mir? Ihr sollt mir Sightseeingtipps geben. Was denn sonst?«

Die anderen beiden sahen sich vielsagend an und schmunzelten. »Wenn das so ist«, sagte Karen und begann mit den Fingern abzuzählen, während sie auflistete: »Tower, London Eye, Westminster Abbey, St. Paul's Cathedral, das Aquarium, Madame Tussaud's, die Oxford Street, das V & A Museum, das Naturkundemuseum ...« Sie tippte mit dem Zeigefinger den fehlenden kleinen Finger der anderen Hand an, während sie weiter nachdachte.

»Das kann ich mir jetzt sowieso nicht alles merken. Ich sollte mir das mal aufschreiben.« Tessa begann, nach Schreibutensilien in ihrer Tasche zu kramen.

»Warte mal, soll das dein Ernst sein?« Chloe sah Karen mit gerunzelter Stirn an.

»Wieso, habe ich was Wichtiges vergessen?«

Chloe lächelte überlegen. »Ja.«

Karen sah sie erwartungsvoll an, bis auch Tessa beim Suchen innehielt und stattdessen gespannt zu Chloe blickte.

»Die Candybar.«

Tessa steckte ihr U-Bahn-Ticket in den Schlitz. Die schmalen Türen klappten auf und entließen sie damit aus dem untergründigen Verkehrsnetz mit den vielen Treppen und Rolltreppen. Die U-Bahn-Station Tottenham Court Road war hektisch wie fast alles in London. Tessa vergewisserte sich, dass sie auf den richtigen Ausgang zusteuerte. Als sie draußen angekommen war, entdeckte sie schließlich Chloe und Karen, die in ein Gespräch miteinander vertieft waren. »Hey«, begrüßte Tessa sie, als sie dicht bei ihnen stehenblieb.

»Oh, hab dich gar nicht kommen sehen. Na, wie war dein Nachmittag?«

»Super.«

»Na, nun lass dir nicht jedes Wort aus der Nase ziehen. Warst du im London Eye?«, fragte Karen.

»Entschuldige, ich bin nur so überwältigt. Es ist echt super, die Gebäude, die ich nur aus Prospekten und dem Fernsehen kenne, wirklich mal live zu sehen. Also, nein, im London Eye selbst war ich nicht. Ich bin aber daran vorbeigegangen. Aber davor war ich am Big Ben, und Westminster habe ich im Vorbeigehen gesehen.«

»Darauf hast du sowieso von der anderen Seite des Flusses den besten Blick«, riet Karen.

Tessa setzte gerade an, mit ihrer Erzählung fortzufahren, aber Chloe kam ihr zuvor: »Ich sehe schon, du bist mitteilungsbedürftig. Wollen wir vorher noch was essen gehen? Die Candybar hat noch bis neun Uhr kostenlosen Eintritt. Wir haben also keine Eile.«

»Okay. Worauf habt ihr Lust?«

»Pizza. Ist schon beschlossene Sache«, kam es von Chloe wie aus der Pistole geschossen.

»Aha, dir macht's wohl Spaß, die Führung zu übernehmen, oder?« Tessas Blick begegnete Chloes dunklen Augen, die ihr amüsiertes Lächeln widerspiegelten.

»Na los, Leute«, unterbrach Karen die Szene, »dann lasst uns schon mal zum Pizza-Express gehen, während du weitererzählst.«

»Ja, genau.« Tessa löste sich von Chloes Anblick. »Wo war ich?«

»Auf der Westminster Bridge«, gab Karen Auskunft.

»Ach ja. Genau. Mädels, wie lange bleibt ihr denn noch? Können wir irgendwann noch mal gemeinsam hingehen? Dann könnt ihr ein Foto von mir mit dem Big Ben im Hintergrund machen.«

»Uh, Tourikram«, quietschte Chloe vergnügt.

»Kein Problem«, sagte Karen schlicht. »Wir sind ja noch ein paar Tage hier.«

»Also weiter«, säuselte Chloe.

»Genau, ich bin also über die Brücke«, überlegte Tessa laut, »und dann war ja auf der anderen Seite das London Eye.«

»So, da wären wir.« Karen öffnete die Tür zum Pizza-Express. »Ladies«, bat sie.

Chloe deutete einen Knicks an und ging voran. Karens Blick

folgte ihr. Als Tessa nicht an ihr vorbeiging, sah sie zurück und bemerkte, dass sie sie aufmerksam ansah. Sie zog die Augenbrauen nach oben, als wollte sie sagen: »Schwer, nicht hinterherzuschauen, nicht?«

Als sie das Restaurant betreten hatten, hatte Chloe bereits einen noch freien Tisch ausfindig gemacht. »Also, wieso bist du nicht mitgefahren?«, verlangte sie zu wissen, als sie sich auf die Ledersitzbank fallenließ. Tessa war gerade ihr kurzer Rock aufgefallen. Sie blinzelte nervös und setzte sich selbst auf einen der Stühle. »Ich weiß nicht. Die Schlange war so lang, und allein macht es doch keinen Spaß.«

»Das stimmt. Allein macht es keinen Spaß«, wiederholte Chloe mit einem frivolen Unterton.

Karen räusperte sich. »Ach, aber für den Preis kannst du auch echt drauf verzichten. Man steht ewig an und fährt dann nur ein paar Minuten für massig viel Geld. Bei den englischen Verhältnissen hast du dann in der Regel noch das Glück, dass es genau dann zu regnen beginnt, wenn die Fahrt losgeht.«

»Super, dann brauche ich mich ja nicht zu ärgern, dass ich's nicht getan habe.«

»Ich sag ja, Hauptsache, du hast die Candybar gesehen und ein bisschen Spaß gehabt. Die Touristendinger kannst du dir auch auf einer Postkarte angucken. Anders ist das auch nicht«, tat Chloe kund.

»Hey, jetzt bevormunde sie doch nicht. Sie wird doch wohl selbst entscheiden können, was sie sich ansehen möchte. Sie ist bestimmt nicht nur hergekommen, um Frauen anzugucken. Aus dem Alter ist man doch auch irgendwann raus, oder Tessa?«

Tessa blickte von der Speisekarte auf. Die anderen beiden musterten sie interessiert. »Jetzt bohrt doch nicht immer so auf meinem Alter rum. Wenn ich zurückfahre, werde ich mich am Ende noch zehn Jahre älter fühlen.«

»Siehst du«, konterte Chloe. »Frauen sind immer spannend. Wäre ja auch schlimm, wenn das anders wäre.« Sie schmunzelte und vergrub sich ansatzweise hinter der Karte. »Außerdem, wer sagt denn hier, dass es nur aufs Angucken ankommt?«

»Also, Chloe, echt. Was soll denn Teresa für einen Eindruck von uns gewinnen?«

»Hm, ich glaub, ich nehme die Diavolo«, entgegnete sie statt einer Antwort.

»Es ist doch echt immer so. Jetzt müssen wir uns doch wieder beeilen, dass wir noch pünktlich da sind, bevor wir Eintritt bezahlen müssen.«

»Karen, wir haben alle Zeit der Welt. Außerdem kann ich nicht ganz so schnell.« Chloes Schuhe waren schwindelerregend hoch. »Warte doch mal.«

Karen kam ihrer Bitte nach, und Chloe nutzte die Gelegenheit, sich bei ihr unterzuhaken. Sie sah sich nach Tessa hinter ihr um. »Komm schon her. Du gehörst auf die andere Seite.«

»So breit ist der Fußweg gar nicht«, gab Tessa zu bedenken.

»Dann müssen die anderen halt auf der Straße laufen.« Sie klammerte sich geradezu an Tessas Arm, als diese ihr ihn anbot.

»Ist dir kalt?«, erkundigte Tessa sich mit einem Blick auf ihre Beine.

»Blödsinn.«

Tessa traf Karens Blick, die wohlweislich nickte.

»Super.« Chloe tätschelte beide Arme an ihren Seiten gleichzeitig. »Das ist so angenehm. Besser als nur zu zweit.«

»Gut, dass dir nicht kalt ist«, neckte Karen.

Chloe und damit auch die beiden anderen blieben stehen, als sie an der entsprechenden Adresse angekommen waren. »Na, dann los, Mädels.«

Sie hatten es noch rechtzeitig geschafft und bekamen am Eingang einen Stempel auf die Hand gedrückt. Als Tessa eintrat, fiel ihr als Erstes auf, dass der gesamte Raum rosa gestrichen war. Der Länge nach erstreckte sich eine Bar. Das schien es bereits gewesen zu sein. Der Club war kleiner als das, was ihr aus Berlin bekannt war. Sie bestellten sich Getränke und belegten einen Stehtisch.

Chloe ließ ihren Blick durch den Raum schweifen. »Und, sehen die Frauen in Deutschland auch so aus?«

Da erst sah auch Tessa sich genauer um. »Ich denke schon«, schätzte sie ein.

»Was hast du denn erwartet?«, fragte Karen. »Frauen sind nun mal Frauen. Wie sollen sie denn sonst aussehen?«

»Na, du machst es dir ja leicht. Es reicht ja schon, wenn du dich mal etwas genauer mit mir vergleichst.«

Irritiert wanderte Karens Blick an Chloe auf und ab.

»Ich finde einfach, dass die Mehrzahl der Frauen kurzhaarig ist. Die sehen eben richtig lesbisch aus.«

»Wie bitte?«, warf Karen mehr aus Überraschung ein.

»Mensch, jetzt stell dich doch nicht dumm an. Du weißt doch, was ich meine.«

»Also, ich weiß, was du meinst«, bestätigte Tessa.

»Siehst du.« Chloe zeigte auf Tessa. »Eine Frau, die auch mal über ihre Umwelt reflektiert.«

Karen verdrehte die Augen. »Als ob ich . . .«

»Was ich meine, ist«, unterbrach Chloe sie, »wieso müssen wir heutzutage noch mit unserem Aussehen zeigen, dass wir lesbisch sind? Es gibt genügend Orte, an denen es selbstredend ist, welche Einstellung du als Frau besitzt. Außerdem lernen sich die meisten Lesben ohnehin nur noch über das Internet kennen.«

»Chloe, nicht jeder will wie ein Modepüppchen rumlaufen.«

»Ich sag doch gar nicht, dass du nicht stylisch aussiehst, aber eben nicht so richtig weiblich.«

»Und du stehst auf feminine Frauen, oder wie?«, fragte Tessa nach.

Chloe legte den Kopf schräg. »Ach, so genau würde ich mich da gar nicht festlegen. Es ist mir eben nur aufgefallen.«

»Du willst dich nicht festlegen? Du musst doch einen Typ Frau haben, auf den du stehst.«

Chloe stützte sich mit dem Ellenbogen auf dem Stehtisch auf und beugte sich Tessa ein wenig entgegen. »Muss ich das? Ich denke, ich werde schon rechtzeitig merken, wenn eine Frau vor mir steht, die mich interessiert.«

»Denk dran, wir haben ein Zehnbettzimmer«, warf Karen sarkastisch ein.

»Hat dich das je abgehalten?«, entgegnete Chloe, ohne ihren Blick von Tessa abzuwenden.

»Denkst du, ich rede von mir?«

Chloe ignorierte die Frage und wandte sich an Tessa: »Und, wie gefällt dir die Candybar?«

»Ist ziemlich pink.« Tessa sah sich noch einmal grob um. »Und kleiner, als ich erwartet hätte.«

»Oh.« Chloe drehte sich um und deutete auf eine Treppe, die nach unten führte. »Dort unten ist noch mehr Platz, aber sie öffnen den Bereich erst ab einer bestimmten Uhrzeit. Da kann man dann auch tanzen. Und wenn du nach oben gehst«, sie deutete auf den anderen Teil der Wendeltreppe, der nicht mit einer Kette abgesperrt war, »findest du einen Billardtisch.«

»Dreimal darfst du raten, welche Farbe der hat«, fügte Karen hinzu.

»Oh, wow«, lachte Tessa bei der Vorstellung von einem rosa Billardtisch.

»Der ist aber eh fast immer belegt«, sagte Chloe resignierend.

»Spielst du denn gern Billard?«, fragte Karen.

Ein genervter Blick traf sie von der Seite. »Ich hab doch eben gesagt, dass er fast immer belegt ist.«

Gereizt konterte Karen: »Du brauchst sie doch gar nicht mit Billard vollquatschen, wenn sie das ohnehin nicht gern macht.«

Gerade wollte Chloe etwas entgegnen, da mischte Tessa sich ein: »Mädels, beruhigt euch. Ist doch alles in Ordnung. Ja, ich spiele gern Billard. Wenn ihr wollt, können wir ja irgendwann in den nächsten Tagen mal spielen gehen. Muss ja nicht hier sein, wenn hier immer so viel los ist.«

»Ja, klar, warum nicht? Hört sich super an.« Chloe klang sofort wieder um ein Vielfaches fröhlicher.

Karen nahm einen Schluck aus ihrem Glas. Auch sie hatte sich beruhigt, sah aber bei Weitem nicht so fröhlich aus wie Chloe.

»So, na dann erzähl mal«, verlangte diese. »Hast du eine Freundin?«

Tessa lächelte und trank einen Schluck. »Nein«, sagte sie dann schlicht.

»Wisst ihr was, Mädels?«, warf Karen ein. »Ich werd' mal hochgehen und schauen, ob ich irgendwo mitspielen kann. Ich hab jetzt richtig Lust auf Billard bekommen.«

»Sollen wir mitkommen?«, fragte Tessa.

»Nein, keine Sorge. Ich bin schon alt genug, um allein zu laufen. Unterhaltet ihr euch mal schön. Wir sehen uns nachher.«

Sie nahm ihr Glas und verschwand die Treppe nach oben.

»Hat sie irgendwas?«, fragte Tessa, als Karen außer Hörweite war.

»Nein. Wahrscheinlich will sie mal gucken, ob oben hübsche Mädels sind.« Chloe zwinkerte. »Vielleicht wollte sie uns auch etwas Privatsphäre gönnen«, fügte sie so leise hinzu, dass Tessa es mehr erahnte als verstand. Sie führte ihre Lippen kokett zum Glasrand und ließ den Blick nicht von Tessa.

»Sag mal, trägst du künstliche Wimpern?«

Chloe kicherte. »Das bleibt mein Geheimnis. Wieso, magst du schöne Augen?«

»Wer mag keine schönen Augen?«

Chloe kam noch ein Stück näher. »Was magst du denn noch so?«

Tessa räusperte sich künstlich. »Ähm, meinst du nicht, dass ich doch ein bisschen zu alt für dich bin?«

»Süße, entspann dich mal! Wir unterhalten uns doch nur.« Alles in ihrer Stimme wirkte aufgesetzt.

»Ich bin gar nicht auf der Suche nach irgendetwas. Ich bin erst seit ein paar Wochen getrennt.«

»Wie? Und da suchst du nicht?«

Tessa lächelte ungewollt etwas altklug. »Mir scheint, als wären Affären und Beziehungen in eurem Alter etwas kürzer und schnelllebiger, aber ich war ziemlich lange mit dieser Frau zusammen, und da kann man sich ruhig etwas Zeit zum Verarbeiten nehmen und muss sich nicht gleich ins nächste Abendteuer stürzen.«

»Jeder verarbeitet bestimmte Erfahrungen unterschiedlich.«

»Ich werde den Eindruck nicht los, dass du etwas von mir willst.«

»Ja, nämlich dass du einen schönen Urlaub hast.«

»Ja, danke auch für die Sightseeingtipps. Ich werde euch wohl noch ein paarmal nach diversen U-Bahn-Verbindungen und dergleichen fragen.«

»Kein Problem.« Chloe ließ sich nicht aus der Ruhe bringen und kokettierte weiter, auch wenn Tessa kaum darauf einging. »Du wirst die schönsten Erinnerungen aus London mitnehmen.«

Karen steckte so leise wie möglich die Karte ins Türschloss zu ihrem Zimmer. Die Tür sprang auf und die drei schlichen in den dunklen Raum, der nur ein wenig durch den Türspalt mit Flurlicht beleuchtet wurde. »Moment«, flüsterte Chloe und holte ihr Handy heraus. Sie drückte auf eine Taste, so dass das Display aufleuchtete. Dann schritt sie leise die Doppelstockbetten ab und hielt das Handy so, dass der Lichtschein die Betten und den Bereich davor traf. Als sie fertig war, verkündete sie mit etwas lauterer Stimme: »Gute Nachrichten, Mädels. Wir haben das Zimmer für uns allein.«

Karen atmete laut aus. »Super. Ich hasse das, wenn ich immer so aufpassen muss, niemanden zu wecken.«

»Na, dann ab ins Bett«, kündigte Tessa an und kletterte die Leiter zu ihrem Bett hinauf. Gleich darauf schlug sie die Bettdecke über ihren Körper.

»Ich geh noch mal ins Bad«, erklärte Karen an und verließ den Raum.

»Ist das dein Ernst?«, wandte sich Chloe an Tessa. Sie kletterte die Leiter so weit hinauf, bis ihr Gesicht genau vor Tessas war. Ihre Augen hatten sich an die Dunkelheit gewöhnt, so dass sie die Konturen ihrer Gesichter wahrnehmen konnten.

»Was denn?«, raunte Tessa.

»Du willst doch wohl nicht schon schlafen gehen?«

»Der Tag war doch wohl lang genug.«

»So müde sahst du noch gar nicht aus.« Chloe kletterte die Leiter bis ganz hinauf. Aus Platzmangel setzte sie sich rittlings auf Tessas Bauch.

»Was machst du denn?«

»Gar nichts, Sweetheart«, flötete Chloe und beugte sich nach vorn. Ohne Vorwarnung trafen ihre Lippen auf Tessas.

Abrupt wirkte Tessa dem entgegen und stemmte ihre Hände gegen Chloes Schultern. Vor Überraschung blieb ihr der Atem weg. Mühsam stotterte sie: »Ich will dir wirklich keine falschen Hoffnungen machen.«

»Tust du nicht. Ist schon okay. Entspann dich.« Chloe beugte sich wieder nach vorn, aber Tessa hielt sie auf.

»Moment mal, du kannst doch nicht ... Ich meine, was ist denn mit Karen?«

»Wir sind gute Freundinnen. Das weißt du doch.«

»Ja, aber ich meine, sie schläft ja auch noch in diesem Raum.«

In diesem Moment drang der Lichtschein aus dem Flur in den Raum.

»Hattest du noch nie einen Dreier?«, raunte Chloe. Tessa war sich ziemlich sicher, dass Karen jedes Wort verstanden haben musste. Sie hörte Karens leise Schritte in ihre Richtung. »Hm?«, erinnerte Chloe sie an ihre ausstehende Antwort.

»Ehrlich gesagt, nein.«

»Wow, dann wird's doch mal Zeit, oder?« Tessa konnte Chloes Grinsen trotz der Dunkelheit sehen. »Ich hätte ja nicht gedacht, dass du von uns sogar noch was lernen kannst.«

Tessa sah zur Seite und fand Karen vor ihrem Bett stehend. Ihr Gesicht war völlig entspannt. Da spürte Tessa Küsse auf ihrer Wange, die zu ihrem Ohr wanderten. »Ich ...«

»Ja?«, hauchte Chloe.

»Ich weiß nicht.«

Chloe unterbrach die Küsse und beugte sich weiter nach vorn in Richtung der Leiter. Sie streckte ihren Arm aus und legte ihre Hand auf Karens Wange. Unweigerlich trat Karen näher an das Bett und stieg schließlich auf die unterste Stufe. Sie war dicht genug, so dass Chloe sie ebenfalls küssen konnte.

Ein Seufzen, das ein wenig erleichtert klang, drang aus Karens Kehle.

Tessa hatte Gelegenheit, die Szene als Außenstehende zu betrachten, wobei sie doch mitten im Geschehen war. Sie spürte den leichten Druck von Chloes Oberkörper auf ihrem, erahnte ihre Rundungen. Plötzlich wurde ihr warm unter der Decke.

Chloe hielt inne, wandte sich wieder Tessa zu und flüsterte: »Siehst du, ihr bekommt beide etwas ab. Ich habe genug Liebe für euch zwei.« Daraufhin legte sie ihren Mund wieder auf Karens.

Tessa spürte gleichzeitig, wie Chloes Hand nach ihrer griff. Sie hob sie an und führte sie an ihre Hüfte. Die leichte Berührung ließ nicht nach und wurde kurz darauf wieder zu einer Steuerung. Chloe schob Tessas Hand über ihren Po, bis dorthin, wo ihr Rock zu Ende war. Dann ließ sie los. Tessa wurde immer wärmer. Instinktiv bewegte sie ihre Hand unter Chloes Rock über ihren Po, fuhr den Saum ihres Slips entlang. Sie hörte Chloes und Karens Atem dicht an ihrem Ohr.

Sie lösten ihre Lippen voneinander, und Karen kam die fehlenden Stufen der Leiter nach oben. »Macht mal ein bisschen Platz.« Ihre Stimme klang rau, als sie das sagte.

»Hält das Bett uns drei überhaupt aus?«, warf Tessa nervös ein.

»Mach dir keine Sorgen. Die sind stabil«, entgegnete Chloe, die mit ihrer Hand einen Eingang unter Tessas Decke suchte. »Sag mal, ist dir nicht warm?«

»Hm«, murmelte Tessa nur. Karen hatte sich derweil nach oben neben sie gekämpft. Sie berührte Chloe zögerlich an der Taille. Chloe lächelte und warf genüsslich ihren Kopf nach hinten. Ihre Hand hatte währenddessen Tessas Körper gefunden. Sanft streichelte sie ihre Seite.

»Ähm, kann hier nicht jeden Moment jemand reinkommen?«

Chloe ließ sich von der Frage nicht aus der Ruhe bringen. Sie murmelte lediglich eine flüchtige Verneinung und versuchte, Tessas Bedenken mit wilden Küssen auszulöschen. Tessa spürte, wie ein Verlangen in ihr erwachte, von dem sie vorher nicht die geringste Ahnung hatte, dass es existierte.

»Chloe, ich ...«

Die Küsse wurden unterbrochen, und Chloe sah Tessa nun aufmerksamer an. Mit leiser Stimme begann sie, Tessa gut zuzusprechen, um ihre Zweifel wegzuwischen. Tessa hörte jedoch kaum zu und warf stattdessen einen Blick auf Karens Konturen in der Dunkelheit. Tessa konnte ziemlich genau erahnen, was Chloe dachte und wollte, aber aus Karens Schweigsamkeit wurde sie nicht schlau.

»Chloe, ähm, nehmt es mir nicht übel. Ich bin wirklich total müde. Der Tag war ziemlich lang und aufregend. Du willst ja auch nicht, dass ich einschlafe, während wir ...«

Chloe musterte Tessa skeptisch.

»Hey, es liegt wirklich nicht an euch oder so. Ganz im Gegenteil, ich bewundere, wie offen ihr damit umgeht.«

»Aber ...« Chloe wollte noch nachhaken, doch Karen meldete sich nun auch endlich zu Wort: »Hey Süße, dann lass uns aufhören. Komm schon.«

»Vielleicht ein anderes Mal?«, fragte Chloe unsicher.

»Ja, vielleicht«, gab Tessa zu.

»Hm, na dann, gute Nacht, Tessa.« Chloe beugte sich noch einmal vor und gab Tessa einen Kuss auf die Wange. »Schlaf gut.« Karen machte sich derweil wieder auf den Rückweg von Tessas Bett hinab. »Aber bisher war's echt heiß mit dir. Eine Fortsetzung wäre bestimmt sehr spannend«, flüsterte Chloe Tessa noch ins Ohr, bevor sie selbst vom Doppelbett abstieg.

»Gute Nacht, Tessa.«

»Nacht, Karen.«

»Hey, Karen«, hörte Tessa Chloe flüstern, »kann ich zum Einschlafen mit dir kuscheln?«

»Komm her.«

ଓଃ୦

Tessa kam an der U-Bahn-Station London Bridge an. Ihr Plan für den Tag war, wieder am Ufer der Themse entlangzugehen und eventuell den Tower zu besichtigen. Ansonsten würde sie einfach dorthin gehen, wohin ihre Füße sie trugen. Während Tessa sich auf die Rolltreppen stellte, die sie zurück an die Erdoberfläche bringen würde, drifteten ihre Gedanken ab.

Mit einem Schmunzeln dachte sie an die letzte Nacht. Auf so etwas Ausgefallenes hatte sie sich noch nie eingelassen, und um ein Haar hätte sie es getan. Die Situation war heiß, aber es hatte sich falsch angefühlt. Tessa war sich gar nicht sicher, was es war, das ihre letzte Entscheidung gefällt hatte, aber sie hatte das Gefühl, dass Chloe und Karen es locker aufgenommen hatten. Sicher war sie sich natürlich nicht, denn sie hatte auch am Morgen nicht noch einmal mit den beiden gesprochen. Tessa war recht zeitig wach geworden und war auch nicht wieder zur Ruhe gekommen. Chloe und Karen hatten beide noch tief und fest geschlafen, Arm in Arm. Tessa hatte sich fertiggemacht und unten schnell ein wenig gefrühstückt.

Sie fuhr sich durch das Haar, als sie von der Rolltreppe auf den Ausgang zuging. Was für ein Urlaub! Tat sie nun mit einem Mal alle verrückten Sachen, die sie sich sonst nie zugetraut hätte?

Tessa trat vom Bahnhof hinaus auf die Straße und sah sich um, blickte einmal nach links und einmal nach rechts, um abzuschätzen, welcher Weg sie dem Tower näher bringen würde oder aber welcher Weg vielversprechender schien. Es entging ihr nicht, dass sich genau gegenüber dem Bahnhof ein Touristenmagnet befand. Zumindest wollte er einer sein, so ließ die Aufmachung des Eingangs vermuten. »The London *Experience*« stand dort, und davor befand sich tatsächlich eine Guillotine. Das Ganze musste so etwas wie ein Gruselkabinett sein.

»Hallo, schöne Frau.« Tessa drehte sich zur Seite, um sich zu vergewissern, dass nicht sie gemeint war. Sie erschrak, denn vor ihr stand eine Frau, die einem Horrorfilm entsprungen war. Sie war leichenblass und hatte blutrote Wunden im Gesicht, die einen starken Kontrast zum Hautton boten. Die Frau begann höhnisch zu lachen. In diesem Moment konnte Tessa sie mit einer gewissen Distanz betrachten und entlarvte ihren Teint als professionell geschminkt. Sofort wirkte sie weniger furchteinflößend. Tessa konnte ihre Augen kaum von ihr abwenden, denn so furchteinflößend sie auch aussah, irgendetwas an ihr zog Tessa an.

»Dir kann man wohl leicht Angst machen?« Als sie das gesagt und Tessa dabei angesehen hatte, wusste sie, was es war. Die tiefbraunen Augen der Frau schienen direkt in Tessa hineinzusehen. Es war das Einzige an ihr, was auf den ersten Blick authentisch aussah. Als Antwort auf ihre Frage zuckte Tessa die Achseln, musste aber unwillkürlich lächeln.

»Wie sieht's aus? Willst du mal im London *Experience* vorbeischauen?« Da bemerkte Tessa das schwarze Kleid der Frau. Es wirkte wie aus einer Mottenkiste, alt, geradezu historisch, und dass es mal schwarz gewesen sein musste, ließ sich mehr erahnen. Ein Grauschleier überzog das Kleid bis in die kleinste Spitze, die die Ärmel und mehrere Lagen des Rocks durchzog.

»Ich denke, eher nicht.« Tessa konnte sich aber auch nicht so recht überwinden, einfach weiterzugehen. Viel zu sehr faszinierten sie diese Augen, deren Blick sie immer wieder suchte.

»Hey, hey, hey, was hast du für einen Akzent, Kleine?«

»Was denkst du denn?«, konterte Tessa, was sonst gar nicht ihre Art war.

Die lebendige Tote dachte sichtbar nach. »Sag noch mal etwas.« Dann schloss sie in Erwartung die Augen. Tessa fiel in dem Moment ihr wüstes dunkelbraunes Haar auf. Wie widerspenstige Borsten standen einige Strähnen ab. Der Rest der Mähne war in einem dicken Zopf zusammengebunden.

Tessa musste ein bisschen lachen. »Was soll ich denn sagen?«

Die Frau zeigte urplötzlich mit dem rechten Zeigefinger auf sie. »Deutsch, oder?«

»Korrekt.«

»Und als Belohnung für meine Ratekünste gehst du ins *Experience*?«

»Hängt dein Gehalt von meiner Kooperation ab?«

Die Frau schmunzelte. »Nein, aber es wird dir Spaß machen.«

»Nein, das ist nichts für mich«, winkte Tessa ab.

»Wie lange bleibst du in London?«

»Eine Woche.«

»Meinst du nicht, dass du dich am Ende ärgern könntest, wenn du wieder zu Hause bist und du dich dann fragst, was diese lustig aussehende Attraktion war, zu der dich die charmante junge Frau überreden wollte?«

»Ich bin doch gar nicht der Typ für Horror.«

»Würdest du dann wenigstens später mit mir einen Kaffee trinken gehen?«

Tessa zog die Augenbrauen vor Überraschung hoch.

»Oh, natürlich bin ich dann abgeschminkt und sehe nicht mehr aus wie die Braut von Chucky, der Mörderpuppe.«

»Ähm.« Tessa schluckte. Der zweite Tag ging so skurril weiter, wie der erste aufgehört hatte. »Ich versteh nicht recht.«

»Du kennst nicht Chucky, die Mörderpuppe?«

Tessa schüttelte den Kopf. »Ich meine, das mit dem Kaffee.«

»Was trinkt ihr sonst in Deutschland? Tee? Saft?«

Tessa zog eine Augenbraue nach oben und schmunzelte dabei. »Schon Kaffee.«

»Na, dann ist ja alles klar.«

»Aber ...«

»Aber?« Sie sah amüsiert aus.

»Ach, ich weiß auch nicht. Gestern erst hatte ich ein komisches Erlebnis. Ich muss mich wohl erst an das Temperament von euch englischen Frauen gewöhnen.«

»Uh, das klingt danach, als hätten wir nachher viel zu erzählen.«

»Ach, was soll's.« Tessa lachte beschwingt. »Wieso nicht? Lass uns Kaffee trinken gehen.« Sie war von sich selbst überrascht.

»Na, du bist ja leicht zu überreden.« Das Lächeln der Frau erstarb. »Da habe ich ja gar keine Herausforderung. Wie blöd. Dann wohl eher doch nicht.«

Auch Tessas Miene verzog sich abrupt. »Wie bitte?«

Die Kostümierte brach in Gelächter aus. »Herrlich. Nein, keine Angst. Es bleibt dabei. Ich teste nur manchmal ganz gern mein schauspielerisches Können.«

Tessa sah wenig amüsiert aus.

»Hey, Lady, komm schon, ich hab's nicht so gemeint. Nimm's mir nicht übel, okay?« Ein zuckersüßes Lächeln folgte.

Tessa sagte nichts, konnte aber ebenfalls ein Lächeln kaum verbergen.

»Ich fasse das als ein Ja auf. Ich bin übrigens Raphaela. Und du?« Raphaela gab ihr die Hand.

»Teresa oder kurz Tessa.«

Raphaela drehte sich um, so dass sie neben Tessa stand. »Schön, dich kennenzulernen, Tessa.« Dann hakte sie sich bei ihr unter und ging ein wenig mit ihr auf dem Bürgersteig entlang. Beim Blick von der Seite bemerkte Tessa erst, dass ihr Zopf aus Dreadlocks bestand. »Also, leider muss ich noch ein bisschen arbeiten. Was hast du denn bis dahin vor?«

»Ich weiß nicht. Tipps nehme ich gern an.«

»Das London *Experience* vielleicht?«

Tessa verdrehte gespielt die Augen.

»Ich kann dich umsonst reinbringen.«

»Echt? Wie denn?«

»Komm einfach mit.« Raphaela dirigierte sie auf die andere

Seite der Straße in Richtung des Eingangs.

Plötzlich entdeckte Tessa noch einige andere schaurige Gestalten zwischen den Passanten, die Werbung für das Gruselkabinett machen sollten. Neben der Guillotine stand sogar ein Henker.

Raphaela hob den Arm und gab jemandem ein Zeichen.

Tessa folgte ihrem Blick. Ihr wurde etwas bang, als ihr klar wurde, dass Raphaela mit dem Henker kommunizierte. Der hatte plötzlich ein Mikrophon in der Hand und wandte sich an die Gesamtheit der Passanten, als er das London *Experience* anpries. Seine Stimme klang unnatürlich tief, wie die eines Monsters aus einem Horrorfilm. Während er die Vorzüge der Attraktion rühmte, stieg er die Stufen auf das Podest der Guillotine hinauf.

Tessa wurde mulmig zumute, als er begann, eine Hinrichtung anzukündigen. Mittlerweile hatten sich mehr und mehr neugierige Passanten angesammelt.

»Nein.« Tessa schüttelte den Kopf und sah Raphaela an. »Das ist doch wohl ein Scherz.«

»Für einen unter uns hat das letzte Stündchen geschlagen«, hörte Tessa im Hintergrund von der tiefen Stimme.

Raphaela grinste amüsiert.

»Vergiss es.«

»Hey.« Raphaelas Stimme klang plötzlich beschwichtigend. »Vertrau mir.« Sie sah Tessa genau in die Augen und wirkte sehr ernst. »Vertrau mir.« Es klang wie eine Beschwörung.

Tessa seufzte und überwand sich, die Schritte auf das Podest zu gehen.

»Hallo«, begrüßte sie der Henker.

Tessa hob unbeholfen die Hand. Einige Zuschauer lachten.

»Bitte setz dich doch ... ich meine, knie nieder«, sagte der Henker hämisch, während er die Klinge an einem Seil nach oben zog, die von nahem betrachtet nicht mehr aus Metall zu sein schien. Tessa kniete sich vor die Guillotine. Der Henker wies sie an, den Kopf in die Einbuchtung im Holz zu legen. Er legte einen weiteren Balken der Vorrichtung über ihren Kopf. »Wie ist dein Name?«; brummte er, um das Publikum zu unterhalten; und hielt das Mikrophon vor ihren Mund.

Auch das noch. »Teresa.«

»Wo kommst du her?«

»Deutschland.«

»Gut, Teresa. Keine Sorge. Es wird nur einen kleinen Moment kitzeln.« Vereinzelt kicherte es unter den Passanten.

»Drei, zwei, eins.« Der Henker ließ das Seil los, die Klinge raste nach unten und fiel auf Tessas Kopf, krümmte ihr allerdings kein Haar. Von vorn muss es durch einen Trick der Anlage realistisch ausgesehen haben, vermutete Tessa. Die Passanten klatschten; und der Henker zog kurz darauf mit dem Seil die Klinge wieder nach oben und befreite Tessa. Er bedankte sich und sagte ihr, dass sie nun freien Eintritt hätte.

Schnell huschte Tessa die Stufen vom Podest nach unten. Das war genug Aufmerksamkeit für die ganze Woche.

»Glückwunsch. Jetzt gehörst du zu uns Zombies.«

»Herzlichen Dank. Auf die Erfahrung hätte ich verzichten können, Raphaela.«

»Aber jetzt brauchst du dich nicht zu langweilen, bis ich Feierabend habe.«

Raphaela wartete bereits umgezogen auf Teresa vor dem Eingang. Nun trug sie Jeans und Kapuzensweatshirt; und ihr Gesicht war abgeschminkt. Tessa war etwas überrascht darüber, wie gebräunt sie doch war. »Na, hast du es überstanden?«, lautete Raphaelas Begrüßung.

»Sieht wohl so aus. Ist aber nichts für schwache Nerven.«

»Hast du eine Vorliebe?«

»Wie bitte?« Tessa bekam große Augen, und Raphaela musste daraufhin kichern.

»Magst du irgendein Café besonders gern? Starbuck's, Costa Coffee oder Café Nero zum Beispiel?«

»Ach so. Außer Starbuck's kenne ich davon nichts.«

»Dann lass uns doch einfach die Straße entlanggehen und abwarten, was auf uns zukommt. Ja?«

»Klar.« Tessa nickte.

Nach kurzer Irritation über die einzuschlagende Richtung setzten sie sich in Bewegung. Für einen Moment lang gingen sie einfach schweigend nebeneinander her. Tessa kam die Situation absurd vor.

»Was denkst du gerade?«

Tessa sah sie irritiert an. »Was? Nichts.«

»Ach klar. Sag schon.«

»Nein, ich hab nichts gedacht.«

»Man denkt eigentlich immer.«

»Ich nicht«, sagte Tessa lächelnd.

»Ich weiß, dass du denkst, dass die Frage viel zu intim ist und wir uns ja kaum kennen, aber gerade wenn man sich nicht kennt, kann man sich etwas trauen. Da ist keine Gefahr, jemanden zu verlieren, der einem etwas bedeutet. Man kann eigentlich nur gewinnen.«

»Also sprichst du ständig irgendwelche Leute an?«

»Das bringt der Job so mit sich.«

Tessa lächelte. »Du weißt, wie ich das meine.«

»Ob ich öfter mit wildfremden Menschen Kaffee trinken gehe?«

Tessa nickte.

»Wahrscheinlich nicht öfter als du. Falls es dich beruhigt: ich wusste ja nicht auf Anhieb, wo hier in der Nähe ein Café ist.« Raphaela verlangsamte ihren Schritt und blieb schließlich stehen. »Wo wir gerade davon sprechen, wie wäre es damit?« Sie deutete mit dem Kopf auf ein Café auf der anderen Straßenseite.

Sie gingen hinein und bestellten am Tresen die Getränke, woraufhin sie sich einen Tisch suchten. Als sie saßen, fragte Raphaela: »Also, Tessa, was hat dich nach London getrieben?«

»O Gott, das ist eine verrückte Geschichte.«

»Wunderbar, ich liebe verrückte Geschichten.«

»Sagen wir mal so.« Tessa wählte die Worte mit Bedacht. »Es ist eine Last-Minute-Reise.«

»Wenn das mal nicht verrückt ist.« Raphaelas Stimme klang etwas sarkastisch.

»Und was hat dich nach London getrieben? Oder bist du hier geboren?«, kehrte Tessa den Spieß um und sah Raphaela neugierig an.

»Na ja, im weiteren Umkreis von London. Aber ich bin wegen des Studiums hier.«

»Was studierst du?«

»Schauspiel.«

Tessa wurde einiges klar. »Das hätte ich mir eigentlich denken können. Du warst ziemlich überzeugend.«

»Mach ich das also gut als Zombie? Hm, ist zwar nicht meine Traumrolle, macht aber wirklich Spaß.«

»Glaub ich dir gern.« Tessa ließ ihren Finger am Rand der Tasse entlangfahren. Plötzlich vibrierte es in ihrer Tasche. Sie wurde sofort an die letzte Nacht erinnert, als sie Chloes SMS las.

»Was ist das für ein Lächeln?«

Tessa sah wieder Raphaela an. »Das ist nur jemand, den ich seit gerade einmal einem Tag kenne. Sie fragt, was ich heute noch mache.«

»Und, was machst du heute noch?«

»Ich trinke Kaffee mit dir.«

»Und danach?«

»Tja, wenn ich das wüsste. Wie ich sie einschätze, wird sie mich überreden, mit ihr und ihrer Freundin auszugehen.«

»Liegt das in deinem Interesse?«

»Ehrlich gesagt, habe ich keine Ahnung.« Tessa sah Raphaela offen an. »Was hast du heute noch vor?«

»Ehrlich gesagt, keine Ahnung.« Raphaela lächelte spitzbübisch.

Tessa legte den Kopf schräg. »Offen gestanden, weiß ich noch nicht so recht, was ich von dir halten soll.«

»Dann lass uns doch was zusammen unternehmen, damit du mich näher kennenlernst. Dann weißt du, was du von mir halten sollst.«

»Ich kann nicht glauben, dass dir noch keiner den Tipp gegeben hat, nach Camden Market zu gehen!« Raphaela schüttelte den Kopf. »Das wird dir gefallen. Ich kenne niemanden, dem das nicht gefällt.«

Der Nachmittag stand in seiner vollen Blüte, als die beiden Frauen auf einen großen Marktplatz zusteuerten.

»So verwunderlich ist das nun auch wieder nicht. Ich habe mich nicht sehr umfangreich informiert, und gestern mit Chloe und Karen … nun ja, da ging es eben auch noch um andere Gesprächsthemen als die Erlebnismöglichkeiten in London.«

»Na gut, dann ist das jetzt mein Part. Wie du siehst, gibt es hier viele kleine Marktstände. Hier gibt es vor allen Dingen Klamotten und Schmuck. Das Besondere ist, dass es hier Ausgefallenes gibt, was du woanders nur schwer finden wirst. Die Gegend ist Hochburg für Punks und jeden, der nicht Mainstream sein möchte.«

»Also ich weiß nicht. Meinst du nicht, dass ich ziemlich normal aussehe?«

»Was ist schon normal?«, fragte Raphaela. »Nein, aber selbst wenn du nichts kaufen möchtest, habe ich schon von vielen gehört, die sich das einfach gern mal ansehen. Wenn man dort drüben auf der anderen Straßenseite entlanggeht, kommt man zu einer Gegend, wo viele Hinterhöfe sind. Dort reihen sich noch einmal die Geschäfte aneinander. Da gibt es auch viele Secondhandläden und Kneipen, in denen man abends ganz gut sitzen kann.«

»Okay, also bisher sieht's ganz interessant aus«, erklärte Tessa und ließ sich von Raphaela den Weg weisen.

Sie begannen, durch die engen Reihen von Camden Market zu gehen, die von Händlern mit ihren Ständen gesäumt waren.

»Wie lange musst du denn noch studieren?«, fragte Tessa.

»Das hängt natürlich davon ab, wie ich vorankomme. So um die drei Semester sind es schon noch. Und letztendlich ist das Wichtigste sowieso, dass man nebenbei Erfahrungen sammelt und sich einen Namen macht. Wenn man sagen kann, man hat dort und dort schon mitgearbeitet, dann ist das sehr viel wert.«

»Verstehe. Und findest du öfter Aufträge?«

»Na ja, keine wirklich großen Sachen bisher. Man muss halt den Fuß in die Tür kriegen. So ganz hat das noch nicht geklappt bei mir. Und du, was machst du so?«

»Ich arbeite in einem Pub in einem Flughafen.«

»Bist du zufrieden damit?«

Tessa sah Raphaela genau an. »Ich bin mir nicht sicher.«

»Wenn ich das mal übersetzen darf: ich deute das als Nein.«

»Nein, die Arbeit ist schon okay ...«

»Aber nicht das, was du dir ursprünglich vorgestellt hattest«, schloss Raphaela.

»Vielleicht gibt es bessere Jobs. Na ja, es ist schon alles in Ordnung, wie es ist.«

»Was wolltest du ursprünglich machen?«

»Ich hatte keine konkrete Idee, doch ich habe mich immer für Sprachen interessiert.«

»Das merke ich. Dein Englisch ist wirklich gut.«

»Danke. Ich lese Bücher und schaue DVDs auf Englisch.«

»Was kannst du noch?«

»Französisch aus der Schule und Italienisch aus der Abendschule, aber da habe ich nur zwei Kurse belegt.«

»Wieso hast du damit nicht weitergemacht?«

»Ach, warum sollte ich? So wichtig ist es ja nun auch nicht«, antwortete Tessa.

»Aber ich denke, es hat dir Spaß gemacht.«

»Mein Gott, es gibt eine Menge Dinge, die einem Spaß machen können.«

»Kannst du denn deine Erfahrungen im Job anwenden?«

»Ein wenig.«

Raphaela schwieg daraufhin. »Ist nicht gerade dein Lieblingsthema, oder? Entscheide du einfach, wenn du über etwas anderes reden möchtest.«

Tessa nickte, obwohl sie vor Raphaela ging und gar nicht sicher war, ob sie es überhaupt sehen konnte. Als sie an einem Ständer mit Kleidern vorbeiging, ließ sie ihre Finger sanft an den verschiedenen Stoffen entlangfahren. »Es ist wirklich schön hier. Danke für die Idee, mich hierherzubringen.« Tessa lächelte Raphaela an, doch ihr Ausdruck hatte etwas Trauriges.

»Bitte.«

Sie waren am Ende der Marktstände angelangt. Tessa sah die Straße entlang geradeaus, und langsam erhellte sich ihr Gesichtsausdruck wieder. »Wow, hast du das da vorn schon gesehen?« Die Häuser auf der anderen Straßenseite trugen farbenfrohe Fassaden, an denen teilweise Reliefs modelliert waren, die fast das gesamte Obergeschoss einnahmen. »Schau mal, ein riesiges Paar Schuhe an der Hauswand!«, rief Tessa begeistert.

»Ich hatte doch gesagt, dass es dir gefallen würde.« Raphaela sah zufrieden aus. »Kennen deine beiden Freundinnen aus der Jugendherberge Camden?«

»Ich weiß nicht. Sie haben nicht davon gesprochen.«

»Hast du denn schon auf ihre SMS geantwortet? Du könntest sie hierher einladen. Wäre doch bestimmt lustig.«

»Siehst du, die habe ich schon wieder ganz vergessen.« *Ob das wohl nicht eine Verdrängungstaktik skurriler Erinnerungen ist,* dachte Tessa. Sie fragte sich, wie sie wohl das nächste Mal reagieren würde, wenn Chloe sie zu etwas überreden wollte. Eigentlich sprach doch nichts dagegen. Aber war das wirklich noch sie, Tessa?

»Schau mal hier.« Raphaela riss Tessa aus ihren Gedanken. »Ich wette mit dir, von hier stammen die Kostüme des *London Experience*.« Sie wies auf den Laden genau vor ihnen, der wie ein Kostümverleih wirkte. Im Schaufenster waren einige schwarze Kleider mit viel Rüschen und Spitze ausgestellt. Raphaela ging hinein, gefolgt von Tessa. An der Decke des Ladens hingen einige aufgespannte Regen- und Sonnenschirme, die aus ungewöhnlichen Stoffen hergestellt waren. Raphaela begann damit, begeistert durch die ausgestellten Kleider zu schauen. »Ist das nicht cool hier?«

Teresa nickte. »Aber wohl nicht so ganz mein Stil.«

»Hast du so was denn mal probiert?«

»Nein.«

»Dann solltest du das wohl tun, bevor du es ablehnst.« Sie hielt ein gepunktetes, rotes Kleid mit Petticoat in die Höhe. »Wie aus den Sechzigern, hm? Ich wette, das steht dir unheimlich gut.«

»Oje, nein, nein, das bin doch nicht ich.«

Raphaela verzog nachdenklich den Mund. »Ich finde schon noch was für dich.« Sie hängte das Kleid zurück auf die Stange. »Ach so, hattest du den Mädels nun geschrieben?«

»Nein, doch das werde ich jetzt gleich mal tun. Sonst sind sie am Ende noch sauer und spielen mir Streiche, wenn ich schlafe, um sich zu rächen.«

Raphaela musste lachen. »Na, ich bin ja schon gespannt, sie kennenzulernen.«

Tessa holte ihr Handy hervor und tippte eine Nachricht an Chloe.

»Ich hab's«, sagte Raphaela. »Hast du jemals eine Korsage getragen?« Sie hielt Tessa ein Exemplar in Schwarz entgegen.

»Nein, warum sollte ich?«

»Weil es ungemein weiblich ist. Du würdest dich darin bestimmt toll fühlen.«

Als die Nachricht versendet war, packte Tessa das Handy wieder weg. »Ich weiß nicht.«

»Ja, deswegen versuche ich dich ja gerade zu überreden. Du scheinst nicht oft etwas Verrücktes zu machen. Es wird Zeit. Sonst erinnerst du dich nur an den Big Ben, wenn du wieder zu Hause bist.«

Tessa lachte. »Okay, was soll's.« Sie griff nach dem Kleiderbügel.

»Warte.« Raphaela durchsuchte schnell einen anderen Kleiderständer. »Und das dazu.« Sie hielt ihr einen ebenfalls schwarzen Rock entgegen.

Tessa rümpfte skeptisch die Nase, nahm jedoch den Kleiderbügel entgegen, um eine Diskussion zu verhindern. Dann verschwand sie in einer der Kabinen.

»Ich probier auch was an«, versprach Raphaela, während Tessa sich bereits auszog.

Kurze Zeit später raschelte der Vorhang der Nachbarkabine. »Bist du soweit?«, erkundigte sich Raphaela.

»Noch nicht ganz.« Tessa zog den Reißverschluss des Rocks nach oben und betrachtete aufmerksam ihre Erscheinung im Spiegel. Sie fühlte sich in der Tat sehr weiblich in diesen Kleidern, aber es war auch ungewohnt. Ihr Spiegelbild sah nicht aus wie sie selbst.

»Fertig?« Raphaela klang fast schon ungeduldig.

»Okay.«

Der Vorhang wurde einen schmalen Spalt aufgezogen. »Wow. Das sieht klasse aus!«

Im Spiegel sah Tessa, dass Raphaela hinter ihr das rote Tupfenkleid trug. Sie musste schmunzeln. »Eins muss man dir lassen: Du hast mich überrascht.« Sie sah etwas genauer hin und bemerkte, dass Raphaelas Kleid sich viel enger an deren Körper schmiegte, als ihre eigentlichen Sachen es getan hatten. Taille und Hüfte waren deutlich zu erkennen – für einen kurzen Moment kribbelte es in Tessas Magen, und sie richtete den Blick zurück auf ihr Spiegelbild.

»Sieh mal einer an, du siehst gar nicht schlecht aus«, lobte Raphaela.

Tessa spürte, wie Raphaelas Blick von oben nach unten an ihrem Körper entlanglief, und es kribbelte erneut etwas in ihrem Bauch. Beschämt hielt sie ihre Hand darauf.

»Fehlt nur noch ein wenig Selbstbewusstsein, und das Outfit wäre perfekt für eine Party.«

»Also, ich würde damit auf keine Party gehen«, protestierte Tessa.

»Wieso nicht?«

»Es sieht aus wie Unterwäsche.«

Raphaela musste lachen. »Okay, okay, dann zieh es mal wieder aus. Ich will dich ja zu nichts zwingen. Ich werde mein Kleid auch wieder ausziehen. Irgendwie beißt es sich mit meinen Haaren.«

Erst da fiel Tessa auf, wie stark der Kontrast vom unschuldigen Sechzigerjahre-Look zu Dreadlocks war.

»Übrigens«, fügte Raphaela noch hinzu, »auch wenn es nicht dein Stil ist, du siehst echt sexy aus.« Sie verschwand mit einem Lächeln und hinterließ Tessa mehr als durcheinander. War es denn Zufall, dass zurzeit so viele schöne Frauen in ihrer Umgebung waren? Alle schienen sie Tessa bezirzen zu wollen. Sie wusste gar nicht, wie sie damit umgehen sollte, geschweige denn, wie sie überhaupt dazu stand. Sie beschloss, Raphaelas Kommentar zu ignorieren. Es war ja nichts, was man nicht auch als Heterofrau seiner besten Freundin sagen konnte. Nachdem sie wieder in ihre Alltagsklamotten gestiegen waren, hängten sie die extravaganten Kleider wieder auf die Ständer. Dann verließen sie den Laden und spazierten weiter.

»Übrigens hat Chloe geantwortet. Sie sind auf dem Weg zu uns.«

»Cool. Gibt es irgendetwas, was ich über sie wissen sollte?«

In Tessas Innerem zuckten wie in einem Film Bilder aus der vorherigen Nacht auf. Es war fast so, als würde sie leibhaftig Chloes Hand auf ihrer Haut spüren. »Nein, nicht dass ich wüsste.«

»Wie wohnst du eigentlich in Deutschland? Allein oder mit jemandem zusammen?«

»Ich habe eine kleine Wohnung, in der ich allein wohne. Und du?«

»Ich hab zwei Mitbewohnerinnen. Auch Studentinnen.«

»Fühlst du dich dort wohl?«

»Ja, sehr sogar. Oh hey, dort vorn ist ein Secondhand-Buchladen. Wollen wir rein?«

Tessa nickte, und sie verschwanden in dem dunklen Laden, der bis zur Decke mit Büchern vollgestellt war.

»Hey«, grüßte Chloe schon von Weitem vergnügt, als sie und Karen auf Tessa und Raphaela zugingen.

»Na, was hast du gekauft?«, erkundigte sich Chloe und linste in die Tüte, die Tessa trug. »Italienisch für Anfänger?« Begeistert klang sie nicht gerade.

»Ja, ich finde das interessant. Ein Italienisch-Buch mit englischen Erklärungen«, schwärmte Tessa.

»Wie sieht's aus, Mädels«, fragte Raphaela die beiden Neuankömmlinge. »Sollen wir in ein Pub gehen?«

»Ich merke schon, wir schwimmen auf einer Wellenlänge«, gab Chloe zur Antwort.

Bald war eine Kneipe in einem Hof gefunden.

»Wie habt ihr euch denn kennengelernt?«, fragte Karen Tessa und Raphaela.

»Am London *Experience*. Da war ich auch drin.«

»Aha«, erwiderte Chloe.

»Ja, ich arbeite dort.«

»Verstehe.«

Der Geräuschpegel im Pub war aufgrund der üppigen Besucherzahl bereits recht hoch, und so konnte Chloe, die neben Tessa saß, sich leise mit ihr unterhalten, ohne dass die anderen etwas verstanden. »Stehst du auf sie?«

»Was? Nein, wie kommst du denn darauf?«

»Steht sie denn auf dich?«

»Woher soll ich das wissen? Ich weiß ja noch nicht mal, ob sie überhaupt lesbisch ist«, fügte Tessa mit einem verschwörerischen Blick in Richtung Raphaela hinzu. »Jetzt lass uns aufhören damit, das ist doch unhöflich.«

Chloe wandte sich demonstrativ wieder den anderen beiden zu.

»Wie war euer Tag bisher?«, erkundigte sich Raphaela.

»Ach, ganz okay«, antwortete Chloe. »Wir haben ziemlich

lange geschlafen. Dann waren wir ganz in Ruhe frühstücken und ein bisschen in der Oxford Street bummeln. Wir waren auch in Primark.«

»Was ist Primark?«, fragte Tessa neugierig.

»Oh, das kennst du nicht? Habt ihr das in Deutschland etwa nicht? Da sind alle Klamotten superbillig.« Chloe förderte eine Papiertüte zutage. »Schau mal, ich hab mir ein Top für zwei Pfund gekauft.« Sie hielt das dunkelblaue Shirt vor ihren Oberkörper.

»Nicht schlecht«, sagte Tessa anerkennend.

Da legte Chloe das Top auf Tessas Oberkörper. »Würde dir auch ganz gut stehen, Süße. Vielleicht sollten wir mal einen Tag gemeinsam zu Primark. Da werden in Deutschland alle ganz neidisch sein bei den Preisen.« Sie zog das Shirt weg und legte es sich auf den Schoß. Dann legte sie ihre Hand auf Tessas Schulter und ließ sie langsam nach unten zu ihrer Taille wandern, wo sie verweilte.

Tessa war sich nicht sicher, was das sollte. »Ja, vielleicht sollten wir das mal machen«, haspelte sie.

Chloe gab Tessa ganz selbstverständlich einen Kuss auf die Wange und legte ihren Kopf auf ihre Schulter.

»Wir haben hier auch schon ein paar Sachen anprobiert«, sagte Raphaela. »Aber das hat alles nicht so unseren Geschmack getroffen.«

»Siehst du, dann wird's Zeit, dass du mit der ultimativen Einkaufsberaterin shoppen gehst.« Chloe tätschelte Tessas Knie.

»Und ihr«, wandte Raphaela sich an Karen, »was macht ihr so?«

»Wir gehen noch zur Schule.«

»Ach so, und jetzt macht ihr einen kleinen Urlaub in London?«

»So ist es«, mischte Chloe sich ein.

»Wisst ihr schon, was ihr später mal machen wollt?«

»Ich werde auf jeden Fall nach London gehen, um zu studieren.«

»Und was wirst du studieren?«

»Das ist noch nicht ganz raus. Italienisch wäre doch mal innovativ. Dann kannst du mir helfen.« Sie grinste Tessa an.

»Ach, ich kann es doch selbst kaum.«

»Du findest schon was. Und du, Karen?«

»Ich weiß nicht, ich würde auch gern nach London gehen. Wenn meine Noten vorzeigbar sind, könnte ich mich auf einen technischen Studiengang bewerben.«

»Warum gerade London?«, hakte Raphaela nach.

»Dann könnte ich mit Chloe zusammenbleiben.«

»Wir sind beste Freundinnen, musst du wissen«, erklärte Chloe.

»Das ist schön. Sorry, Mädels. Ich bin mal kurz weg.« Raphaela stand auf und verschwand in Richtung Toilette.

Sofort zog Chloe ihre Hand von Tessas Hüfte. Sie beugte sich den beiden anderen verschwörerisch entgegen. »Und, was meint ihr?«

»Wozu?«, fragte Karen.

»Na, ob sie lesbisch ist. Ich tippe auf ja, aber ganz sicher bin ich mir nicht.«

Karen blickte ernst. »Hast du deswegen ...«

Chloe winkte ab. »Ja, klar. Du hast mir das doch nicht übelgenommen, Tessa? Ich wollte nur schauen, wie sie darauf reagiert, dass ich mich an dich heranschmeiße. Dann hätten wir auch noch rausgefunden, ob sie auf dich steht.«

»Chloe, erzähl doch keinen Quatsch. Sie steht nicht auf mich. Außerdem ist sie Schauspielerin. Das heißt, sie dürfte ihre Gefühlsausbrüche ganz gut beherrschen können.«

»Aber gib es zu, gefallen hat es dir trotzdem, oder?« Sie zwinkerte und tätschelte erneut Tessas Knie.

»Es ist überflüssig, Chloe«, sagte Tessa bestimmend. »Du hast noch nicht einmal dein Ziel erreicht.«

»Weil es noch an der Grenze zur Heterofreundschaft war.«

»Weißt du was, langsam möchte ich glauben, dass dir selbst Raphaela gefällt.«

»Sie ist sexy, oder?«, gab Chloe zu.

Tessa seufzte. »Das ist mir irgendwie zu anstrengend. Ich wollte einfach nur einen netten Abend mit Raphaela verbringen und nicht nebenbei als Lügendetektor arbeiten müssen.«

»Herrje, dann fragt sie doch einfach mal«, ordnete Karen an.

»Ist es so nicht viel lustiger?«

»Nein, Chloe, weißt du was, Karen hat recht. Wenn es dich interessiert, dann solltest du sie fragen. Ansonsten lass uns einfach den schönen Abend genießen.«

»Mann, ihr seid ja beide gut drauf.« Chloe klang ironisch und etwas angegriffen. »Na gut, wisst ihr was, dann mach ich das aber allein. Bei einem Gespräch unter vier Augen ist es für sie sowieso leichter.« Selbstsicher stand sie auf und ging in Richtung Toiletten.

»O Gott«, seufzte Tessa. »Hast du eine Ahnung, warum sie derart darauf fixiert ist?«

Karen antwortete nicht.

»Alles okay bei dir?«, fragte Tessa vorsichtig.

»Ja, klar.«

»Auf mich machst du aber einen ganz anderen Eindruck.«

»Chloe ist einfach auf der Suche, das ist alles.« Sie starrte melancholisch in ihr Bierglas.

»Und das möchtest du nicht, oder?«

»Was?« Abrupt sah Karen auf. »Wieso denkst du das denn?«

»Ich bin doch nicht blind, Karen. Ich kenne euch zwar kaum, aber sogar ich merke, dass du sie magst.«

»Ja, natürlich mag ich sie. Sie ist ja auch meine beste Freundin.«

»Hör zu, vor mir brauchst du keine Angst haben. Ich werde mir garantiert nicht hier im Urlaub eine Freundin anlachen. Und schon gar nicht Chloe. Sie ist immerhin auch ein paar Jahre jünger als ich.«

»Und selbst wenn ihr euch verlieben würdet, es wäre euer gutes Recht.«

»Okay, ich merke schon. Du willst es dir nicht eingestehen ... oder du vertraust mir nicht. Es ist mir ja auch nur aufgefallen.«

Karens Blick zeugte zunehmend von Traurigkeit. Sie seufzte und sah in die Ferne. »Ich bin einfach Luft für sie.«

»Das stimmt doch nicht.«

»Nein, du hast recht«, sagte sie mit Sarkasmus in der Stimme. »Ich bin ihre *beste Freundin*.«

»Weißt du«, sagte Tessa abwägend, »manchmal muss man vielleicht um etwas kämpfen.«

»Ich glaube nicht, dass ich ihr genügen würde.«

Tessa musste erneut an die vergangene Nacht denken. »Jetzt wird mir auch einiges klar. Du würdest dich sogar auf einen Dreier mit ihr einlassen, oder?«

Karen vermied Tessas Blick.

»Darf ich dich etwas fragen?«

Ein Schulterzucken war alles, was sie als Antwort erhielt.

»Habt ihr schon einmal miteinander geschlafen?«

Karen betrachtete Tessa aufmerksam, so, als überlegte sie, ob sie darauf antworten sollte. Schließlich nickte sie kaum erkennbar.

»Wie war das für dich?«

»Jedes Mal der Himmel.«

»Und beim nächsten gemeinsamen Pub-Besuch die Hölle, oder? Hör zu, warum tust du dir das denn an? Sag ihr doch einfach, was du für sie empfindest.«

»Nein«, sagte Karen kategorisch. »Das würde nichts ändern. Sie verdient eine ganz besondere Frau.«

Tessa wollte gerade noch etwas entgegnen, als sie Chloe und Raphaela sich ihrem Tisch nähern sah. Die beiden setzten sich wieder.

»Die belagern jetzt da vorn die Tanzfläche«, plapperte Chloe. »Ich wusste gar nicht, dass man hier auch tanzen kann. Das ist doch super, oder?«

Raphaela lächelte nur. »Tessa, möchtest du mit mir tanzen?«

Tessa war völlig überrascht. »Ähm, ja, wieso nicht?«

Die beiden erhoben sich und gingen zur Tanzfläche. Tessa sah sich noch einmal nach Karen um.

»Na, habt ihr euch gut unterhalten?«

»Äh, ja.«

»Chloe und ich haben auch ein wenig miteinander geplaudert.« Erst da fiel Tessa wieder ein, weshalb Chloe Raphaela hinterhergegangen war. Sie fragte sich, was Chloe wohl zu ihr gesagt hatte. Das Lächeln auf Raphaelas Mund ließ sie plötzlich erahnen, dass Chloe mit Körpereinsatz dabei gewesen sein könnte. »Freut mich«, sagte sie nur.

Tessa stellte sich ungeschickt vor Raphaela hin, als sie auf der Tanzfläche angekommen waren. Unsicher wiegte sie ihren Körper im Rhythmus. Raphaela jedoch nahm ganz selbstverständlich Tessas Hände und legte sie in die Paartanzhaltung.

»Ich kann das nicht.«

»Na klar.«

Raphaelas Wange berührte sanft Tessas, und auch ihre Hüften standen in lockerem Kontakt miteinander. Tessa redete sich ein, dass es die Bässe der Musik waren, denen sich ihr Herz anschloss. »Weißt du, was Chloe mir gesagt hat?«, vernahm sie da dicht an ihrem Ohr. Sie schüttelte den Kopf und war ein wenig beunruhigt, was nun kommen würde. »Sie meinte, ihr drei wäret lesbisch.« Tessa schluckte. »Und sie sagte auch, dass du dich für mich interessieren würdest.«

Tessa konzentrierte sich darauf, einen Punkt im Raum anzustarren, und sie hoffte, dass Raphaela nicht stehenbleiben und sie ansehen wollte. »Und was hast du darauf geantwortet?«, fragte sie stockend nach.

»Nichts, aber ich dachte mir, ich frage dich persönlich, ob es stimmt. Ich mag kein Getuschel hinter meinem Rücken.«

»Aha.«

»Das war eine Frage.« Raphaelas Stimme klang amüsiert. »Es sollte zumindest eine sein.« Plötzlich blieb sie stehen und löste sich von Tessa. Sie sah ihr direkt in die Augen, als sie fragte: »Seid ihr lesbisch?«

Tessa wurde plötzlich warm. Fast ein wenig beschämt nickte sie.

Raphaela ergriff wieder ihre Hände und tanzte mit ihr, als wäre nichts gewesen, doch Tessa konnte sich nicht so recht entspannen. Sie war kein bisschen schlauer. Sie wusste nicht, was Raphaela davon hielt.

»Stimmt es denn dann auch, dass du dich für mich interessierst?«, fragte sie dicht an Tessas Ohr.

»Ähm. Es ist ein bisschen früh, um so eine Aussage zu treffen«, antwortete Tessa diplomatisch. Obwohl sie sich mit Raphaela zum Takt der Musik bewegte, verharrte sie innerlich und lauschte auf jedes Geräusch von Raphaela.

Doch diese ließ sie warten. Tessa befürchtete schon, dass dieser Abend ihre letzte Begegnung gewesen sein könnte. Als Raphaela endlich darauf reagierte, sagte sie: »Schade eigentlich.«

Tessa bekam eine Gänsehaut, obwohl sie nicht genau wusste, aus welchem Grund. *Sag doch etwas,* flehte sie diese im Geiste an.

»Also ich«, sagte Raphaela langsam, »interessiere mich für dich.«

Tessa meinte zu spüren, wie sich Raphaelas Wange zu einem Lächeln anspannte.

Raphaela zog ihren Kopf zurück, sodass sie sich anschauen konnten. Tessas Vermutung bestätigte sich, und sie bemerkte, wie Raphaelas Augen funkelten. Ihre Arme lagen nun um ihren Körper. »Was denkst du denn, warum ich dich sonst angesprochen habe?«

Tessa zuckte die Achseln. Dann musste sie lachen. »Ist dir klar, dass du mich gerade ziemlich nervös gemacht hast? Für einen Moment dachte ich, du wärst total überrascht, dass wir lesbisch sind, und ich hatte keine Ahnung, wie du dazu stehst.«

»Ach wirklich?« Raphaela griente.

»Moment mal, kann es sein, dass du deine schauspielerischen Fähigkeiten ausgetestet hast?«

»Nicht mehr als sonst.«

Tessa wurde ernst. »Hast du mich noch irgendwann angeflunkert?«

Raphaela verging das Lächeln. »Nein. Ich lüge nicht, falls du das denkst. Ich achte höchstens ein bisschen genauer darauf, wie ich mich verhalte oder was ich sage, aber ich spiele nicht mit Menschen, falls du das andeuten wolltest.«

Tessa sah tief in Raphaelas Augen. Wie wunderschön sie waren! Es war, als würde sich plötzlich eine Spannung bei Tessa lösen. Sie war glücklich, dass sie Raphaela kennengelernt hatte und den Abend mit ihr verbringen konnte. Sie genoss nun ihre Anwesenheit mit jeder Pore ihres Körpers.

»Tanzen wir weiter?«

Ein entspanntes Lächeln durchzog Tessas Gesicht, als sie Raphaela wieder näher kam. Während sie sich der Musik hingaben, ließ Tessa den Tag Revue passieren. Sie besann sich auf die Situation, in der Raphaela sie angesprochen hatte. Bei jedem Wort, an das sie sich erinnerte, schwang nun eine andere Bedeutung mit. Raphaela hatte sie bewusst angesprochen, um mit ihr zu flirten. Tessa wurde das Grinsen nicht mehr los bei diesem Gedanken.

Plötzlich spürte sie, wie Raphaelas Finger sich minimal auf ihrem Körper bewegten. Sie streichelten eine wenige Zentimeter große Fläche auf ihrem Rücken. Tessas Bauch meldete sich mit einem Kribbeln zurück. Und dieses Mal schien das Gefühl in ihre Glieder zu wandern. Sie konnte nicht fassen, wie schnell sie sich auf eine fast fremde Frau einließ.

Sie tanzten noch einige Lieder weiter, und irgendwann fühlte Tessa sich mehr als beobachtet. »Sag mal, kann es sein, dass wir Aufsehen erregen?«

»Ja, ich fürchte, wir sind eine kleine Attraktion hier«, stimmte Raphaela zu. »Das ist keine Szenekneipe, und da kann es schon mal zu komischen Reaktionen kommen.«

»Was heißt denn komische Reaktionen?«

Raphaela löste sich zu Tessas Bedauern von ihrem Körper. Sie ließ ihre Augen über die Tanzfläche schweifen und traf auf einige interessierte männliche Augenpaare. »Weißt du, ich stehe ja als Schauspielerin von Natur aus gern im Mittelpunkt, aber es gibt auch ein paar Situationen, in denen ich darauf verzichten kann.«

»Da bin ich aber froh.«

»Vielleicht sollten wir mal eine Pause machen.«

Tessa stimmte zu, und gemeinsam gingen sie zurück zu ihrem Tisch. »Schade. Ehrlich gesagt, könnte ich die ganze Nacht so tanzen.«

Raphaela lächelte zustimmend.

Zu ihrer Überraschung saßen Chloe und Karen wie zwei Trauerklöße an ihrem Tisch.

»Hey, alles okay bei euch?«, fragte Tessa.

»Ist ein bisschen öde hier«, erklärte Chloe.

»Wollt ihr nicht tanzen?«

Beide schüttelten die Köpfe.

»Ich finde, wir sollten woanders hingehen«, schlug Chloe vor.

»Tja, wieso nicht. Wenn wir hier noch mal tanzen wollen, müssen wir wohl damit rechnen, angesprochen zu werden«, sagte Raphaela.

Chloe und Karen mussten grinsen. »Ja, wir haben euch beobachtet.« Chloe zwinkerte.

»Dann lasst uns aufbrechen«, bestimmte Raphaela.

»Wohin?«

»Ich schlage vor, wir fahren erst mal mit der U-Bahn nach Soho«, sagte Chloe. »Da können wir ja herumlaufen, bis wir was finden, was uns gefällt.«

»Okay, na los.« Karen stand auf, und die anderen taten es ihr nach. Sie und Chloe gingen vor in Richtung U-Bahn. Raphaela bot Tessa ihren Arm zum Einhaken an.

In der U-Bahn setzte Tessa sich absichtlich neben Raphaela, um weiterhin ihre Nähe zu spüren. Sie genoss jedes Ruckeln und Bremsen, das sie enger an Raphaelas Körper drückte.

»Weißt du was, ich glaube, ich habe doch keine Lust, noch mal tanzen zu gehen«, murmelte Raphaela plötzlich in Tessas Ohr. »Ich will auch nicht, dass es zu spät wird. Ich muss morgen wieder arbeiten.«

»Aber dann ist dein Zombie-Look vielleicht authentischer.«

Raphaela schmunzelte. »Hast du Lust, noch mit zu mir zu kommen? Dann machen wir uns noch einen ruhigen Abend.«

Tessa fühlte sich nicht imstande, eine andere Reaktion als ein Nicken zu zeigen.

»Und deine Freundinnen werden nicht enttäuscht sein?«

»Ich bin ihnen ja keine Rechenschaft schuldig.« Tessa sah zu Karen und Chloe hinüber. »Außerdem habe ich das Gefühl, sie bräuchten auch ein wenig Zeit allein.«

Raphaela schloss die Tür zu ihrer Wohnung auf. »Also«, flüsterte sie, »ich habe zwei Mitbewohnerinnen. Und ich habe keine Ahnung, ob sie da sind oder nicht. Im schlimmsten Fall sind wir also zu viert.«

»Immer noch besser als in der Jugendherberge. Da könnten wir im schlimmsten Fall zu zehnt sein – in einem Raum wohlgemerkt.«

Sie traten ein. »Scheint ruhig zu sein. Die Tür rechts ist mein Zimmer. Geh schon mal vor.« Raphaela ging langsam hinter Tessa her und lauschte vor den anderen Zimmertüren, um herauszufinden, ob sie allein waren. »Ich glaube, sie sind nicht da«, sagte sie etwas lauter, als sie hinter sich die Tür zu ihrem Zimmer schloss. »Oder sie schlafen.«

Tessa ging zögerlich in den Raum hinein und setzte sich schließlich aufs Bett, von wo aus sie sich weiter umschaute. Die Wände in Raphaelas Zimmer waren mit Zeitungsausschnitten und Postkarten bestückt. Alles wirkte etwas wild und chaotisch.

Raphaela ging zum CD-Spieler und stellte ihn an. Daraufhin vernahm Tessa ruhige, entspannende Musik, die sie nicht kannte. »Erzähl mir was über dich.« Raphaela setzte sich im Schneidersitz auf den Teppichboden vor Tessa.

»Was willst du denn wissen?«

Raphaela zuckte mit den Schultern. »Alles.«

Tessas Augen bewegten sich hin und her, während sie nachdachte. »Wo soll ich denn anfangen?«

Raphaela zog ihre Beine an und umschloss sie mit ihren Armen. »Seit wann weißt du, dass du lesbisch bist?«

»Schon immer, denke ich.« Tessa sinnierte einen Moment über die Frage, dann korrigierte sie sich. »Nein, ich glaube, richtig sicher war ich erst, als ich mit Anne, meiner Ex, zusammen war.«

»Wie lange wart ihr denn zusammen?«

»Über fünf Jahre.«

»Wow, das ist nicht wenig. Wer hat Schluss gemacht?«

»Sie.«

Die beiden sahen sich unsicher an, dann fragte Tessa: »Und bei dir?«

»Was denn genau?«

Ein hilfloser und zugleich etwas vorwurfsvoller Blick traf Raphaela.

»Schon okay. Also, mal sehen, ich glaube, ich wusste auch schon immer, dass ich lesbisch bin, aber ich war mir lange Zeit nicht sicher, ob das okay ist beziehungsweise ob ich das ausleben kann. Ich kannte eben keine Lesben oder Schwulen. In meiner Teenagerzeit hab ich dann irgendwann mal mit meiner besten Freundin rumgeknutscht. Für sie war's nur Spaß, aber ich wusste in dem Moment, warum ich sie so toll fand. Da hatte ich die übliche Teenagerkrise, doch das hat sich natürlich irgendwann wieder gelegt. In den zwei Jahren der Oberstufe hatte ich dann meine erste richtige Freundin und danach ein paar kürzere Beziehungen und Affären während des Studiums. Damit wären wir beim vorläufigen Ende der Geschichte angekommen. Aktuell bin ich Single.«

»Wow, erzählst du das immer allen so ausführlich?«

»Du hast doch gefragt. Außerdem wüsste ich nicht, was daran

ein Geheimnis wäre.«

»Du hast vermutlich recht.«

»Aber du gibst sonst nicht so viele Informationen preis, habe ich das richtig verstanden?«

Tessa lächelte. »Na ja, doch schon.«

»Ich weiß nicht, wie ich dir glaubhaft machen kann, dass du ruhig drauflos erzählen kannst. Darum geht es ja beim Kennenlernen.«

»Okay.« Tessa lächelte unsicher. Sie hatte keine Ahnung, wovon sie drauflos erzählen sollte.

»Möchtest du mal ein Haustier haben?«

»Vielleicht eine Katze.«

Raphaela verzog das Gesicht, als ob sie etwas Saures gegessen hätte. »Ui, das ist schlecht. Ich bin ein Hundemensch.«

»Aber man kann doch auch einen Hund und eine Katze haben«, schlug Tessa vor.

»Gut, dann müssten wir sie aber als Welpe und Katzenbaby schon miteinander vertraut machen.«

»Moment mal.« Tessa schüttelte abrupt den Kopf. »Planst du hier unsere gemeinsame Zukunft, oder was?«

Raphaela lachte. »Ups. Keine Ahnung, woran ich gerade gedacht hab, als ich das gesagt habe. Ich glaube, insgeheim will ich mich langsam mal häuslich niederlassen, mit Partnerin und Hund.«

»Wieso war denn bei all den Affären und Kurzzeitbeziehungen keine dabei, mit der du länger hättest zusammenbleiben können?«

»Ich weiß nicht. Es war eben noch nicht die Richtige dabei. Ich glaube, was ich gar nicht leiden kann, ist, wenn jemand Erwartungen an mich stellt, wie ich zu sein habe. Wenn jemand meint, mich verbiegen zu müssen, dann hält mich meistens nur noch sehr wenig bei der Person.«

»Also bist du die Herzensbrecherin und machst immer Schluss!«

»Ich finde das nicht schlimm. Je eher man bemerkt, dass man

nicht zusammenpasst, desto mehr Zeit spart man doch letztendlich.«

»Eine sehr pragmatische Sicht«, sagte Tessa anerkennend.

»Na ja, warum soll ich denn auch mit jemandem zusammen sein, wenn ich dabei nicht vollkommen glücklich bin?«

Tessa sah Raphaela an und wurde plötzlich ernst. Sie dachte an ihre Beziehung mit Anne. War es ihr auch so ergangen? Hätte sie Zeit sparen können, wenn sie die Beziehung beendet hätte?

»Wo wir gerade beim Thema *glücklich* sind, vielleicht magst du mir jetzt mal verraten, warum du nicht einfach mehr Italienisch-Kurse auf der Abendschule belegt hast, wenn du so einen Spaß an Sprachen hast.«

Tessa platzte mit dem ersten Gedanken heraus: »Anne wollte es nicht.«

»Wie bitte? Was gibt es denn daran nicht zu wollen?«

»So genau hat sie das nie gesagt. Doch, warte mal, sie hat mal gemeint, dass es doch schade wäre, wenn ich abends nicht bei ihr wäre und wir die Zeit nicht gemeinsam verbringen könnten.«

»Was? Das wäre doch nur ein Abend in der Woche oder so. Außerdem kann sie dich doch nicht in dem beschneiden, was dir wichtig ist und dir Spaß macht. Das regt mich ja schon richtig auf, wenn ich das nur höre. Eines kann ich dir sagen: Ich hätte es nicht lange mit ihr ausgehalten.«

»Na hör mal, was ist denn daran so schlimm, wenn sie die Abende mit mir verbringen wollte?«

»Glaubst du ihr das denn wirklich?«

»Warum unterstellst du ihr so was? Du kennst sie doch gar nicht!« Tessa klang aufgebracht.

»Nein, aber du kennst sie, und deshalb frag ich dich ja.«

»Warum sollte ich ihr das denn nicht glauben?«

»Sie hat dich ziemlich eingewickelt, oder? Ich wette mit dir, dass du wegen ihr auch nichts anderes mit deinem Leben gemacht hast. Dein Job füllt dich doch nicht aus.«

»Wieso meinst du eigentlich, es besser zu wissen?« Tessa steigerte sich immer mehr in eine ungekannte Aggression hinein. »Ich kannte Anne über fünf Jahre, und du, die sie nicht einmal zu Gesicht bekommen hast, meinst, über sie und mich urteilen zu müssen?«

»Entschuldige mal.« Nun klang auch Raphaela aufgebracht. »Ich kann mir einfach nicht erklären, wie man seiner Freundin einen Kurs auf der Abendschule oder ein Studium nicht gönnen kann. Vielleicht war sie auch einfach eifersüchtig, weil sie dich in der Zeit nicht kontrollieren konnte. Oder sie wollte nicht, dass ihre eigene Freundin mehr erreicht und glücklicher ist als sie selbst.«

Tessa schluckte. Schlagartig sprang sie auf und stand für einen winzigen Moment unsicher im Raum. »Weißt du was, ich glaube, ich sollte jetzt besser gehen.« Ihre Stimme klang matt. Sie ging zur Tür und legte bebend ihre Hand auf die Klinke.

»Nein.« Raphaela schrie fast. Schnell erhob sie sich und stellte sich hinter Tessa. Behutsam legte sie ihre Hände auf ihre Schultern. »Es tut mir sehr leid. Ich wollte dir nicht zu nahe kommen.« Sie zögerte, doch als Tessa nicht reagierte, sprach sie weiter. »Ich kann einfach nicht verstehen, wie jemand nicht wollen kann, dass die eigene Freundin glücklich ist. Sogar ich will, dass du glücklich bist.«

Tessa runzelte die Stirn, obwohl Raphaela das nicht sehen konnte. »Du kennst mich doch gar nicht.«

»So würde ich das nicht sagen. Ich kenne dich zwar noch keine fünf Jahre, aber ich kenne dich lange genug, um zu wollen, dass du glücklich bist. Ich weiß ja auch nicht, wieso das so ist, doch es ist so. Und es ist doch auch nichts Schlimmes.«

Tessa seufzte.

»Hey, willst du wirklich gehen?« Raphaela begann, Tessas Nacken zu streicheln. »Es tut mir doch leid.«

»Hm.«

»Dreh dich doch mal wieder um.«

Tessas Hand sank von der Klinke. Raphaela zog sich ein wenig zurück, und Tessa gab ihrem Wunsch langsam nach und drehte sich zu ihr um. Raphaelas Hände suchten sofort wieder Tessas Nähe. Sanft umfasste sie Tessas Hände.

»Die Liebe macht verletzlich«, sagte Raphaela, »und ich denke, du bist verletzt worden, Tessa. Das macht mich traurig und vielleicht etwas wütend. Aber wahrscheinlich habe ich mich in etwas eingemischt, worüber ich gar nicht genug Bescheid weiß. Ich habe eure Beziehung verurteilt. Das war dumm von mir. Trotzdem bin ich froh, dass wir dieses Gespräch geführt haben.«

Tessa senkte den Kopf.

»Ich glaube, es hat dir gutgetan. Oder etwa nicht?«

Tessa zuckte nur kaum merklich die Achseln.

»Du kommst nicht so schnell aus dir heraus, weil ich dir noch zu fremd bin, oder?« Tessa musterte sie aufmerksam, als wollte sie herausfinden, wie fremd sich Raphaelas Gegenwart wirklich anfühlte.

Raphaela ging einen Schritt rückwärts. Man könnte meinen, sie wollte Tessas Musterung entgegenkommen. Tessas Hände ließ sie aber nicht los. »Habe ich dir eigentlich gesagt, dass mein Name italienischen Ursprungs ist?«

Tessa blickte interessiert auf. »Wirklich? Sprichst du etwa auch noch Italienisch?« Sie lockerte ihre Haltung und gab Raphaelas Bewegung nach, die sie leicht mit sich zog.

»Nein. Meine Eltern haben mir den Namen laut eigener Aussage gegeben, weil ich so schön volles, dunkles Haar hatte.«

Tessas Miene entspannte sich. »Was für ein seltsames Klischee. Als ob alle Italiener dunkelhaarig wären.«

»Na ja, vielleicht klang er auch ganz gut.« Raphaela lachte kurz auf. »Das mit den Haaren ist zumindest das, was sie mir immer erzählt haben. Außerdem war mein Onkel zu dem Zeitpunkt meiner Geburt gerade nach Italien gezogen. Vielleicht hat sie das zusätzlich inspiriert.«

»Dein Onkel lebt in Italien?« Tessa konnte ihre Begeisterung kaum verbergen.

»Ja, seine Frau ist Italienerin. Er hat sie im Urlaub kennengelernt und ist dann zu ihr gezogen. Wir haben ihn ein paarmal dort besucht, aber ich spreche die Sprache trotzdem nicht sehr gut.« Raphaela setzte sich auf ihr Bett, und Tessa tat es ihr schließlich nach.

»Bleibst du also doch noch ein bisschen?«, fragte Raphaela leise, geradezu schüchtern.

»Ja.«

»Habe ich dir eigentlich schon mal gesagt, dass du wunderschön bist?«, raunte Raphaela.

Tessas Herz begann plötzlich wild zu schlagen. Raphaela fuhr mit ihrer Hand leicht über Tessas Oberschenkel. Tessa schluckte hart. Sie hatte das Gefühl, keinen Ton herausbringen zu können. Raphaelas Hand entfernte sich von ihrem Bein und landete unter ihrem Kinn. Mit sanftem Druck bewegte Raphaela Tessas Kinn in ihre Richtung, so dass sie sie ansehen musste. Beim Blick in Raphaelas Augen begann ein Feuer in Tessa zu brennen. Millimeterweise, so schien es ihr, bewegte sie ihr Gesicht Raphaela entgegen. Raphaelas Mundwinkel zuckten erleichtert. Tessa nahm die letzten Zentimeter auf sich und küsste Raphaela. Ihr war plötzlich, als würde ihr inneres Feuer gelöscht und gleichzeitig noch heftiger entfacht. Langsam küsste Tessa jeden Winkel von Raphaelas Lippen. Ihre Arme legten sich ganz von allein um ihren Körper. Raphaelas Hände hingegen strichen sanft Tessas Kinn entlang, bis sie zu ihren Ohrläppchen kamen. Ihre Fingerspitzen spielten ein wenig mit ihren Ohren, während ihre Küsse zunehmend leidenschaftlicher wurden. Raphaela streichelte dann zärtlich Tessas Hals. Automatisch rutschten ihre Finger immer tiefer und berührten genüsslich Tessas Dekolleté. Sie spielten mit ihrem Ausschnitt und streichelten daran entlang.

Tessa seufzte ungehalten. Dieser Augenblick und ihre Gefühle waren vollkommen anders, als sie bei Chloe gewesen waren. Tessa war sich bewusst, dass Raphaela etwas Besonderes war. Am liebsten wollte sie sie nie mehr loslassen.

Raphaela beugte sich Tessa entgegen, und sie gab nach. Nun lagen sie nebeneinander auf Raphaelas Bett und liebkosten sich gegenseitig. Raphaela küsste Tessas Schläfen und ihre Stirn.

Tessas Augen waren geschlossen. Sie genoss jede Berührung von Raphaelas Lippen auf ihrer Haut. Sie atmete tief ein, als wollte sie Raphaelas Duft fest in sich aufnehmen. Als sie die Augen wieder öffnete, war sie sich sicher, die schönste Frau der Welt läge neben ihr.

Tessa näherte sich mit ihrer Nase der Stelle knapp unter Raphaelas Ohr und schnupperte noch einmal. »Weißt du was? Du riechst nach Urlaub«, seufzte sie.

Raphaela musste kichern. »So ein Kompliment habe ich ja noch nie bekommen. Bist du dir sicher, dass du dir das nicht einbildest, weil du im Urlaub bist?«

»Nein, du riechst irgendwie nach«, Tessa atmete noch einmal tief ein, »nach Sonne, Sand und Meer. Wenn ich die Augen geschlossen habe, dich berühre und deinen Duft einatme, denke ich automatisch, dass wir am Strand sind ... und um uns herum ist kein Alltagsstress mehr.«

»Wahrscheinlich sind das einfach nur Spuren der Sonnencreme.« Raphaela prustete los.

»Eine Realistin, so, so«, stellte Tessa fest und verzog den Mund in gespielter Enttäuschung. »Schau mal, ich habe den Winter immer bei mir.« Sie presste ihre flache Hand auf ihre Brust. Als Raphaela irritiert dreinblickte, beugte sie sich zu ihrem Ohr und flüsterte: »Mein Name. Winter.« Sie sah sie wieder an und erkundigte sich in normaler Lautstärke: »Alles klar?«

Raphaela lachte ungehalten los. »Du bist so süß, wenn du deine Witze erst mal erklärst.«

Tessa musste grinsen. Raphaelas Heiterkeit schwappte auf sie über. »Jedenfalls habe ich deshalb vielleicht besonders große Sehnsucht nach dem Sommer.«

»Und Geruchsverirrungen«, schlug Raphaela vor.

»Du bist so frech!« Tessa begann mit Raphaela zu ringen, ohne ihr ernsthaft weh tun zu wollen. Ihre Hände wanderten über

Raphaelas Seite und kitzelten sie in verschiedenen Varianten, da ein sofortiger Erfolg in Form eines haltlosen Lachens auf sich warten ließ. »Na warte!«, drohte Tessa dann. Ihre Hände versuchten, genau die Stelle zu lokalisieren, an der sie selbst besonders kitzlig war. Während sie auf Raphaelas Körper einwirkte, spürte sie, wie diese ihre Bauchmuskeln anspannte, um dem Kitzeln gegenüber möglichst resistent zu sein. »Besonders lange wirst du das nicht aushalten können«, prophezeite Tessa.

Raphaelas siegessicherer Blick schmälerte Tessas Gewissheit. Tessa erkannte, dass Raphaela wirklich die perfekte Schauspielerin war. Ihre Selbstbeherrschung konnte sogar ihren Körper beeinflussen. Sie musste einen unglaublichen Willen haben und schaffte wahrscheinlich alles, was sie sich jemals in den Kopf gesetzt hatte. »Gibt es eigentlich irgendein Ziel, das du nicht erreichst?« Tessa ließ ihre Hand still auf Raphaelas Seite liegen und betrachtete sie forschend.

»Finde es doch heraus!«

»Das geht nicht. Ich kann ja nicht in deinen Kopf hineinsehen und weiß daher auch nicht, was du dir für Ziele setzt oder gesetzt hast.«

Raphaela musterte Tessa kurz. »Wenn es dich beruhigt, ich bin auch nur ein ganz normaler Mensch. Will heißen, dass ich bei Weitem nicht alle Ziele erreiche, die ich mir setze. Und das ist auch gut so! Stell dir nur mal vor, wie langweilig das Leben wäre, wenn wir immer alles schaffen würden.«

»Ich sowieso nicht! Aber du scheinst mir so ...«, Tessa versuchte, das beste Wort dafür zu finden, »... so willensstark.«

»Aber ich bin ja nicht Wonder Woman, und das Leben ist kein Filmskript.«

»Na, dann bau mich mal auf und zeig mir, dass du keine Superkräfte hast. Was hast du bisher nicht geschafft?«

»Diverse Rollen zu besetzen, würde ich jetzt spontan sagen. Etwas anderes fällt mir nicht ad hoc ein. Als Schauspielerin muss man sich schon wirklich durchsetzen und vor allen Dingen mit Rückschlägen umgehen können. Man bewirbt sich auf etliche Rollen, und es ist geradezu eine Glückssache, wenn es mal klappt.«

Tessa legte sich auf ihre Seite, stützte den Kopf in die Hand und studierte Raphaela. »Dafür klappt im privaten Bereich alles, nicht wahr? So selbstbewusst, wie du bist!«

Raphaela grinste süffisant. »Bei dir hat es augenscheinlich geklappt.« Raphaela fuhr mit einem Finger über Tessas Wange. Er verselbständigte sich und strich über Tessas Lippen. Raphaelas frecher Ausdruck war verschwunden. »Du bist wirklich wunderschön! Ich musste dich einfach ansprechen«, murmelte Raphaela.

»Nicht auch, weil es dein Job ist?«, fragte Tessa mit einem Schmunzeln im Gesicht.

»Ja, aber ich wusste sofort, dass ich mehr wollte.«

Tessas Herz machte einen Sprung. »Was meinst du mit mehr?«

»Ich wollte dich kennenlernen.«

»Ich habe es ja gesagt. Du bist so selbstbewusst, du schaffst alles, was du dir vornimmst.« Tessa formte ihre Lippen zu einem Kuss, der Raphaelas liebkosendem Finger galt.

»Das ist doch Quatsch! Du hättest doch auch hetero sein können«, gab Raphaela zu bedenken.

»Da hast du aber Glück gehabt, dass ich das nicht bin«, säuselte Tessa, während sich ihre Augen genießerisch schlossen.

Plötzlich zuckte sie zusammen, und ihr Körper spannte sich automatisch an. Raphaelas rächte sich jetzt bei ihr, denn aus der zärtlichen Berührung ihrer Lippen war ein energisches Kitzeln geworden. Tessa war weniger diszipliniert und wand sich unter Raphaelas Berührung, während sie kicherte und immer heftiger zu lachen begann.

»Schön!«, stellte Raphaela einfach nur fest, und Tessa wusste nicht genau, worauf sich dieser Kommentar bezog. Ihre Hand hatte die Bewegung eingestellt, und während Tessa noch schwer atmete und versuchte, zur Ruhe zu kommen, bemerkte sie, wie Raphaela sie dabei beobachtete. Tessa erwiderte ihren

Blick, während ihr Körper eine Habachtstellung einnahm, bei der ihre Hände sich schützend vor ihren besonders empfindlichen Stellen positionierten.

»Ich höre schon auf!« Raphaela hatte offenbar erkannt, dass Tessa genug gelacht hatte. »Ich habe es dir ja mehr als zurückgezahlt.« Sie grinste.

»Ich bin leider nicht so beherrscht«, seufzte Tessa.

»Das kann doch aber auch ganz schön sein.« Raphaelas Lippen senkten sich auf Tessas, und sie erreichte offenbar genau das, worauf sie abgezielt hatte: dass Tessa bei diesem Kuss dahinschmolz und genauso wehrlos war wie zuvor. Sie war ein Spielball in Raphaelas Händen, und sie würde ihren Körper wohl niemals so sehr im Griff haben, dass sie immun für Raphaelas Berührungen wäre.

Mittlerweile hatten Raphaelas magische Hände wieder ihren Weg zu Tessas Taille gefunden. Während ihre Lippen eins wurden, streichelte Raphaela Tessa durch den Stoff ihres T-Shirts hindurch. Tessa konnte davon kaum genug bekommen. Ungestüm rollte sie sich, sodass sie halb auf Raphaela lag. Es war ungewöhnlich, dass sie so die Kontrolle übernahm, aber es war, als ob ein Schalter umgelegt worden war. Sie wollte nur noch eines: Raphaela spüren, überall. Sie wollte die Stimmung nicht noch einmal ins Alberne kippen lassen. Sie genoss jegliche Aufmerksamkeit von Raphaela, auch von ihr gekitzelt zu werden und mit ihr Späße zu machen, aber trotz allem war Tessa nicht vor ihren Gefühlen gefeit. Sie küsste Raphaela wild, und nun war sie selbst es, die die Stelle, an der sie zuvor versucht hatte, Raphaela zum Lachen zu animieren, streichelte.

Schließlich fand ihre Hand den Weg unter Raphaelas Shirt. Sie fühlte die zarte Haut und spürte die straffen Muskeln, mit denen sie das Kitzeln abgewehrt hatte. Tessa bekam kaum genug davon, ihren Körper zu spüren. Ihre Zunge erforschte Raphaelas Mund, während ihre Finger am Rande von Raphaelas BH angelangt waren.

Dieses Mal war es perfekt. Tessa war sich absolut sicher, dass sie das Richtige tat. Es war anders als an dem Abend mit Chloe und trotzdem um ein Vielfaches aufregender, als ein Dreier jemals sein könnte. Dieses Mal würde sie den Schritt gehen. Sie konnte gar nicht mehr anders. Ihre Hand hob sich über Raphaelas Busen und legte sich anschließend darauf. In dem Moment, da Tessa die weiche Wölbung in ihrer Hand spürte, stöhnte sie auf. Auch Raphaela zuckte unter ihr vor Leidenschaft.

»Tessa.« Raphaela quälte sich geradezu, um nicht auf Tessas Küsse einzugehen. »Ich finde, wir sollten es nicht überstürzen.«

Irritiert unterbrach Tessa ihre Küsse und zog ihre Hand zurück. »Hab ich was falsch gemacht?«, fragte sie beunruhigt.

»Nein, nein. Ich habe nur das Gefühl, dass es etwas schnell geht. Findest du nicht?«

Tessa wusste nicht, was sie darauf antworten sollte. Es ging schnell, das stimmte, doch es fühlte sich so normal und richtig an. Sie schämte sich plötzlich und rückte etwas von Raphaela ab. »Soll ich nach Hause fahren?«

»Nein«, sagte diese bestimmend. »So meinte ich das nicht.«

Tessa meinte, Angst in Raphaelas Augen zu lesen.

»Ich wollte jetzt nicht die Stimmung zerstören. Ich finde dich toll und aufregend, aber ich will auch nichts überstürzen, was wir später bereuen könnten.«

Wie sollte ich das jemals bereuen?, fragte sich Tessa.

»Aber ich will nicht, dass du gehst. Da hast du mich wirklich falsch verstanden. Allein die Umstände, schau doch mal auf die Uhr. Ich will nicht, dass du um die Zeit noch allein in London unterwegs bist.«

Tessa sah sie verwirrt an. Diese plötzliche Veränderung in ihrem Wesen. Sie wurde nicht schlau aus ihr.

»Du schläfst hier. Vorausgesetzt, du willst.«

Tessa betrachtete Raphaelas Körper, der vor ihr lag. Von wollen war da gar keine Rede. Vielmehr hatte sie Angst, dass nachts etwas mit ihr durchgehen und sie über Raphaela herfallen würde. Dennoch rang sie sich zu einem Nicken durch. Eine andere Antwort kam gar nicht in Frage.

»Gut, dann geh ich nur noch mal schnell ins Bad.« Raphaela sprang auf und ging in Richtung Tür. Auf dem Weg dorthin machte sie vor ihrem Kleiderschrank Halt, den sie beherzt öffnete. Sie warf einen Blick hinein und wandte sich dann wieder Tessa zu. »Hier auf dem Stapel kannst du dir gern ein Shirt zum Schlafen aussuchen.« Sie deutete auf einen Bereich im Schrank. Dann hockte sie sich hin und kramte in den Tüten, die am Boden des Kleiderschranks standen. »Hier!« Sie hielt ihr eine noch verpackte Zahnbürste hin, zwinkerte und verschwand aus dem Zimmer.

Nachdem sich beide nacheinander bettfertig gemacht hatten, sprang Raphaela behände zurück ins Bett und legte sich unter die Decke, die sie zur Hälfte zurückschlug, was Tessa als Einladung verstand. »Es ist etwas eng. Ich schlage vor, du schläfst in meinem Arm.« Raphaela lächelte auf ihre verführerische Art, der Tessa einfach nichts abschlagen konnte. Tessa kuschelte sich in Raphaelas Arm und spürte augenblicklich, wie sich ein Glücksgefühl einstellte, als sie ihrer Nähe und Raphaelas Duft gewahr wurde.

Ihre Hand legte sie etwas zögerlich auf Raphaelas Dekolleté. Nach der kleinen Abfuhr war sie sich nicht mehr so sicher, ob sie entsprechend Raphaelas Willen handelte. Tessa fragte sich ernsthaft, ob sie überhaupt würde einschlafen können, da sie so dicht an Raphaelas Busen lag. Die Erregung, die wieder kurz abgeschwächt wurde, überschwemmte sie sofort wieder.

»Gute Nacht, Süße«, sagte Raphaela nur. Sie gab Tessa einen Kuss auf die Stirn. Dann löschte sie das Licht. »Das war echt ein schöner Tag.« Es folgte ein Kuss auf Tessas Lippen, bevor Raphaela sich in einer gemütlichen Schlafposition einfand, bei der sie offenbar versuchte, möglichst viele Stellen von Tessas Körper mit ihrem eigenen zu berühren.

Tessa erwachte völlig selig und ausgeschlafen. Sie wusste für einen kurzen Moment nicht, wo sie sich befand. Dann fiel ihr alles wieder ein, und es bildete sich ein Lächeln in ihrem Gesicht, das sie so schnell nicht losgeworden wäre, hätte sie nicht festgestellt, dass sie nur noch allein in Raphaelas Bett lag. Sie setzte sich auf und sah sich um. Auf dem Boden vor dem Bett lag ein großer Zettel. Sie hob ihn auf und las ihn, während sie noch im Bett sitzenblieb.

Guten Morgen, Tessa.
Ich musste zur Arbeit. Du musst leider allein frühstücken. Ich hoffe, du hast gut geschlafen. Ich würde mich freuen, wenn du mir deine Nummer hinterlassen würdest. Noch mehr würde ich mich freuen, wenn du mich wieder auf der Arbeit besuchen würdest. Wir könnten danach etwas gemeinsam unternehmen.
Bis bald hoffentlich,
Raphaela.
P.S.: Du siehst süß aus, wenn du schläfst.

Tessas Lächeln fand sich wieder auf ihrem Gesicht ein. Sie stand auf und ging zögerlich aus dem Zimmer in Richtung Bad.

Als sie dort fertig war und gerade aus dem Bad kommen wollte, hörte sie Schritte in der Wohnung. Das mussten Raphaelas Mitbewohnerinnen sein.

Tessa hatte ein mulmiges Gefühl. Sie waren bestimmt nicht gerade gut auf sie zu sprechen, immerhin waren sie sich noch nie begegnet. Tessa verließ zielstrebig das Bad. Sie würde einfach klammheimlich die Wohnung verlassen.

»Hallo?«, fragte eine Stimme, als Tessa sich im Flur befand. Die englischen Wohnungen waren eben wirklich hellhörig.

»Ja«, antwortete Tessa unsicher.

Eine junge Frau sah um die Ecke aus dem Raum, der die Küche sein musste. »Hallo, ich bin Jessica oder einfach Jess. Du hast doch bestimmt noch nicht gefrühstückt, oder?«

Tessa schüttelte den Kopf.

»Na dann, nichts wie her mit dir.«

Zögerlich ging Tessa auf sie zu. »Ich heiße Tessa. Und ich

kann auch einfach irgendwo anders frühstücken. Ich muss nicht ...«

»Blödsinn«, fiel Jess ihr ins Wort. »Ich setz mal heißes Wasser für dich auf. Du möchtest doch bestimmt Tee, oder?« Jess lächelte.

»Ja, gern.«

»Cornflakes stehen auf dem Tisch. Du kannst dir auch gern Toast machen.«

»Das wäre doch nicht nötig gewesen. Wir kennen uns doch gar nicht.«

»Alles halb so wild. Raphaela hat mir einen Zettel geschrieben, dass eine gewisse Teresa in der Wohnung ist und dass du hier frühstücken darfst.« Jess zwinkerte sie an. »Sehr umsichtig von Raphaela, sonst hätte ich womöglich noch einen Schreck bekommen.«

Tessa bediente sich an den Cornflakes.

»Bist du Touristin?«

»Ja.«

»Weißt du schon, was du dir heute ansehen willst?«

»Offen gestanden, nein.«

»Na, das ist aber nicht sehr durchorganisiert. Du ärgerst dich noch, wenn du am Ende deines Aufenthalts irgendetwas Wichtiges nicht gesehen hast.«

»Ich werde einfach Raphaela nach einem Tipp fragen.«

»Die hat doch erst am Nachmittag Schluss.«

Anstrengend, so ein Urlaub, dachte Tessa, während sie die Cornflakes aß.

»Bitte schön, dein Tee.« Jess stellte eine Tasse vor sie. Dann lehnte sie sich an der Küchenzeile an und schaute Tessa an. »Hast du denn schon den Buckingham Palace gesehen?«

Tessa schüttelt den Kopf.

»Na, das wäre doch eine ideale Idee für heute. Achte mal darauf: Wenn die Flagge gehisst ist, heißt das, dass die Königin zu Hause ist. Und danach kannst du durch den St. James' Park spazieren. Da gibt es haufenweise Eichhörnchen.«

»Klingt gut.«

»Wobei, warte mal, das dauert ja nicht so lange. Oder du gehst vorher in ein Museum, und den Spaziergang durch den Park machst du mit Raphaela gemeinsam.«

»Du planst gerade meinen Tag.«

»Ja, ich kann es nicht lassen.« Jess grinste wie ein Honigkuchenpferd. »Sorry, aber so was liegt mir einfach im Blut.«

»Zu Recht. Weißt du was, ich denke, ich nehme deinen Vorschlag an. Welches Museum empfiehlst du denn?«

»Das V&A, also Victoria & Albert Museum, das Naturkundemuseum, oder nein, warte, noch besser, die Nationalgalerie. Die ist nämlich am Trafalgar Square. Dann kannst du dir den gleich noch mit ansehen.« Während sie ihr diese Vorschläge unterbreitete, griff sie nach dem Wasserkocher, der sich bereits abgeschaltet hatte. Jess brühte ganz selbstverständlich für Tessa einen Tee auf, den sie auf den Tisch vor sie hinstellte.

»Wow, vielen Dank. Sag mal, arbeitest du als Touristenführer?«

Jess lachte. »Hab ich mal.«

»Super. Also, ich bin dir wirklich dankbar. Auch für das Frühstück.«

»Ich nehme an, wir sehen uns noch. Leider kann ich dir keine Gesellschaft mehr leisten. Ich muss los.« Jess nahm einen letzten Schluck aus ihrer Teetasse, bevor sie diese ins Spülbecken stellte. »Ich wünsche dir einen schönen Tag!«

»Vielen Dank, das wünsche ich dir auch.« Tessa beobachtete, wie Jess die Wohnung verließ, und freute sich, dass Raphaela eine so nette und tolerante Mitbewohnerin hatte.

Tessa hatte feststellen müssen, dass die Nationalgalerie riesig war und dass man allein dort mehrere Tage verbringen konnte. Sie hatte also eine Auswahl treffen müssen und sich für die moderneren Epochen der Kunst entschieden. Nachdem sie eine Weile an van Gogh und anderen namhaften Kunstwerken vorbeigegangen war, machte sie eine kleine Pause. Ihr Telefon hatte vibriert. Chloe hatte – noch in der Nacht – per SMS nach ihrem Verbleib gefragt. Tessa erschrak. Das hatte sie ganz vergessen. Die beiden hatten sich wahrscheinlich schon Sorgen gemacht. Schnell schrieb sie eine Nachricht und berichtete darin, wo sie die Nacht verbracht hatte. Dann sah sie auf die Uhr und plante ein, wie lange sie noch in der Galerie bleiben würde.

Eine halbe Stunde war noch Zeit bis zu Raphaelas Feierabend. Tessa war viel zu zeitig losgefahren, weil sie auf keinen Fall zu spät kommen wollte und nicht abschätzen konnte, wie viel Zeit sie für den öffentlichen Verkehr in London einplanen musste. Voller Vorfreude sah sie sich um, als sie aus dem U-Bahnhof kam. Sie hoffte, dass sie Raphaela dieses Mal als Erste sehen würde. Und so war es auch. Auf der anderen Straßenseite stand die schöne Frau, die sich mit ein bisschen Theaterschminke und ein Kostüm in eine Halbtote verwandelt hatte. Tessa überquerte die Straße und schlich sich an Raphaela heran. Sie mochte die Vorstellung, sie erschrecken zu können. Leider ging ihr Plan jedoch nicht auf und Raphaela sah sie rechtzeitig kommen.
»Hallo, schöne Frau.«
»Hi.«
»Du bist ziemlich zeitig dran.«
»Ich wollte dich auf keinen Fall verpassen.«
»Das ist nett, aber ich kann leider auch nicht eher Schluss machen.«
»Ich könnte mich in ein Café setzen. Vielleicht dahin, wo wir gestern waren. Ich hab was zu lesen mit.«
»Gut, dann weiß ich ja, wo ich dich finden kann.«

Tessa war gerade in ihr Buch vertieft, als sie plötzlich bemerkte, wie jemand an ihren Tisch getreten war.
»Raphaela!« Sie strahlte sofort, als sie diese erblickte.
Raphaela setzte sich neben Tessa und gab ihr zur Begrüßung ganz selbstverständlich einen Kuss.
Tessa spürte sofort wieder ihren Herzschlag, wenngleich der

Kuss nicht lange anhielt. Verdattert sah sie Raphaela an.

»Was denn?«, erkundigte diese sich verzückt.

»Du hast mich geküsst.«

»Ja, entschuldige. Das kam fast wie von selbst. Ich wusste nicht, dass es dich stören würde.«

»Es stört mich ja nicht.«

Raphaela sah sie einen Moment ratlos an. »Oh, du meinst das deswegen, weil ich dich vorhin *nicht* geküsst habe?« Raphaela lächelte verschmitzt. »Da war ich ja gewissermaßen im Dienst. Da finde ich das keine besonders gute Idee. Überleg mal, wie das auf Passanten wirken würde. Vielleicht hätten sie davor noch mehr Angst als vor dem *Experience*. Moment...« Raphaela legte ihren Finger an ihre Unterlippe. »... vielleicht wäre genau das eine innovative Strategie, um neue Besucher zu gewinnen. *Kommt und besucht uns, oder ihr werdet vom Zombie geküsst*«, versuchte sie sich an einem passenden Slogan. Sie stützte ihren Kopf auf ihre Hand und betrachtete Tessa eingehend.

»Nein, die Wahrheit ist, ich hätte dich ungern geküsst, weil die verbleibende Arbeitszeit für mich dann wohl sehr bedrückend geworden wäre. Erst küssen und die schöne Frau dann wieder gehen lassen, ist gar nicht spaßig.«

»Na, jetzt brauchst du dich nicht mehr zu beherrschen«, verkündete Tessa und revanchierte sich bei ihr für ihren Begrüßungskuss.

»Also, wie sieht's aus? Wo möchtest du hin?« Raphaela schien Mühe damit zu haben, zurück ins Hier und Jetzt zu kommen.

»Jess meinte, ich soll mir den Buckingham Palace angucken und dann mit dir durch den St. James' Park spazieren.«

»Klingt doch gut. Also los!«

»Schau mal, die Queen ist gerade zu Hause«, verkündete Tessa, während sie mit ihrem Finger zum Buckingham Palace zeigte.

»Hey, da kennt sich aber jemand aus.«

»Das habe ich auch Jess zu verdanken.«

Nachdem die beiden kurz stehengeblieben waren und sich

umgeschaut hatten, machten sie kehrt und gingen in Richtung Park. Sie hatten sich zuvor lebhaft unterhalten und sich gegenseitig Fragen gestellt.

»Na los, du bist dran«, drängte Raphaela.

»Okay, warte.« Tessa dachte angestrengt nach. Bei einem Blick auf Raphaela fiel ihr die nächste Frage ein. »Würdest du dir für eine Rolle deine Dreadlocks abschneiden?«

»Na, selbstverständlich«, kam es wie aus der Pistole geschossen. »So flexibel muss man schon sein, wenn man sich eine Rolle erhofft. Außerdem sind die ohnehin schon etwas ausgewachsen, und ich hab sie ziemlich über.«

»Aber wenn du sie abschneidest, sind sie richtig kurz, oder?«

»Ja.« Raphaela lachte etwas geknickt. »Magst du keine Frauen mit superkurzen Haaren?«

»Ich glaube nicht, dass die Haarlänge so eine große Rolle spielt.«

»Da hast du recht. Wächst ja schließlich alles auch wieder nach.« Sie dachte kurz nach. »Jetzt hast du mich ja mit deiner Frage richtig neugierig gemacht. Ich hab was ganz Ähnliches für dich. Würdest du deine Haare für eine Frau abschneiden?«

Tessa blieb einen Moment lang stumm. »Ich ... wahrscheinlich schon«, gab sie resignierend zu.

»Aha ... ohne Wenn und Aber?«

»Ich hab's schon mal gemacht, okay?« Tessas Stimme klang gereizt.

Raphaela blieb stehen und betrachtete sie. »Ich hab was Falsches gefragt, oder? Das hat wieder mit deiner Ex zu tun, und ich hab wieder einen wunden Punkt getroffen, stimmt das?«

Tessa blieb ebenfalls stehen und starrte zu den Wolken am Horizont. »Wahrscheinlich ist es mir einfach peinlich. Ich meine, das klingt jetzt so, als hätte sie über mich bestimmt oder sonst was Schlimmes. Nur dieser eine Aspekt macht sie ja nicht gleich zu einem schlechten Menschen. Sie hatte gesagt, wie schön das sei, durch richtig kurze Haare im Nacken zu streichen. Und sie meinte auch, dass mir das gut stehen würde. Man verleugnet sich ja nicht gleich selbst, nur weil man sich für den Partner ändert.« Tessa beobachtete noch immer die Wolken.

»Ich habe doch gar nicht gesagt, dass man sich verleugnet. Ich würde auch meine Haare für eine Rolle abschneiden. Das habe ich doch eben selbst gesagt.«

»Ja, aber eine Rolle ist doch etwas anderes als eine Beziehung. Du willst mir doch bestimmt gleich wieder beweisen, dass ich schwach bin.« Tessa funkelte Raphaela an.

»Wow.« Raphaela atmete mit einem pfeifenden Geräusch aus. »Ich weiß gerade nicht, was dein Problem ist. Du fühlst dich angegriffen, obwohl ich überhaupt nichts gesagt habe. Kann es sein, dass du doch noch ganz schön etwas aufzuarbeiten hast? Es geht doch hier gar nicht ums Haareabschneiden, sondern darum, wie du dich hier plötzlich in einem fort rechtfertigst. Von mir aus kannst du dir für deine Partnerin eine Glatze scheren lassen.«

Tessas Gesicht verzog sich zu einer zerknirschten Grimasse.

»Merk dir doch mal, dass ich dich nicht verurteile«, setzte Raphaela hinzu.

Ein Finger näherte sich Raphaelas Handfläche und streichelte zaghaft darüber. Tessa wandte sich ihr zu und studierte ihre Reaktion.

»Ich will nicht sagen, dass es mir leidtut«, gab Tessa zu.

»Und das ist auch gut so. Es gibt nichts, wofür du dich entschuldigen müsstest.«

»Ich will nur nicht, dass du ...« Sie wandte den Blick wieder ab. Es war schwerer, sich zu öffnen, als sie gedacht hätte. Sie spürte, wie Raphaela ermutigend ihre Hand nahm. »Ich will nicht, dass du meine Fehler und Macken siehst und denkst, dass ich noch an meiner Ex hänge.«

»Wenn du nicht willst, dass ich deine Fehler und Macken sehe, darfst du nicht mehr mit mir reden. Ich verstecke meine ja auch nicht.«

»Also, ich habe noch keine gesehen.«

Raphaela lächelte. »Komm mal her.« Sie fasste Tessa an beiden Händen an und zog sie so dicht vor sich, dass es Tessa fast unmöglich war, sie nicht anzusehen. »Du weißt besser über dich und deine Gefühle Bescheid. Wenn du möchtest, beenden wir das eben.«

»Was? Nein!« Tessa schrie fast.

Raphaela musterte sie aufmerksam.

»Ich will sie vergessen«, bekannte Tessa. »Und du tust mir gut. Und das eine hat nichts mit dem anderen zu tun.« Ihre Stirn legte sich zweifelnd in Falten. »Ich will nicht, dass du denkst, dass ich dich ausnutze, um sie zu vergessen. Denn das ist nicht so. Du bist eine tolle, faszinierende, wunderbare Frau.«

»Aber?«

»Aber ich glaube, ich denke oder handle noch so, wie ich es bis vor Kurzem gewöhnt war. Und das will ich eigentlich gar nicht mehr. Ich will ich selbst sein. Ich will so viel Selbstbewusstsein haben wie du!«

Raphaela schmunzelte. »Okay, pass auf.« Sie schwang Tessas Hände, die sie noch immer festhielt, bestimmend in der Luft. »Ab heute bist du eine neue Frau. Du denkst und handelst nur noch so, wie *du* es willst. Ich will nämlich die echte Teresa kennenlernen und nicht das, was ihre Exfreundin von ihr übrig gelassen hat. Klar?« Es klang wie ein Schlachtruf.

»Ja.« Tessa atmete dieses neue Gefühl ein und fühlte sich von einer Sekunde auf die nächste bereits selbstbewusster.

»So, würdest du dir für eine Frau die Haare abschneiden?«, testete Raphaela.

Tessa zog ihre Hände zurück, auch wenn sie sich nur ungern aus Raphaelas Berührung löste. Sie führte ihren rechten Zeigefinger nachdenklich an ihre Lippen und klopfte sich einige Male auf den Mundwinkel, während sie nachdachte. »Wenn die Frau Friseurin ist und weiß, was sie tut«, konterte sie dann.

Raphaela lachte. »So gefällst du mir.«

Teresa war beruhigt, dass die angespannte Stimmung Ausgelassenheit gewichen war. Da bemerkte sie, wie Raphaela ihr wieder näher kam. Sie führte ihre Handflächen zu Tessas Haaren, ihr Blick war ernst, so als konzentrierte sie sich, Tessas Aussehen mit allen Sinnen wahrzunehmen. Ihre flachen Hände strichen an ihrem schulterlangen Haar entlang, griffen hier und da zu, um die Dichte und Textur zu ermitteln. Raphaela legte den Kopf schräg. »Ich war mal Komparse in einem Friseursalon. Qualifiziert mich das auch?«

Tessa setzte einen gespielt empörten Blick auf. Dann musste sie kichern. »Moment mal, Komparse in einem Friseursalon? Hast du Kundin gespielt oder Friseurin?«

»Vielleicht bin ich auch nur als Passantin vor dem Friseursalon vorbeigelaufen.« Ihr freches Lächeln verriet Teresa, dass sie sie mal wieder nur auf den Arm nahm. »Woher soll ich mir denn das immer alles merken?«

Teresa grinste zurück.

»Also ich weiß, was ich mit deinen Haaren machen würde.« Plötzlich griff Raphaela in Tessas Schopf und wuschelte kräftig darin herum.

»Hey«, rief Tessa und drehte sich mehrmals weg, doch Raphaelas Hände fanden immer wieder Zugang zu Tessas Haaren und brachten sie genüsslich durcheinander. Beide lachten ausgelassen, während sie miteinander rangen und sich gegenseitig neckten. Tessa bekam schließlich Raphaelas Hände zu fassen und hielt sie fest. Sie musterte Raphaelas Haaransatz. »Das ist so frech. Ich kann mich nicht einmal revanchieren.«

Raphaelas helles Lachen ebbte langsam ab. »Okay, kann ich mich mit einem Eis von meiner Schuld loskaufen?«

Tessa folgte Raphaelas Blick und entdeckte einen Kiosk in der Nähe des Parkeingangs.

»Einverstanden.« Tessa ließ Raphaelas Hände nur zögerlich los, immer noch gefasst auf einen erneuten Angriff. Raphaela hielt ihr Wort und huschte zum Kiosk, so dass Tessa Zeit hatte, die Wirrnis auf ihrem Kopf in Ordnung zu bringen, soweit sie es ohne Spiegel zustande brachte.

Raphaela brauchte nicht lange und stand kurz darauf schon

wieder vor ihr und hielt ihr ein Softeis entgegen. Tessa wollte gerade danach greifen, doch in dem Moment bewegte Raphaela ihre Hand von der Stelle und verpasste Tessas Nasenspitze eine weiße kühle Verzierung.

»Du bist so frech heute«, mokierte sich Tessa.

Doch bevor sie das Eis wegwischen konnte, war Raphaela schon nah genug, um es mit ihren Lippen zu beseitigen. »Ich hatte nur eine Gelegenheit gesucht, dich mal wieder zu küssen.«

Tessa grinste und bedankte sich mit einem Kuss auf Raphaelas sinnlichen Mund, der nach Sahneeis schmeckte. »Na los, lass uns mal weitergehen. Ich wollte doch gern noch mehr vom Park sehen.«

Als sie ihren Weg fortsetzten, erinnerte Raphaela sie: »Du hast die nächste Frage frei.«

»Warst du schon mal in Deutschland?«, platzte Tessa heraus.

»Nein. Leider nicht. Aber wenn ich mehr Geld und Zeit hätte, würde ich am liebsten in jedes Land auf der Welt reisen.«

»Ah ja«, flachste Tessa, »und da würdest du lieber nach ...«, sie überlegte, »nach Grönland fahren, anstatt mich zu besuchen?«

»Erst würde ich dich besuchen, dann würde ich dich schnappen und wir fahren gemeinsam nach Grönland und Panama und Japan und Vietnam und Australien natürlich und nach Canada und Südafrika und ...«

»Stopp«, rief Tessa, ohne dass sie einen wirklichen Grund gehabt hätte.

»Was denn?«

Tessa schüttelte den Kopf. »Nichts. Es ist nur schwer vorstellbar, in dieser Reihenfolge mit dir zu verreisen. Oder überhaupt so viel zu verreisen.«

»Vielleicht gewinnen wir mal im Lotto. Ein bisschen träumen wird ja wohl noch erlaubt sein.« Raphaela schubste Tessa auf Hüfthöhe an. »So, ich bin wieder dran.« Sie schleckte genüsslich an ihrem Eis und ließ sich Zeit beim Nachdenken. »Ich weiß. Sag mal, wie hast du denn überhaupt geschlafen in meinem bescheidenen Schlafgemach?«

»Super, wie ein Stein.«

»Das habe ich gemerkt.« Raphaela schmunzelte.

»Viel besser als in der Jugendherberge.«

Raphaela runzelte die Stirn, als sie sie ansah. »Daran habe ich gar nicht mehr gedacht. Du hast für die Nacht jetzt bezahlt, obwohl du gar nicht dort geschlafen hast, oder?«

Tessa nickte, ohne weiter darauf einzugehen.

»Aber das ist doch blöd.«

»Nein. Ich habe die Nacht trotzdem sehr genießen können.« Tessa lächelte Raphaela verträumt an.

Diese erwiderte ihr Lächeln mit einem frechen Grinsen. »Pass auf, ich mach dir einen Vorschlag. Du kannst die nächsten Tage bei mir schlafen, wenn du das möchtest. Dann sparst du dir das Geld für die Jugendherberge. Die mögen zwar billig sein, aber unter den Umständen möchte man trotzdem gern ganz darauf verzichten, oder?«

Tessa blieb irritiert stehen.

»Sag bloß, es gefällt dir dort so sehr!«

»Nein, aber ich hätte nicht damit gerechnet, dass du mir das anbietest. Ich habe ja noch nicht mal darüber nachgedacht.«

»Ich auch nicht.« Sie setzten ihren Spaziergang fort. »War auch nur so eine spontane Idee. Ich hatte den Eindruck, dass du nichts dagegen hättest, weiter bei mir zu schlafen.«

»Das ist auch so.«

»Na dann. Das Angebot steht. Du kannst gern heute dort auschecken.«

Tessa begann zu lächeln. »Wenn das so ist. Vielleicht sollte ich das wirklich machen.«

Sie gingen ein paar Schritte weiter und waren vollends mit dem Eis beschäftigt, bis Tessa aufgeregt von sich gab: »Sieh mal da, ein Eichhörnchen.« Es huschte genau vor ihnen auf dem Weg entlang.

Raphaela kicherte. »Siehst du die jetzt erst? Die sind hier

doch überall.«

Tessa sah sich genauer um. Sofort entdeckte sie weitere Tiere, die über die Wiese oder an den Baumstämmen hoch rannten. »Die sind ja supersüß.«

»Habt ihr so etwas in Deutschland nicht?«

»Doch, das heißt nein, unsere sind eher rotbraun. Außerdem kommen sie einem selten so nahe wie hier.«

Raphaela, die ihr Eis aufgegessen hatte, schlich vorsichtig dem Eichhörnchen hinterher. »Wart's ab. Die kommen mitunter sogar noch näher. Aber da müssen wir natürlich leise sein.«

Tessa schluckte den letzten Rest ihrer Waffel hinunter, um sich nun ganz der Beobachtung von Tier und Natur widmen zu können.

»Hey, vielleicht hätten wir etwas von der Waffel aufheben sollen, um sie anzulocken.«

»Meinst du Eichhörnchen fressen Eis?«, fragte Tessa skeptisch.

»Hm.« Die beiden Frauen gingen nun langsam den Weg entlang und beobachteten gebannt die Wiese.

»Da ist wieder eins«, sagte Tessa. Sie fixierten eines der Eichhörnchen, welches ihnen am nächsten war. Tessa verharrte, um das Tier nicht zu erschrecken.

»Hallo Mädels.« Ein älterer Herr war plötzlich neben ihnen aufgetaucht. Er taxierte sie, während sie weiterhin so still wie möglich dastanden. Raphaela musste kichern. Tessa kam die ganze Situation ziemlich suspekt vor.

»Wartet mal«, sagte der Mann in seiner etwas quietschigen Stimme. Dann schlug er mit der flachen Hand mehrmals auf die Plastiktüte, die er bei sich trug, und pfiff abwechselnd dazu.

Augenblicklich schienen Dutzende Eichhörnchen aus den Büschen zu lugen. Einige kamen skeptisch ein paar Schritte näher an die drei heran.

»Hier.« Der Mann tippte Tessa an und gab ihr eine Erdnuss. Da erst bemerkte Tessa, dass seine Tüte voll davon war. Tessa nahm die Nuss, und sofort schien das Eichhörnchen, was mittlerweile ziemlich dicht vor ihr stand, noch mehr Interesse an ihr zu haben. Es spitzte die Ohren und musterte Tessa und die Nuss in ihrer Hand neugierig.

Der Mann nahm Tessas Hand und zog sie nach unten, sodass sie in die Hocke ging. Er bedeutete ihr, die Nuss deutlich sichtbar mit den Fingern von ihrem Körper entfernt zu halten.

Das Eichhörnchen kam aufgeregt auf Tessa zugerannt, die sich sichtlich darüber freute. Immer wieder schaute das Tier skeptisch, aber schließlich überwand es die Distanz und schnappte sich die Erdnuss von Tessas Fingern. Glücklich rannte es von dannen.

Tessa freute sich ungemein und bedankte sich bei dem Mann, der ihr großzügigerweise gleich die nächste Nuss in die Hand drückte. Auch Raphaela bekam eine ab. Nun hockten beide nebeneinander und lächelten sich verstohlen an, während sie darauf warteten, dass ihr Lockmittel entwendet wurde.

Schneller als erwartet kamen zwei Eichhörnchen angerannt und schnappten sich die Erdnüsse.

Tessa kam aus der Hocke hoch. »Vielen Dank«, sagte sie zu dem Fremden, der sich mit ihr zu freuen schien. Sie hakte sich bei Raphaela unter und ging langsam mit ihr weiter.

»Der scheint jeden Tag herzukommen«, meinte Raphaela. »Hast du gesehen, wie sie auf sein Signal reagiert haben?«

Tessa nickte und drehte sich noch einmal zu ihm um. »Das war echt lustig.«

Raphaela hob den Kopf der Sonne entgegen, die gerade hinter den Wolken hervorgekommen war. »Die Sonne hat mir gerade vorgeschlagen, dass wir uns auf die Wiese legen.«

Tessa hatte bereits einige andere Parkbesucher gesehen, die es sich auf der Wiese gemütlich machten. »Ja, wieso nicht.«

Sie gingen ein Stück auf den Rasen, bis Raphaela stehenblieb und ihre Jacke auf der Erde ausbreitete. »Darf ich bitten?«, fragte sie gespielt und deutete auf die entstandene Sitzmöglichkeit.

»Sehr gern.« Tessa machte es sich bequem.

Raphaela ließ sich dicht neben ihr nieder, so dass sie engen Körperkontakt hatten.

»Was hast du vorhin im Café eigentlich gelesen?«

»Das Italienisch-Buch.«

»Was, ehrlich? Wie kann man so etwas zum Vergnügen lesen?«

Tessa lächelte. »Wieso nicht?«

»Für mich bedeutet das immer eine ziemliche Überwindung, mich mit so etwas zu beschäftigen. Dabei ist es sehr förderlich für die Karriere, wenn man vorweisen kann, dass man spezielle Kenntnisse und Fähigkeiten hat. Dann ist man für viel mehr Rollen geeignet.«

»Du meinst, wenn man Fremdsprachen beherrscht?«

»Ja klar. Oder auch nur Dialekte. Aber es ist natürlich auch von Vorteil, wenn man irgendetwas anderes kann.«

»Was denn zum Beispiel?«

»Wenn man sportlich ist und tanzen kann, und natürlich ist ein Führerschein ganz gut. Oder jonglieren können.«

»Willst du mir damit sagen, dass du das kannst?«

»Klar!« Als Raphaela jedoch Tessas zweifelnden Blick sah, begann sie, in ihrem Rucksack zu kramen. Sie holte ihre Geldbörse und ihr Handy heraus. »Gib mir mal noch was von dir. Portemonnaie oder Handy.«

Tessa legte die Stirn in Falten, doch als Raphaela noch immer abwartend schaute, gab sie ihr ihre Geldbörse.

Siegessicher begann Raphaela zu jonglieren, und tatsächlich funktionierte es, zumindest für einige Runden, dann fielen alle Gegenstände herunter. »Und gleich noch mal«, sagte Raphaela und begann von vorn. »Es ist schon eine höhere Schwierigkeitsstufe, weißt du. Mit Bällen geht das natürlich einfacher, aber die habe ich ja nicht immer bei mir.« Wieder fiel alles herunter.

Tessa applaudierte. »Okay, ich glaube dir, dass du es kannst.« Sie griff ihr Portemonnaie und steckte es wieder ein. »Doch gerade diese Sachen sollte man nicht in die Luft werfen. Wer weiß, ob sie auch die richtige Person wieder fängt.«

»Im Gegensatz zu Sprachen ist das eher eine Sache, mit der ich mich stundenlang beschäftigen kann.«

»Zeig es mir doch heute Abend mit deinen Bällen noch mal«, schlug Tessa vor.

»Soll ich, ja?« Raphaela zog eine Augenbraue nach oben, und ihre Stimme klang gespielt verführerisch.

Tessa musste lachen. »Was denkst du denn jetzt?«

»Ich zeig dir sehr gern meine Bälle.« Raphaelas Stimme war nun leiser, und sie war Tessa näher gekommen. Sie grinste, als sie sich immer mehr zu Tessa hinüberbeugte. Schließlich vereinigten sich ihre Lippen. Tessa seufzte entspannt. Zärtlich strich Raphaela über Tessas Wange. »Nachher checken wir dich in der Jugendherberge aus. Und danach gehen wir ins Kino. Was hältst du davon?«

»Tolle Idee.« Tessa konnte ihr nicht widerstehen und küsste sie innig.

Tessa und Raphaela verließen Arm in Arm das Kino und machten sich auf den Weg zu Raphaelas Wohnung, die nicht weit entfernt lag. »Wie fandst du denn den Film?«, fragte Raphaela.

»Wunderbar.«

Raphaela musste lachen. »Wirklich? Kannst du mir sagen, wie er ausgegangen ist?« Sie klang heimtückisch wie eine Lehrerin, die die Schülerin beim Abschreiben der Hausaufgaben erwischt hat.

Tessa schmachtete Raphaelas Mund an, während sie sprach. »Aber natürlich. Er endete mit einem Happyend.«

Raphaela lächelte. »Offensichtlich.« Dann küsste sie Tessa erneut. Die meiste Zeit des Films hatten sie ihre Aufmerksamkeit nicht der schauspielerischen Leistung gewidmet, sondern sich selbst.

»Wie fandst du die Schauspieler ... also, als du am Anfang noch hingeschaut hast?« Raphaela schmunzelte spitzbübisch.

»Ganz gut. Wieso, wie fandst du sie denn?«

»Ich hab es ihnen abgekauft. Zumindest meistens.«

»Kannst du überhaupt noch Filme einfach zum Genuss sehen, ohne sie mit einer professionellen Brille zu betrachten und zu analysieren?«

»Das ist eine gute Frage. Ehrlich gesagt weiß ich gar nicht, ob ich jetzt Filme anders sehe als vor ein paar Jahren. Wahrscheinlich schon, doch das geschieht eher unbewusst. Ich kann mich aber immer noch in die Geschichte hineinfühlen.«

»Hast du dich eigentlich schon festgelegt, wo du später arbeiten willst? Im Theater oder fürs Fernsehen oder Kino?«, erkundigte sich Tessa.

»Nein, festgelegt habe ich mich noch nicht. Ich möchte auf jeden Fall beides mal ausprobieren und dann schauen, wohin es mich mehr zieht.« Sie holte ihren Haustürschlüssel heraus und schloss auf. Tessa hatte gar nicht bemerkt, dass sie schon angekommen waren. »Bitte sehr.« Raphaela hielt ihr die Tür auf.

»Und es ist auch wirklich okay für dich, wenn ich bei dir schlafe?«

»Sonst hätte ich es dir wohl kaum angeboten.«

Nachdem sie die Wohnung betreten hatten, fanden sie im Flur einen Zettel von Jess. Raphaelas Mitbewohnerinnen waren ausgegangen. Sie hatten ihnen etwas von Shepherd's Pie, einem Hackauflauf, übrig gelassen.

»Super, dann wirst du jetzt mal die englische Cuisine kennenlernen.«

Sie machten es sich mit dem Auflauf in Raphaelas Zimmer vor dem Fernseher bequem und aßen stillschweigend.

Mit ernstem Ausdruck stellte Tessa ihren Teller zur Seite, nachdem sie aufgegessen hatte.

»Was denn, so schlimm? Ich hatte gehofft, es würde dir schmecken.«

»Ja, das ist es nicht.«

Raphaela sah sie besorgt an.

»Ich musste gerade daran denken, was du gestern und auch heute über Anne gesagt hast.«

»Tessa, es tut mir leid. Das habe ich doch schon gesagt. Ich wollte wirklich nicht ...«

»Nein, das ist es gar nicht«, fiel Tessa ihr ins Wort. »Ich ...« Sie stockte. »Ich werde das Gefühl nicht los, dass du damit recht haben könntest, dass ihr gar nicht an meinem Wohl gelegen war, sondern dass sie mich einfach nur dominieren wollte.« Tessa senkte ihren Kopf.

»Hey, Süße.« Raphaela legte behutsam ihren Arm um Tessa. »Denk nicht weiter drüber nach. Du bist doch jetzt im Urlaub.«

»Es lässt mir keine Ruhe, dass ich meine Zeit mit ihr verschwendet habe und dass ich gedacht habe, sie würde mich genauso lieben, wie ich sie geliebt habe.«

Raphaela schaute sie betroffen an. Sie konnte nichts dazu sagen.

»Weißt du was?« Entschlossenheit sprach aus Tessas Augen. »Wenn ich zurück nach Deutschland komme, werde ich mein Leben ändern. Mir war gar nicht richtig bewusst, was mir fehlt. Ich werde mich wieder mehr danach richten, was *ich* eigentlich möchte. Das habe ich bisher ziemlich selten getan. Und dann werde ich einen Sprachkurs an der Abendschule belegen. Oder zwei ...« Sie sprudelte vor Ideen.

»Tessa, das ist super. Ich freue mich für dich!«

»Ich glaube, ich habe das dir zu verdanken.«

»O nein.« Raphaela schüttelte vehement den Kopf. »Das hast du dir selbst zu verdanken.« Dann lächelte sie.

»Aber du bist ja auch nicht ganz unschuldig«, sagte Tessa vieldeutig. Sie kam näher an Raphaela heran. Ihr Gesicht kam kurz vor Raphaelas zum Stehen. Sie sah, wie Raphaela in erregender Vorfreude auf einen Kuss hastig die Luft einatmete. »Und nun habe ich gedacht, ich könnte mich bei dir bedanken«, sagte Tessa zielsicher. Raphaela schluckte deutlich. »Oder möchtest du etwa nicht?«

»Jetzt küss mich bitte endlich«, flehte Raphaela ungeduldig.

Langsam überwand Tessa den fehlenden Abstand zwischen ihnen und küsste sie zärtlich. Raphaela nahm begierig Tessas Lippen in Empfang und seufzte. Tessa schloss ihre Arme um

Raphaelas Körper und knetete, massierte und streichelte jede Stelle, die sie erreichen konnte. Dann nahm sie Raphaelas Hände und führte sie zu ihrem Bett. Sie bedeutete ihr, sich hinzulegen. Tessa selbst setzte sich rittlings auf ihren Bauch und fuhr mit dem Verwöhnprogramm fort. Zärtlich zog sie ihr das Shirt aus. Nun konnte sie genüsslich ihre nackten Arme küssen und streicheln, bis Raphaelas Körper mit Gänsehaut übersät war. Sie gelangte an ihr Dekolleté, was sie mit besonderer Hingabe liebkoste. Genüsslich streichelte Tessa am Abschluss zu ihrem BH Raphaelas Brüste und küsste die empfindlichen Stellen.

»O Gott, Tessa, du machst mich verrückt«, raunte Raphaela. Sie begann sich unter ihr zu winden und aufzubäumen. Tessa küsste ihren Hals, was sein Übriges tat. Raphaela presste Tessas Körper an ihren, dann zog sie ihr ungeduldig den Pullover vom Körper. Sie seufzte, als sie Tessas nackte Haut berühren konnte.

Tessa legte sich halb auf sie und begann erneut ihr Dekolleté zu küssen. Langsam streifte sie ihre BH-Träger ein wenig hinab. Mit ihren Fingern glitt sie unter den BH und berührte Raphaelas Nippel. Dabei beobachtete sie, wie ihre Geliebte den Kopf nach hinten warf und mit geschlossenen Augen genoss. Tessa streifte ihr den BH ab und wandte ihren Blick Raphaelas Brüsten zu. Wie wohlgeformte Früchte lagen sie vor ihr, und ihre Brustwarzen standen aufreizend empor. Tessa küsste sie und spielte mit Lippen und Zunge an ihnen. Raphaelas Seufzen wurde zu einem leisen Stöhnen. Immer mehr presste sie sich Tessa entgegen. Ihr Unterleib begann sich rhythmisch an Tessas Schenkel zu drücken.

Raphaela umfasste ihr Becken und zog sie zu sich.

»Bist du dir sicher, dass du das möchtest?«, fragte Tessa vorsichtig.

»Mach bitte einfach weiter.«

Abwechselnd küsste Tessa Raphaelas Lippen und ihre Brustwarzen, reizte beides, wie es ihr beliebte. Gleichzeitig bewegte sie ihre Schenkel im Rhythmus von Raphaelas Hüftbewegungen, was ihr Stöhnen immer lauter werden ließ. Es dauerte nicht lange, bis es in einem tiefen langen Höhepunkt gipfelte, an dem Raphaela sich zitternd an Tessa presste und schließlich erschöpft ins Kissen sank.

Tessa lächelte selig, während sie Raphaela weiter streichelte. Sie legte ihren Kopf dicht an Raphaelas. »Wow. Und das sogar mit Hose.«

Erschöpft hob Raphaela den Kopf und sah nach unten, wie um sich zu vergewissern, dass sie beide tatsächlich noch ihre Hosen trugen. »So wollte ich das gar nicht!«, echauffierte Raphaela sich schwach. »Es sollte nicht so schnell gehen. Ich wollte mir die ganze Nacht mit dir Zeit lassen.«

»Aber wir haben doch noch die ganze Nacht«, flüsterte Tessa. »Wir machen es einfach noch mal richtig.« Sie konnte ihr Grinsen nicht unterdrücken. Zielstrebig öffnete sie Raphaelas Hose und fuhr mit ihren Fingerspitzen über ihren Schamansatz, sodass Raphaela wieder von Gänsehaut überzogen wurde und zitterte. Tessa zog ihr die Hose schließlich aus.

»Warte«, sagte Raphaela, als sich Tessa gerade wieder auf sie legen wollte. »Ich sollte meine Chance nutzen.« Raphaela öffnete nun Tessas Hose und zog sie ihr aus. Jetzt war sie es, die auf Tessa lag. »Jetzt ist erst mal dein BH fällig.« Sie zog auch ihn aus und streifte ihr anschließend auch den Slip von den Hüften. »Ist das nicht wunderschön? Ich kann jede Stelle deines nackten Körpers spüren«, schwärmte sie, während sie sich an Tessa kuschelte. Unentwegt streichelte sie und genoss die intime Nähe. »Tessa, ich möchte dir so viel geben«, raunte sie, als sie ihre Brüste mit Küssen bedeckte.

Tessa wurde warm, als sie die Liebkosungen empfang. Auch sie wand sich nun begierig unter Raphaela. Die streichelte leidenschaftlich ihre Oberschenkel und wanderte dabei Stück für Stück weiter nach innen. Hauchzart strich sie über Tessas Venushügel. Tessa stöhnte ungehalten. Raphaelas Finger bewegten sich nun mit immer mehr Druck an Tessas intimster Stelle. Sie fuhr die Schamlippen entlang und spürte die warme Nässe.

Tessa presste sie begierig an sich, sodass Raphaelas Scham sich an ihrem Oberschenkel rieb. Ungeduldig zuckte Tessas Unterleib, bis Raphaela sich entschloss, sie zu erlösen. Langsam ließ sie ihren Finger in Tessa gleiten, die ihn mit einem Stöhnen empfing. Raphaela bewegte ihn langsam in Tessa und rieb sich gleichzeitig an ihrem Schenkel.

Tessa suchte ihren Mund und küsste sie stürmisch.

Raphaela ließ einen weiteren Finger hinzukommen, was Tessa vollends in Ekstase brachte. Sie zitterte und wimmerte in Erwartung weiterer Bewegung. Raphaela stieß nun härter in Tessa, die kurz darauf unbeherrscht laut aufstöhnte, als sie ihren Höhepunkt erreichte. Auch Raphaelas Mitte zuckte noch einmal kurz, während sie sich an Tessas Schenkel rieb. Beide sanken erschöpft zusammen.

»Wow«, seufzte Raphaela. »Ich weiß nicht, wie lange ich noch hätte warten können.«

»Das klang aber gestern noch ganz anders«, warf Tessa ein.

»Ja, da hast du recht. Warst du sehr enttäuscht?«

Tessa schüttelte den Kopf. Das Warten hatte sich mehr als gelohnt. Und was waren schon vierundzwanzig Stunden?

»Wenn wir uns unter anderen Umständen kennengelernt hätten, hätte ich womöglich sogar noch ein paar Tage länger gewartet«, gestand Raphaela.

Andere Umstände?, dachte Tessa, und in der Sekunde fiel ihr ein, dass sie in wenigen Tagen schon wieder zurück nach Deutschland reisen würde. Das Zeitfenster war also knapp.

»Bereust du es?«, erkundigte sich Tessa nun.

»Nein, um Gottes willen. Wie könnte ich?« Raphaela schien einen Moment lang darüber nachzudenken, wie sie fortfahren sollte. »Wir kennen uns ja nun mal wirklich noch nicht sehr lange. Man kann sich ja auch mal verschätzen.«

Tessa runzelte die Stirn.

»Na ja, ich wollte nicht, dass es nur um Sex geht. Weil ...«

»Was denn?«, bohrte Tessa.

»Ach nichts.« Raphaela zog die Decke, die sich am Fußende

des Bettes zu einem Knäuel zusammengeschoben hatte, hoch, um sich und Tessa zuzudecken. Sie schien sich wohler zu fühlen, jetzt, da sie sich in diesem schützenden Kokon befand.

»Es geht doch nicht nur um Sex!«, kam Tessa wieder auf das Thema zurück. »Oder hast du etwa den Eindruck, dass es so ist? Mache ich irgendetwas falsch? Weißt du, es fällt mir eben einfach nicht leicht, dir und deinem Charme und deinem reizvollen Körper zu widerstehen.«

Damit hatte sie ein Lächeln auf Raphaelas Züge gezaubert.

»Aber wieso kommst du ins Zweifeln?« Tessa konnte nicht lockerlassen.

Raphaela legte ihren Kopf auf ihren angewinkelten Arm. Sie sah aus wie ein unschuldiges Kind und mindestens genauso verletzlich. »Ich bin kein Typ für One-Night-Stands«, hauchte sie. »Für mich bedeutet das etwas. Und du hättest das ja durchaus anders sehen können. Ich weiß nicht, wie es mir gegangen wäre, wenn sich herausgestellt hätte, dass du nur mit mir spielst.«

Tessa riss die Augen auf. »Damit hast du doch nicht wirklich gerechnet?«

»Gerechnet nicht. Aber ...«

»Ja?«

»Befürchtet vielleicht.«

»Völlig unbegründet«, versicherte Tessa. »Ich bin auch kein Typ für One-Night-Stands.« Ihre Stimme war zu einem Flüstern geworden. »Du bist etwas ganz Besonderes.« Dann küsste sie Raphaelas nackte Schulter. »Wird dir frisch?«, fragte sie fürsorglich und zog die Decke etwas mehr über Raphaelas Schulter.

»Danke«, murmelte sie.

»Du siehst müde aus«, bemerkte Tessa.

»Ein bisschen vielleicht.« Raphaela lächelte verlegen.

»Ich denke, die Planung für heute Nacht sah etwas anders aus.«

Raphaelas Augen begannen zu funkeln. »Die Nacht ist doch noch lang«, kündigte sie vielversprechend an, bevor sie Tessas

Lippen erneut mit ihren zudeckte.

Tessa bekam weiche Knie, als wäre es ihr erster Kuss. Gut, dass sie bereits lagen.

»Ich bin ja eher um dich besorgt«, bekannte Raphaela. »Du siehst auch nicht mehr sehr wach aus, und Urlaub soll ja eigentlich dazu da sein, sich zu entspannen und neue Energien zu tanken.«

»Oh, du weißt ja gar nicht, wie sehr du es schaffst, mich zu entspannen«, bemerkte Tessa lächelnd, bevor sie Raphaela erneut ganz nah zu sich zog.

Am nächsten Abend hatte es sie dieses Mal noch zeitiger in Raphaelas vier Wände verschlagen. Beim Pizzaessen hatte Tessa nun auch Raphaelas andere Mitbewohnerin kennengelernt.

»Ich hoffe, sie nehmen uns das nicht übel, dass wir uns in dein Zimmer verkrochen haben.«

»Quatsch. Die haben doch Verständnis dafür. Hey!« Raphaela war offensichtlich etwas eingefallen. Sie ging zu ihrem Schrank, zog eine Schublade auf und holte etwas heraus, das Tessa nicht sofort sehen konnte. »Ich wollte dir ja noch etwas zeigen.«

»Nämlich?«

Raphaela streckte Tessa ihren Arm entgegen. Diese erkannte die drei Bälle, die darin lagen. »Ich glaube, meine Performance im St. James' Park war nicht so sonderlich überzeugend.« Und damit begann sie lässig, die Bälle nacheinander in die Luft zu werfen und sie genauso sicher wieder aufzufangen.

Tessa beobachtete fasziniert, wie der Ausdruck von tiefster Konzentration Raphaelas Gesichtszüge beherrschte. Ihre Augen blickten immer zu dem Ball, der jeweils den Zenit der Flugbahn erreichte und an diesem Punkt wieder umkehrte.

Tessa hatte das Gefühl, Raphaela wäre in dieser Tätigkeit so sicher, dass sie noch stundenlang damit weitermachen könnte. »Super!«, rief Tessa aus und begann zu applaudieren.

Da fing Raphaela die Bälle nacheinander wieder ein, bis sie alle drei wieder wie ein Dreieck zwischen Daumen, Zeige- und

Ringfinger hielt. Wie auf einer großen Theaterbühne verbeugte sie sich, wobei die Hand mit den Bällen galant hinter ihrem Rücken verschwand, während die andere einen großen Bogen in der Luft zeichnete.

»Toll! Ich hätte dafür nie genügend Geduld.«

»Ach, sobald du den Dreh erst einmal raus hast, gehört weniger Geduld als Konzentration dazu«, erklärte Raphaela, während sie die Bälle wieder zurück an ihren vorgesehenen Platz legte. »Wenn du willst, bringe ich es dir mal bei.«

Tessa nickte und lächelte.

»So, aber jetzt erzähl mal, was du heute so gemacht hast. Wie war dein Tag?« Raphaela setzte sich auf ihr Bett. Sie waren beim Abendessen mit ihren Mitbewohnerinnen kaum dazu gekommen, denn Tessa musste einige Fragen zu ihrer Person und ihrem Leben in Deutschland beantworten.

Tessa ließ sich dicht neben ihr nieder. »Ich habe mich mit Chloe und Karen getroffen. Sie haben mir die Oxford Street gezeigt.«

»Oh, da schlug Chloes Herz doch bestimmt höher, oder?«

»Ja.«

»Hast du dir was gekauft?«, fragte Raphaela weiter.

»Nein.«

»Was denn, so traurig, weil du nichts gefunden hast?«

Tessa runzelte die Stirn und schüttelte den Kopf. »Nein, das ist es nicht.«

»Tessa, mal ehrlich. Hast du irgendetwas?« Raphaela klang besorgt.

»Nein.« Tessa wollte das Thema beenden. »Was wollen wir heute Abend noch Schönes machen? Eine DVD gucken, vielleicht?«

Raphaela berührte Tessa an den Schultern. »Erst sagst du mir, was du hast.«

Tessa sah weg, dann lachte sie kurz auf. Dann erklärte sie leise: »Ich habe den ganzen Tag nur an dich gedacht.«

Raphaela lächelte.

»Ich habe keinen größeren Wunsch, als deinen Körper ganz nah zu spüren ...« Noch leiser fügte Tessa hinzu: »... mit dir zu schlafen.«

»Nichts lieber als das.« Grinsend drückte Raphaela Tessa nach unten und legte sich auf sie, aber Tessa begann sich zu wehren.

»Ich hätte mich gestern nicht gehenlassen dürfen«, tadelte sie sich.

»Was, wieso?« Erschrocken nahm Raphaela Abstand.

»Ach, Raphaela, du bist so wunderbar.« Tessa suchte plötzlich wieder ihre Nähe. Sie vergrub ihr Gesicht in Raphaelas Halsbeuge.

Raphaela streichelte ihren Rücken.

»Ich will nicht, dass es nur Sex zwischen uns ist.«

»Aber das ist es doch nicht!«, sagte Raphaela in einem beruhigenden Ton. »Wir haben doch gestern bereits darüber geredet.« Sie ging einen Schritt zurück, so dass Tessa ihren Kopf heben musste. Sie sah sie genau an, denn Raphaela schien etwas zu sagen zu haben. »Interessant! Es scheint, als hätten wir beide sehr ähnliche Ängste«, stellte sie fest. »Weißt du nicht mehr, dass ich gestern fast dasselbe gesagt habe?«

»Doch. Seltsam, oder?«

»Ja!«, bestätigte Raphaela einfach, schien aber mit den Gedanken beschäftigt. »Ich weiß noch, wie du dich am Anfang gewundert hast, dass ich dich ermutigt habe, offen mit mir zu sein, mir verrückte Fragen zu stellen und mir aus deinem Leben zu erzählen. Ich habe gesagt, dass man besonders dann, wenn man sich kaum kennt, offen sein kann, weil ja die Gefahr nicht da ist, eine Person zu verletzen oder zu verlieren, die man liebgewonnen hat. Demnach ist es ja eigentlich egal, wie lange man sich kennt. Man kann so oder so offen sein. Verstehst du, was ich meine?«

»Ja, und willst du auf irgendetwas hinaus?«, hakte Tessa nach.

»Ja, vielleicht sollten wir es mit dem Vertrauen genauso handhaben«, schlug Raphaela vage vor.

Tessa sah sie fragend an.

»Wir sollten uns am besten jetzt – obwohl wir uns kaum kennen – schon genauso vertrauen, als würden wir uns schon Jahre kennen. Ich glaube, es wäre nämlich sehr anstrengend, wenn wir immer wieder daran zweifeln würden, ob die andere die Wahrheit sagt und dieselben Intentionen hat wie man selbst.«

»Aber das ist doch . . .«

»Du willst protestieren«, erkannte Raphaela. »Doch hast du dir mal überlegt, dass du dich in jemandem, den du schon Jahre kennst, genauso täuschen kannst wie in jemandem, der dir eben erst begegnet ist? Da kann es mit dem Vertrauen auch nicht weit her sein.«

Tessa musste für den Bruchteil einer Sekunde an Anne denken. Sie versuchte, das Bild sofort wieder aus ihren Gedanken zu verbannen. Raphaela hatte recht. Punkt.

»Ich fürchte nur, Vertrauen lässt sich nicht erzwingen«, gab Tessa zu bedenken. *Es kommt einfach,* dachte sie. *Es kommt einfach, ohne dass man eine Einladung geschickt hat. Dann steht es einfach vor der Tür. Und manchmal kann man es nicht einmal einfach so wieder hinauswerfen.*

»Das stimmt.« Raphaela küsste Tessas Stirn und seufzte, so dass Tessa ihren warmen Atem auf der Stirn spürte.

»Aber wie soll das mit uns weitergehen?«, entwischte es Tessa, ohne dass sie es wirklich fragen wollte. Raphaela musste den Eindruck bekommen, dass sie immer nur am Zweifeln war.

Raphaela näherte sich ihr wieder. Zärtlich legte sie ihren Finger auf Tessas Lippen und fuhr die Linien mit ihrer Fingerspitze ab. »Schh. Genieß einfach den Moment.« Dann küsste sie sie zärtlich auf die Lippen und entführte sie erneut ins Reich der Sinnlichkeit.

»Und, was hast du heute vor?«, fragte Raphaela beim Frühstück, das sie dieses Mal gemeinsam einnahmen. Die altbewährte Frage, die sie mittlerweile schon von allen Ecken gewohnt war.

»Madame Tussaud's«, antwortete Tessa knapp.
Die Stimmung war ungewohnt kühl zwischen ihnen.
»Wann fliegst du eigentlich genau zurück?«
»Montag.«
»Ich bringe dich natürlich zum Flughafen ... vorausgesetzt, du möchtest das.«
Ein bittersüßes Lächeln breitete sich auf Tessas Gesicht aus.
»Wann geht denn dein Flug?«
»Sechzehn Uhr zwanzig.«
Raphaela legte ihren Löffel in die noch gefüllte Müslischale und wurde bleich. Sie sagte kein Wort.
»Was ist denn?«
»Montag, sechzehn Uhr zwanzig?«
»Ja, hab ich doch gesagt.«
»Da kann ich nicht«, sagte Raphaela monoton.
»Aber da ist doch deine Schicht schon zu Ende.«
Voller Bedauern schüttelte Raphaela den Kopf. »Ich hab einen Termin. Ein Vorsprechen für die Nebenrolle in einem Fernsehfilm.«
Tessa schlug die Augen nieder.
»Es gibt dafür nur diesen einen Termin.« Raphaela klang verzweifelt. »Ich ... Tessa, bitte schau nicht so traurig. Glaub mir, ich würde nichts lieber tun, als dich zum Flughafen zu begleiten, aber ich kann diesen Termin nicht sausen lassen. Du weißt doch, was mir das bedeutet«, flehte sie.
»Ja, ist schon okay. Ist vielleicht sogar besser so«, sagte Tessa tonlos. Dann lächelte sie matt, stand auf und stellte ihre Müslischale in den Abwasch. Ohne Raphaela noch einen Kuss zu geben, verließ sie das Haus.

Tessa saß bereits in Raphaelas Zimmer, als diese von der Arbeit zurück nach Hause kam.
»Hallo, meine Süße«, flötete Raphaela gutgelaunt.
»Hallo«, erwiderte Tessa matt.
»Warum machst du denn so ein Gesicht?«

»Du weißt doch, wieso«, hielt Tessa entgegen.

»Ja, aber wie kann man denn so traurig gucken, wenn man gleich eine Überraschung bekommt?«

Tessa sah Raphaela interessiert an.

Diese kniff die Augen zusammen. »Na, ein bisschen besser ist es ja schon«, sagte sie anerkennend, »aber längst noch nicht so, wie eine Frau aussehen sollte, die von ihrer Liebsten überrascht wird.«

Jetzt konnte sich Tessa ihr Lächeln nicht mehr verkneifen.

»Okay, ich denke, das ist angemessen. Nicht, dass die Leute noch denken, dass ich dich zwinge.«

»Welche Leute?«, fragte Tessa wissbegierig.

»Das wirst du schon sehen.«

»Was ist denn die Überraschung?«

Gespielt rollte Raphaela mit den Augen. »Ich sagte doch, dass du es noch früh genug erfahren wirst.«

»Ich hoffe, es hat nichts mit einer Guillotine zu tun.«

Als Antwort bekam sie Raphaelas fröhliches Lachen zu hören. Nachdem sie sich beruhigt hatte, erklärte sie: »Nein, keine Angst. Es wird um einiges angenehmer. Hoffe ich zumindest. So, also los. Bist du denn schon angezogen?«

Tessa sah flüchtig an sich hinab. »Wie du siehst, sitze ich nicht nackt vor dir.«

»Ja, ja, ich will dich ja nur darauf gefasst machen, dass wir uns gleich in die Öffentlichkeit begeben. Ich will ja nur, dass du dich da wohl fühlst.«

Tessa stand auf und ging zu ihrem Rucksack hinüber. »Was für ein Anlass ist es denn? So viel solltest du mir schon verraten. Allerdings habe ich ohnehin nicht so viele Klamotten mit. Mein Ballkleid habe ich leider nicht eingepackt.«

Raphaela kicherte. »Dann eben ohne Ballkleid. Aber nur so viel: es wird ein romantischer Abend für uns beide.«

Tessa sah Raphaela an, zog die Augenbrauen nach oben und grinste breit. »Echt?«, fragte sie wie ein kleines Kind.

Raphaela antwortete lediglich mit einem Kichern.

»Okay«, seufzte Tessa, noch immer strahlend, über ihren Rucksack gebeugt. »Hab ich denn noch ein bisschen Zeit?«

Raphaela sah auf die Uhr. »Ja, bisher schon. Wenn es eng wird, drängle ich dich schon.«

Tessa brütete über die Wahl ihrer Kleidung. Sie nahm eine weiße Bluse in die engere Auswahl, die sie allerdings noch einmal mit Raphaelas Bügeleisen in Form bringen musste. Daraufhin verschwand sie im Bad, machte sich frisch, zog sich um und kämmte sich. Sie trug ein wenig Mascara auf und zog einen Lidstrich. Als sie wieder in Raphaelas Zimmer trat, pfiff diese anerkennend, als sie Tessa sah. Tessa drehte sich einmal um die eigene Achse. »Nimmst du mich so mit?«

Als Antwort bot Raphaela Tessa ihren Unterarm zum Einhaken an. Tessa nahm das Angebot an, und sie gingen los. Ohne Eile schlenderten sie zur U Bahn. Sie fuhren bis London Bridge. Dort angekommen, führte Raphaela sie erneut durch einige Straßen. Die Luft war noch recht mild, und keine einzige Regenwolke verdeckte den strahlenden Sommerhimmel. Plötzlich hielt Raphaela vor einem Haus an. »Da wären wir.«

Tessa beschaute sich die Fassade und warf einen kurzen Blick durch die großen Fenster.

»Bitte sag mir, dass du indisches Essen magst.« Raphaela hatte die Augenbrauen bangend zusammengeknautscht. Unsicher sah sie Tessa an.

»Ich liebe es.«

Raphaelas Gesicht entspannte sich, und sie stieß sichtlich die angehaltene Luft aus. »Na, dann lass uns reingehen.« Als sie eintraten, waren sie sofort von warmer aromatischer Luft umgeben. Tessa atmete sie tief ein und ließ ihre Sinne von dem Duft von Curry, Kokos, Minze, Früchten und Reis verführen. Sie hatte etwas übrig für die Atmosphäre in solchen Restaurants und wie sie es schafften, alle Sinne gleichzeitig anzusprechen. An den Wänden hingen bunte Teppiche, und große Elefanten standen in den Ecken. Da sie bei Weitem nicht lebensgroß waren, waren sie sofort als Dekorationselemente zu erkennen. Auf dem Rücken trugen sie Stoffe, die mit Pailletten verziert waren und das Licht reflektieren. Indische Musik drang aus nicht sichtbaren Lautsprechern.

Da stand auch schon ein Kellner vor ihnen. »Guten Abend. Wir haben reserviert«, kündigte Raphaela an und nannte ihm ihren Namen. Höflich lächelnd führte der Mann sie an einen Tisch für zwei.

Mit Verwunderung nahm Tessa wahr, wie Raphaela den Stuhl für sie zurückzog und darauf wartete, dass sie sich niederließ. Tessa setzte sich, und Raphaela ging auf die andere Seite des Tischs, wo sie sich ihrerseits hinsetzte. Raphaela sah auf die Uhr, dann erklärte sie: »Wir haben etwa eine Stunde. Danach müssen wir leider weiter.«

Sie hält also sogar noch eine Überraschung für mich bereit, staunte Tessa in Gedanken.

Der Kellner zündete die Kerze an und gab ihnen die Speisekarten.

»Such dir was Schönes aus. Und schau nicht auf den Preis!«, mahnte Raphaela.

Tessa bekam große Augen. So ein Verwöhnprogramm hatte sie lange nicht erlebt. Schnell hatten sie sich für das Essen entschieden. Als es kurze Zeit später serviert wurde, staunte Tessa erneut, dass sie den Geruch des Essens überhaupt noch wahrnehmen konnte, wo sie doch schon von so vielen Düften umgeben war. Sie hatte das Gefühl, ihre Nase müsste irgendwann streiken, doch zu ihrer Freude leistete sie ihr weiterhin den Dienst.

Die nächsten Minuten aßen sie genüsslich und unterhielten sich hin und wieder dabei. Tessa versuchte, den Moment, so wie er war, in sich aufzusaugen und im Geist abzuspeichern.

Irgendwann stellte sie fest, dass Raphaela schon fertig war, während sie selbst noch aß.

Raphaela hatte ihren Kopf auf ihrer Hand abgestützt und beobachtete Tessa mit verträumtem Blick. Als sich ihre Augen kreuzten, lächelte Raphaela. »Es freut mich so, dass ich das

Richtige ausgesucht habe.«

»Es ist göttlich hier.«

Raphaela strahlte noch mehr. Nun legte auch Tessa resignierend das Besteck auf den Teller und atmete tief durch. So sehr sie auch wollte, mehr ging wirklich nicht. Sie schürzte die Lippen und fragte dann: »Sag mal, hab ich irgendwas vergessen? Meinen Geburtstag? Oder einen nationalen Feiertag, von dem ich nichts wusste?« Dank ihres kleinen Frage-Antwort-Spiels, das sie im St. James' Park gespielt hatten, wussten sie sogar ihre Geburtstage.

Tessa fühlte sich wie ein offenes Buch. Raphaela brauchte sie nur auf eine ganz bestimmte Weise anzusehen, und schon hatte sie das Gefühl, ihr alles, aber auch alles sagen zu können. Es blieb nur abzuwarten, ob sich beide nach diesem Rausch an Informationsübertragung innerhalb weniger Tage an alles erinnern würden. Eine neue Frau kennenzulernen glich einem Fortbildungskurs, nur dass alles, was mit Raphaela zu tun hatte, Tessa in den Schoß zu fallen schien.

»Nein, weder ein Feiertag noch sonst irgendein wichtiges Ereignis.«

»Aber ...«

»Du verdienst es.« Mehr sagte sie nicht, betrachtete Tessa nur gönnerhaft.

Sie saßen noch einige Zeit und genossen die Atmosphäre. Dann schaute Raphaela wieder auf die Uhr und beschloss zu bezahlen. Sie verließen das Restaurant, wenn auch schweren Herzens, doch Tessa wollte auch die andere Überraschung nicht missen. Wieder hakte sie sich bei Raphaela unter, und diese führte sie erneut durch die Straßen.

Als sie um eine Ecke bogen, konnte Tessa plötzlich die Themse sehen. Die Sonne würde bald untergehen. Der ganze Himmel, so weit Tessa ihn überblicken konnte, war in allen Schattierungen von Hell- bis Dunkelblau durchzogen. »Wow«, seufzte sie und drückte Raphaelas Arm.

Raphaela sah zufrieden aus. Mit der freien Hand streichelte

sie Tessas. Sie führte sie nun den Weg entlang der Themse in Richtung einer Brücke, die Tessa noch nie aufgefallen war.

»Das ist die Millennium Bridge«, erklärte Raphaela.

Tessa konnte mit jedem Schritt, den sie der Brücke näher kamen, mehr Details erkennen. Sie war mit vielen schrägen Streben durchsetzt und wirkte dadurch etwas futuristisch.

»So, na komm, ich muss dir noch etwas zeigen. Wenn du die Brücke noch nicht kennst, wirst du das auch noch nicht gesehen haben.« Raphaela führte sie zum Anfang der Brücke und schickte sich an, diese mit Tessa zu überqueren, blieb aber plötzlich stehen und drehte Tessa um hundertachtzig Grad.

»Wow!« Ein paar Meter vom Ende der Brücke entfernt stand ein pompöses Gebäude mit einer großen Kuppel, das Tessa bekannt vorkam.

»Und das ist die St. Paul's Cathedral.«

Tessa kannte das Gebäude von Postkarten und aus dem Fernsehen – wenngleich es das erste Mal war, dass sie den Bau in der Realität in Augenschein nehmen konnte. Nun sah sie es im Abendlicht mit Strahlern ausgeleuchtet und war fasziniert von seiner Schönheit. Erstaunlich war, dass die doch so groß wirkende Kirche wirklich nur dann zu sehen war, wenn man vor ihr in der richtigen Straße stand. Aus einem anderen Blickwinkel, von einer anderen Seitenstraße aus betrachtet, ging sie in der Skyline unter, überragte keines der umstehenden Gebäude.

»Hübsch, nicht?«, erkundigte sich Raphaela.

»Das ist ja wohl eine Untertreibung!«

Raphaela musste lachen, wahrscheinlich wegen Tessas unerwarteter Faszination. Als sie wieder zu Atem gekommen war, erklärte sie ihr: »Prince Charles und Lady Diana wurden hier getraut. Das hast du bestimmt schon mal gehört.«

Tessa sah nickend zu dem monumentalen Gebäude und erinnerte sich an die *Königin der Herzen*, deren Name seit ihrem Unfalltod melancholische Erinnerungen aus Tessas Jugend hervorrief. »Hast du die Hochzeit von ihrem Sohn William gesehen?«

Wieder musste Raphaela lachen. »Ob ich sie gesehen habe?

Wenn man im Mai in London lebte, arbeitete oder auch nur zu Besuch war, war es wohl unmöglich, sie nicht zu sehen. Du kannst froh sein, dass der ganze Trubel vorbei ist. Du hättest sonst wahrscheinlich kein Zimmer weder in einem Hotel noch in einem Hostel ergattert.«

»Wow.« Tessa stellte sich vor, wie eine ganze Nation am Leben einer bestimmten Familie Anteil nimmt. Was den Mitgliedern des Königshauses auch passierte, das ganze Land schaute zu. Tessa hatte Schwierigkeiten, sich in diese Mentalität hineinzuversetzen, mit der man voller Loyalität fremde Menschen offenbar als erweiterte eigene Familie betrachtete. Sie mochte den Gedanken, auch wenn sie nie mit einer Person aus der Königsfamilie hätte tauschen wollen. »Und, hast du geweint?«

»Warum sollte ich?«, fragte Raphaela lässig zurück.

»Ich dachte, ihr fühlt euch alle so sehr mit der Königsfamilie verbunden.«

»Das macht mich doch noch lange nicht zur Heulsuse. Aber diese ganzen älteren Damen um mich herum. Sehr süß!« Als Raphaela lächelte, wurden ihre Augen zu schmalen Schlitzen. »Williams Schwägerin Pippa ist noch ledig. Vielleicht hat eine von uns ja Glück, und sie kann sich für dich oder mich erwärmen.«

»Dann bekommst du aber Ärger mit mir, wenn du mit Pippa flirtest!« Da erst wurde Tessa bewusst, dass sie in wenigen Tagen noch mehr Vertrauen würde aufbringen müssen. Bald würden sie wieder getrennte Wege gehen, und es gab nichts, was Tessa bewies, dass Raphaela keiner anderen Frau den Hof machte, so wie sie es mit ihr gerade tat. Nur ihr Wort. Vielleicht war es doch kein so gutes Omen, das Ticket dieser Veronika zu nutzen.

»Überleg doch nur mal, was das für ein riesiger Skandal wäre, wenn ein Mitglied der königlichen Familie lesbisch wäre. Untragbar! Aber angenommen, das ginge, würdest du nicht auch gern mal für einen Tag lang mit der königlichen Familie leben?«, riss Raphaela sie aus ihren Gedanken.

»Ich denke nicht. Dann hätte ich ja gar keinen Alltag mehr und könnte täglich in der Klatschpresse lesen, dass ich mit meiner Kleidung einen Fehlgriff gemacht habe. Und ich müsste ständig die Etikette wahren. Es wären erst mal einige Wochen nötig, um mich daran zu gewöhnen. Sag mir nicht, das wäre etwas für dich!«

»Wieso nicht?«

»Ach ja, du als Schauspielerin hättest wohl kein Problem, dich anzupassen.«

Raphaela grinste. Dann blickte sie beiläufig auf die Uhr. »Oh, genug Familiengeschichten erzählt. Nun müssen wir uns aber doch etwas sputen.« Sie drehte sich mit Tessa um und ging zurück auf den Weg, der an der Themse entlangführte. Sie gingen noch ein Stück, dann hielt Raphaela vor einem runden Bau, dessen weiße Fassade von Holzbalken gestützt wurde. »So, da wären wir.«

Tessa runzelte die Stirn. »Und wo sind wir hier?«

»Das ist Shakespeare's Globe Theatre. Es ist originalgetreu nachgebaut, nach dem Vorbild aus dem sechzehnten Jahrhundert«, erläuterte Tessa, während sie einige Stufen zum Vorhof hinaufgingen. »Ende des sechzehnten Jahrhunderts war das hier das Beste, was London als Unterhaltungsprogramm zu bieten hatte. Die Leute kamen massenweise, um ein Schauspiel zu sehen.«

Tessa konnte heraushören, dass Raphaela ganz in ihrem Element war.

»Das muss so eine tolle Zeit gewesen sein. Es war auch egal, wie viel man verdiente. Theater war kein Luxus. Es gab ganz viele billige Plätze. Na ja, das wirst du gleich sehen.« Sie grinste und schritt mit Tessa im Arm über den Hof auf eine Tür zu.

Dort warteten bereits etliche Menschen. Die beiden stellten sich an der Schlange an.

»Aber das Theater und Amüsement waren damals in Verruf geraten. Es lockte Prostituierte und andere Illegale an. Deshalb musste das Gebäude außerhalb der Stadt, also südlich von der

Themse, gebaut werden. London hörte damals am Fluss auf. All die Brücken gab es damals auch noch nicht. Das heißt, die Besucher mussten mit Booten auf die andere Seite gelangen.«

Tessa schaute staunend an der Fassade hoch. Dann wandte sie sich wieder Raphaela zu. »Und wir machen jetzt eine Führung hindurch?«

»Nein, die Führung bekommst du von mir gratis. Das Theater ist natürlich auch noch in Betrieb. Wir sehen uns ein Stück an, was dachtest du denn?«

»Welches denn?«

»Ein Original von Shakespeare.« Raphaela zog die Eintrittskarten aus ihrer Tasche und zeigte sie Tessa.

»Romeo und Julia?«, rief Tessa schwärmerisch aus.

»Ja, die Urliebesgeschichte. Und das Ganze im Urtheater.« Raphaela blickte ehrfürchtig auf das Gebäude. »Sie spielen hier natürlich viel von Shakespeare, aber eben auch moderne Stücke. Als ich was für uns beide ausgesucht habe, kam für mich nur das in Frage.«

»Wie oft warst du denn schon drin?« Tessa spürte, wie sie langsam die Vorfreude packte und zu einer Art Aufregung wurde. Sie war gespannt darauf, wie das Gebäude von innen aussah.

»Ach, das kann ich schon gar nicht mehr zählen. Ich fand, du solltest es auch erleben, in der Zeit, die du in London bist.«

»Ich glaube, das ist eine sehr gute Idee.« Verträumt sah Tessa Raphaela an. Sie war noch immer bei ihr untergehakt.

Die Hand, die auf Raphaelas Arm ruhte, entwickelte plötzlich ein Eigenleben. Ganz von allein strich sie über Raphaelas Unterarm bis zu ihrem Handgelenk und zurück. Tessa war tief in Raphaelas braunen Augen versunken, wollte gar nicht mehr woanders hinsehen.

Da wurden die Besucher um sie herum plötzlich unruhig. Als Tessa nach vorn schaute, bemerkte sie, dass die Schlange vor ihnen sich gelockert hatte. Langsam betraten die Menschen das Gebäude. Zügig rückten Tessa und Raphaela auf. Je näher sie dem Eingang kamen, desto mehr konnte Tessa von der Innenarchitektur erkennen. Sie achtete gar nicht mehr darauf, wohin sie trat und ob ihre Karten eingerissen wurden, sondern staunte nur über den Innenraum, der sich immer deutlicher zu erkennen gab.

Sie waren schließlich durch die Pforte getreten, und Tessa konnte die Gesamtheit des Raums erkennen. Es war, wie von außen schon erkennbar, ein runder Raum, der nach oben hin drei Ränge hatte, auf die man durch versteckte Treppen gelangen konnte. Die Bühne ragte ein wenig in das Rondell hinein. Tessa starrte nach oben und hatte freien Blick auf den Himmel. Sie sah, dass sowohl die Ränge als auch die Bühne überdacht waren. Sie wandte sich an Raphaela. »Wo müssen wir hin?«

»Wohin du möchtest.«

Tessa ließ ihren Blick über die Ränge schweifen, die sich zunehmend mit Menschen füllten. »Dann sollten wir uns beeilen.«

»Nein, nein«, lachte Raphaela. »Irgendwo in dieser Mittelfläche.«

Tessa sah sie verdutzt an und bemerkte dann, wie sich etliche Zuschauer auf der großen unüberdachten Fläche verteilten.

»Komm her.« Raphaela ging hinter Tessa und umfasste ihre Taille. Dann schob sie sie weiter nach vorn in Richtung der Bühne. Als sie nicht weiterkamen, weil am Bühnenrand bereits etliche Zuschauer standen, blieben sie stehen. »Siehst du alles gut?«

»Ja. Aber ...« Tessa drehte sich verdutzt nach rechts und links um und sah erneut auf die Ränge. »Wir sind ja hier ganz schön im Mittelpunkt. Die Leute von den Rängen können jede Bewegung von uns beobachten«, flüsterte sie Raphaela zu.

»Ja, aber daran wirst du dich gewöhnen. Das ist gar nicht schlimm. Wir stehen ja auch nicht allein hier. Und sobald das Stück erst begonnen hat, sieht uns garantiert niemand mehr an. Dafür hat Shakespeare gesorgt.«

Da die Dämmerung fortgeschritten war, waren an mehreren Stellen Fackeln angebracht. »Sogar die Beleuchtung ist wie in der damaligen Zeit«, staunte Tessa.

»Ja, sie versuchen, alles sehr authentisch zu halten. Ein großer Unterschied ist allerdings, dass heutzutage auch Frauen mitspielen durften. Zu Shakespeares Zeit war das nicht gestattet, stattdessen wurden weibliche Rollen von Männern gespielt.«

»Da kannst du ja froh sein, dass du im einundzwanzigsten Jahrhundert lebst. Sonst könntest du nicht das machen, wofür dein Herz schlägt.«

Während die Zuschauer ihre Steh- und Sitzplätze einnahmen, erschienen einige Personen auf der spärlich dekorierten Bühne. Sie sangen und tanzten oder unterhielten sich, spielten sich scheinbar warm.

»Ich fühle mich wie in einer anderen Zeit«, raunte Tessa Raphaela zu, die hinter ihr stand und sie von hinten umarmte und hielt.

»Es freut mich, dass es dir gefällt. Ich habe mir gedacht, dass es für dich sicherlich auch mal interessant wäre, historisches Englisch zu hören, soweit man es rekonstruieren kann zumindest«, fügte Raphaela hinzu. »Der Satzbau ist mitunter anders, und natürlich auch das Vokabular. Die Stücke werden weitestgehend im Original gespielt. Aber ich hoffe, du kennst die Handlung, falls es doch etwas zu unverständlich wird.«

»Wer kennt denn die Handlung nicht?« Gespannt beobachtete Tessa das Treiben der Schauspieler, die die Bühne bereits belebten. Ihre Vorfreude hatte sich nun noch mehr gesteigert, wo sie wusste, was sie gleich sehen würden. Etwas Romantischeres hätte Raphaela sich kaum ausdenken können. Tessa ließ ihren Blick noch einmal nach oben an den Himmel schweifen. »Was passiert denn eigentlich, wenn es zu regnen anfängt?«

»Dann muss die Show trotzdem weitergehen.«

Tessa drehte ihren Kopf zu Raphaela um. »Aber dann werden wir ja ganz nass.«

»Keine Sorge, der Himmel ist doch völlig unbedeckt. Außerdem wollte ich ja, dass wir eine kleine Zeitreise machen und das Theater genauso erleben, wie die Menschen es damals erlebt haben. Aber falls es dich beruhigt: Sollte es tatsächlich regnen, gibt es Regencapes zu kaufen.« Sie zwinkerte.

»Bleibt nur zu hoffen, dass meine Füße das aushalten.«

»Du kannst dich bei mir anlehnen.« Raphaelas Arme schlossen sich noch fester um Tessa, was sie genießerisch hinnahm. Die Luft begann kühler zu werden. Das spürte sie vor allem im Gesicht. Der Rest ihres Körpers wurde jedoch warmgehalten, von Raphaela und der Menschenmasse um sie herum.

Plötzlich wurde das Lied, das einige Schauspieler auf der Bühne angestimmt hatten, immer lauter. Jeder Darsteller schloss sich dem Gesang an, so dass das Publikum aufmerksam wurde und gespannt nach vorn sah. Tessa lehnte ihren Kopf zufrieden auf Raphaelas Oberkörper und verfolgte den Beginn des Stücks.

Gut zwei Stunden später applaudierte die Masse der gekonnten Inszenierung und den talentierten Schauspielern. Sosehr Tessa auch dankbar war, dass Raphaela sie in ihren Arm genommen hatte, ihr taten mittlerweile dennoch die Beine weh. Und Raphaela musste es noch schlimmer gehen, dachte sie.

Tessa schüttelte ihre Beine aus, als sie sich von Raphaela gelöst hatte. »Das war wunderschön, aber ich fühle mich, als hätte ich auf einer Streckbank gelegen.«

Raphaela sah sie einen Moment lang verdattert an, dann platzte sie mit einem herzlichen Lachen heraus. »Du hast es ja drauf, die romantische Stimmung hier mit Füßen zu treten. Wortwörtlich.«

Tessa hätte das Gesagte gern zurückgenommen, doch da das nicht möglich war, versuchte sie, das Beste daraus zu machen: »Füße! Genau das ist das Stichwort. Meine tun nämlich leider ziemlich weh.«

»Ich muss gerade immer noch an das Bild mit der Streckbank denken. Vielleicht wäre das auch eine nette Attraktion für den Bürgersteig vorm *Experience*. Vielleicht bekomme ich ja einen kleinen Bonus, wenn ich das mal vorschlage.«

»Schön, dass ich dir helfen konnte.«

»Na dann mal los. Ab nach Hause. Wenn wir uns erst bewegen, wird es deinen Beinen schon viel besser gehen.« Raphaela legte ihren Arm um Tessa und ging gemeinsam mit ihr dem Ausgang entgegen. »Und zu Hause kuscheln wir noch schön. Dann wirst du gar nichts mehr zu klagen haben.«

Tessa legte ebenfalls ihren Arm um Raphaelas Schulter, fast wie zwei Kumpel gingen sie nebeneinander her. »Das klingt sehr verführerisch.« Tessa grinste sie von der Seite her an. »Aber ich weiß immer noch nicht, womit ich das verdient habe.«

»Hat dir der Abend denn gefallen?«

»Selbstverständlich! Es war großartig.« Tessa blieb langsam stehen. Der Menschenstrom zog an ihnen vorbei. Sie schlurfte weiter zur Seite, ergriff Raphaelas Hand. »So etwas hat noch nie jemand für mich getan.« Tessa schüttelte überwältigt den Kopf.

»Es hat dir gefallen. Das ist das Wichtigste. Dann habe ich erreicht, was ich erreichen wollte.« Raphaela beugte ihren Kopf zu Tessas hinüber und gab ihr einen Kuss, der Tessa alle Sinne raubte.

Tessa vergaß die Welt um sich herum. Sie blendete die Menschen aus, die sich um sie befanden, scherte sich nicht darum, ob sie jemand beobachtete. Sie schlang einfach nur ihre Hände um Raphaelas Hals und hielt sie fest, um den Kuss ewig erleben zu dürfen.

Doch irgendwann zog Raphaela sich zurück. »Lass uns lieber nach Hause gehen. Da ist es gemütlicher. Mittlerweile ist es auch schon ziemlich kühl.« Sie rieb Tessas Oberarme mit ihrer flachen Hand.

»Ich musste dir aber genau jetzt zeigen, wie dankbar ich dir bin.«

Raphaela lächelte und senkte den Kopf verlegen. Dann tat Tessa etwas, was sie noch nie getan hatte. Sie formte ihre Hand zu einer lockeren Faust, die sie dann langsam unter Raphaelas Kinn positionierte, um ihren Kopf zu heben. Endlich konnte sie sie wieder sehen, die Augen, von denen sie nicht genug bekommen konnte. »Ich muss bald wieder zurück.«

»Ich weiß.«

Tessa wischte ihre Gedanken weg. »Na los, lass uns zu dir gehen.« *Lass uns die Zeit, die uns bleibt, genießen,* dachte sie. *Ich muss mich einfach nur immer wieder daran erinnern, dass das Ganze nicht mehr ist als ein Urlaubsflirt,* ermahnte Tessa sich, während sie sich wieder bei Raphaela einhakte und sich mit ihr auf den Weg zur U-Bahnstation machte. *Sie ist nur eine Frau von vielen,* redete sie sich ein. *Eine Frau, die ich auch in Deutschland finden kann. Ich muss einfach nur noch besser suchen.*

Der süße Geruch kandierter Nüsse zog ihnen in die Nase, als sie die Westminster Bridge überquerten und an einem Mann mit tragbarem Verkaufsstand vorbeikamen.

»Du musst dich nicht bei mir für gestern Abend revanchieren.«

»Das tue ich nicht«, versicherte Tessa. »Das wollte ich sowieso machen, und ich hätte dich einfach gern dabei. Purer Eigennutz sozusagen.« Sie lächelte frech.

»Wo geht es denn hin?«

»Ich habe dir doch gesagt, dass ich es dir nicht verrate. Du wirst es schon noch früh genug erfahren. Dass ich dir nicht verrate, wo es hingeht, mag der einzige Aspekt sein, an dem ich mich für gestern revanchiere.«

»Na ja, so viele Möglichkeiten gibt es ja nicht.« Raphaela lächelte wissend.

»Vielleicht wollte ich dich mit der U-Bahnstation ja auf die falsche Fährte locken und wir spazieren noch ein Stück«, entgegnete Tessa.

»Gut, gut. Ich mach eigentlich alles gern mit dir.« Raphaela drückte Tessas Hand, die in ihrer lag, zur Bestätigung.

Als sie am Ende der Westminster Bridge angekommen waren und damit die Gebäude des Parlaments hinter sich gelassen hatten, gab Tessa die Richtung an. Sie wandten sich nach links, kamen an den Cafés und Restaurants vorbei und ließen das mondäne Gebäude des *London Aquarium* an ihrer Rechten vorbeiziehen. Links von ihnen lag die Themse ruhig in ihrem Flussbett. Als Tessa plötzlich stehenblieb und sie sich damit in einer Schlange für einen Ticketschalter eingereiht hatten, war die Überraschung aufgelöst. Raphaela lächelte wissend. Offenbar hatte sich ihre Vermutung bestätigt. »Du hast hoffentlich keine Höhenangst?«, erkundigte sich Tessa beiläufig.

»Ich habe vor gar nichts Angst. Ich dachte, das hättest du schon mitbekommen«, scherzte ihre charmante Begleitung.

Nachdem sie sich die Tickets besorgt hatten, mussten sie eine lange Zeit zwischen Touristen aus aller Herren Länder an einer weiteren Schlange anstehen.

»Vielleicht könnte es gleich etwas schneller gehen«, vermutete Raphaela.

»Wie das?«

Raphaela deutete mit ihrem Zeigefinger vielsagend gen Himmel. Deutliche dunkle Wolken ballten sich über ihnen zusammen. Das wäre der erste Regen seit Tessas Ankunft. »Wäre ja auch ein Unding, wenn ich London nicht mal bei Regen erlebt hätte.«

»Man kann im Sommer ziemlich Glück haben.«

»Und du meinst, die Schlange vor uns wird dann abreißen?«

»Klar, da rennen bestimmt einige weg und stellen sich unter, um sich später wieder hinten anzustellen.« Raphaela wusste offenbar um die Wirkung eines echten Londoner Regenschauers.

»Schlechtes Timing«, murmelte Tessa mehr zu sich selbst.

»Ach was!« Raphaela klang, als wäre es völlig egal, wie das Wetter war.

Plötzlich landete ein einzelner dicker Regentropfen auf Tessas Stirn. Aus einem wurde schlagartig eine ganze Masse, die auf sie niederprasselte. Forschend blickte sie zu Raphaela, ob diese an ihrer Meinung festhalten würde. Da sie aber keine Miene verzog und nicht so aussah, als würde sie vor dem Schauer flüchten wollen, blieb auch Tessa standhaft neben ihr. Raphaelas Prophezeiung hingegen erfüllte sich binnen weniger

Minuten. Erst rannten nur vereinzelt Menschen aus der Schlange zu einem nahe gelegenen Unterstand. Ihre Anzahl erhöhte sich mit der Masse der herunterprasselnden Regentropfen, und Tessa und Raphaela konnten fast schon im Eilschritt bis ans Ende der Schlange vorschreiten.

»Ich finde das ja fast angenehm, nachdem es heute so warm war«, erklärte Raphaela.

Sie erreichten die letzte Etappe, die überdacht war. Raphaela grinste Tessa an, als sie ihren Haarschopf vorsorglich auswrang. Noch nie hatte sie so verführerisch ausgesehen, bemerkte Tessa.

Bei der nächsten Gelegenheit konnten sie bereits einsteigen. Sie huschten im richtigen Moment hinein und fanden sich in einer eiförmigen, gläsernen Kapsel wieder.

»So, da wären wir. Willkommen im London Eye, dem größten Riesenrad Europas«, gab Raphaela fröhlich bekannt. Offenbar gab es rein gar nichts, was ihr je die Laune verderben konnte.

In der Mitte befand sich eine ovale Sitzbank. Vor der rundlichen Glasfront verlief ein Geländer. Dank des Regenschauers war die Kapsel nicht besonders voll. Eine Handvoll anderer Touristen verglichen bereits die Aussichten vom jeweiligen Standpunkt an der Glasfront. Raphaela legte ihren Arm um Tessa und zog sie zu einer freien Stelle am schmalen Ende der Kapsel.

»Chloe hatte mir das am Anfang ausgeredet, aber ich bin jetzt schon froh, dass ich mich doch dafür entschieden habe.« Tessa sah beeindruckt auf die Themse hinab, die sich vor ihnen erstreckte. »Übrigens stoßen sie nachher noch zu uns.«

»Dann feiern wir deinen letzten Abend zu viert?«

»Ja, aber die Mädels reisen morgen auch wieder nach Hause. Es wird ein gemeinschaftlicher Abschied.« Tessa zögerte einen Moment. »Nur das hier wollte ich gern mit dir allein erleben.«

Raphaela lächelte. »Ich hoffe, die Nacht habe ich dich auch noch mal ganz für mich allein.«

Tessa schmunzelte bei der Erinnerung an ihre gemeinsamen Nächte. Dann mischte sich wieder die Wehmut ein, mit der sie in letzter Zeit so vertraut geworden war. Sie stützte ihre Unterarme auf das Geländer und verschränkte die Hände locker, während sie beobachtete, wie sich Stück für Stück die Stadt weiter vor ihr aufbaute.

Auf der Glasfront rannen derweil Regentropfen in kleinen Bächen schräg nach unten. Plötzlich spürte sie, wie Raphaelas Hand sie von hinten umfasste und sich unter ihre Brust legte. Sie stand dicht an ihrem Rücken und legte ihren Kopf auf Tessas Schulter. Ein kalter Schauer überfuhr Tessa, als ihre nasse Kleidung dadurch überall an ihre Haut gedrückt wurde.

»Vielleicht hört es auf zu regnen, wenn wir die Runde geschafft haben«, murmelte Raphaela. Eine Fahrt dauerte etwa vierzig Minuten. »Alles okay?« erkundigte sie sich dicht an Tessas Ohr, als diese stumm blieb.

»Sicher.« Allerdings war rein gar nichts in Ordnung. Tessa wünschte sich, dass sie nie wieder zurückfliegen müsste. Nie wieder wollte sie von ihrer Traumfrau getrennt sein.

»Soll ich dir mal ein Geheimnis verraten?«, flüsterte Raphaela Tessa zu.

Tessa nickte nur, während ihr Blick auf dem Big Ben lag.

»Ich hab bei der Hochzeit von William und Kate Rotz und Wasser geheult«, hörte sie Raphaela flüstern.

Daraufhin drehte Tessa ihren Oberkörper, bis sie Raphaela in die Augen sehen konnte, die ihren Kopf von Tessas Schulter gehoben hatte. Tessa wusste jedoch nicht, was sie darauf antworten sollte. Es schien ihr, als wüsste sie plötzlich gar nichts mehr.

»Weißt du, wie peinlich mir das war! Gott sei Dank ging es ja den meisten Frauen um mich herum ähnlich, und einigen Männern ja auch, obwohl sie das wohl besser verstecken konnten. Es war einfach so ein monumentaler Moment. So etwas erlebt man schließlich nicht oft. Bei der Hochzeit von Charles und Diana war ich ja noch nicht einmal auf der Welt.«

Tessa wurde in diesem Moment umso deutlicher bewusst,

dass Raphaela es immer wieder schaffte, sie aufs Glatteis zu führen oder etwas vor ihr geheim zu halten. Sie war wahrlich die perfekte Schauspielerin. Sie konnte im nächsten Moment wieder genau das Gegenteil behaupten, und Tessa würde ihr erneut glauben. Auch wenn es nur kleine Flunkereien waren, jagte es Tessa dennoch Angst ein. Sie schwebten über der Themse, und Tessa hatte tatsächlich das Gefühl, den Boden unter den Füßen verloren zu haben. Was hatte Raphaela je ernst gemeint? War das ganze Gerede über Vertrauen vielleicht nur Fassade? Konnte es nicht sein, dass sie nur mit ihr gespielt und ihre Fähigkeiten an Tessa ausgetestet hatte? Was bot sich besser dafür an als eine Touristin, die nur ein paar Tage in der Stadt war. War sie auf Raphaela genauso hereingefallen wie auf Anne damals?

»Alles in Ordnung, Süße?« Raphaela betrachtete sie besorgt.

»Ja, ja.« Tessa drehte sich wieder um und gab vor, den Ausblick zu bewundern. *Ich bin viel zu naiv.* Dieser Gedanke schwebte in ihrem Kopf herum. *Ich will mich nicht mehr ausnutzen lassen.*

»O Baby, wir schaffen das schon«, säuselte Raphaela in ihr Ohr, nachdem sie die vorherige Position wieder eingenommen hatte. Ein Kuss auf Tessas Wange folgte, der zum ersten Mal kein feuriges Brennen hinterließ.

Ich bin nur ein Urlaubsflirt, ich bin nur ein Urlaubsflirt, hypnotisierte Tessa sich selbst in Gedanken.

»Gleich sind wir auf dem Höhepunkt«, bemerkte Raphaela.

Dann kann es ja nur noch abwärts gehen, stellte Tessa gedanklich fest.

◊

»Ihr fahrt ja auch bald los, oder?« Tessa saß mit Chloe und Karen in der Wartehalle des Flughafens. Sie waren überpünktlich.

»Ja, wir werden von hier aus gleich mit dem Zug weiterfahren«, antwortete Karen. Alle hatten ihre Taschen dabei.

»Wow, das war echt ein toller Urlaub«, schwärmte Tessa. »Ich hab so eine schöne Zeit mit euch gehabt.«

»Ja, wir müssen in Kontakt bleiben. Du hast ja unsere E-Mail-Adressen und Telefonnummern.«

»Ehrlich, es war super«, wiederholte Tessa, mehr zu sich selbst als an die anderen gewandt.

Chloe nickte. »Sag mal, was genau ist denn der Grund dafür, dass es so super war?«

Tessa sah sie fragend an.

»Na, wo steckt denn Raphaela?«

»Oh, sie hat ein Vorsprechen für so eine Rolle.«

»Alles klar, verstehe. Aber sie ist garantiert genauso traurig wie du.«

»Ach, mein Gott, das ist doch kein Grund, um Trübsal zu blasen«, sagte Tessa. »Es war ein schöner Urlaub, mehr nicht.«

Chloe und Karen musterten sie aufmerksam. Es war Chloe, die es auf den Punkt brachte: »Untertreibst du nicht etwas?«

»Was meinst du?«, fragte Tessa.

»Ich hatte den Eindruck, dass ihr beide total ineinander verknallt seid.«

»Ach nein, da hast du etwas falsch verstanden. Es war nicht mehr als ein Abenteuer, ein Urlaubsflirt.«

»Deswegen siehst du auch aus, als stünde dir wochenlanges Regenwetter bevor. Dabei ist es doch England, das diesen Ruf hat, nicht Deutschland.«

»Ach Chloe.« Tessa machte eine wegwerfende Geste. »Du solltest das nicht überbewerten. Wir hatten eine schöne Zeit zusammen. Und euch werde ich genauso vermissen. Als Freunde.«

»Mensch, Süße, vielleicht klappt es noch zwischen euch.«

Tessa lachte. »Wirklich, ich hab das ernst gemeint, und jetzt hör auf, mir irgendetwas einzureden.«

»Okay, entschuldige.«

Tessa sah auf die Uhr. »So, ich werde mich mal langsam bei

der Sicherheitskontrolle anstellen. Keine Ahnung, wie lange das dauern wird. Und ihr wollt ja sicher auch so langsam los.«

Sie standen auf und gingen gemeinsam zur Sicherheitskontrolle.

»Also dann, kommt gut nach Hause, ihr beiden.«

»Du wirst doch nicht ohne eine Umarmung gehen?«, fragte Chloe drohend und näherte sich Tessa.

»Nein, das hatte ich nicht vor.« Tessa umarmte sie innig. »Hat mich echt gefreut, euch kennenzulernen.«

Dann war Karen an der Reihe, sich mit einer Umarmung von Tessa zu verabschieden. »Denk dran, worüber wir gesprochen haben«, flüsterte Tessa ihr verstohlen ins Ohr. Dann entfernte sie sich wieder, noch bevor Karen darauf antworten konnte. Tessa zwinkerte, griff nach ihrem Rucksack und stellte sich an der Schlange an.

Das immerwährende Rauschen der Motoren umgab Tessas Ohren, während sie im Flugzeug saß. Es waren nur noch wenige Minuten bis zum Start.

Tessas Gedanken umkreisten ziellos die Erlebnisse der letzten Woche. Erinnerungen bissen sich in ihrem Kopf fest. Raphaelas Hand, die sich um ihren Körper legte, die Linie ihres Kinns und wie die zarte Haut ihres Halses sich daran anschloss.

Tessa konnte nicht mehr. Sie wollte nicht mehr. Sie wollte keinen einzigen Gedanken an diese Frau mehr verschwenden. Was geschehen war, war geschehen. Und das war wunderschön. Aber auch unwiederbringlich. Raphaela lebte wahrhaftig in einer anderen Welt. Sie waren hunderte von Kilometern getrennt.

Betrübt sah Tessa aus dem Fenster auf das Flughafengelände, welches von trübem Wetter verhangen war. London hatte ihr gefallen, aber in nächster Zeit durfte sie erst mal nicht mehr an die Erlebnisse denken.

Entschlossen holte sie ihr Italienisch-Buch aus ihrem Rucksack. Sie wollte augenblicklich alles ziellos schwärmerische

Denken auslöschen und nur noch stur einem Pfad folgen.

Sie öffnete das Buch, um die Grammatik weiter zu vertiefen, da fiel ihr ein Briefumschlag entgegen, auf dem ihr Name stand. Augenblicklich waren alle Vorhaben zunichte gemacht, und sie überkam wieder dieses betrübt melancholische Gefühl. Es gab nur eine Person, von der diese Nachricht sein konnte. Es gab nur eine, von der sie sich eine wünschte.

Doch sie konnte und wollte nicht. Energisch presste sie den Brief zurück zwischen die Seiten und klappte das Buch zu. Tessa stopfte es wieder in ihren Rucksack und drückte ihren Rücken in die Sitzlehne.

Sie fixierte die Stewardessen mit ihren Augen, die mit den Sicherheitshinweisen begannen. Was sie sah, war Raphaelas Gesicht, egal, wohin sie ihren Blick lenkte. Ihre Kehle wurde trocken. Hilfesuchend sah sie abwechselnd die Passagiere an, die rechts und links von ihr saßen, doch alle waren mit sich selbst beschäftigt.

Der Briefumschlag brannte ein Loch in ihre Tasche und ihre Gedanken. Sie presste ihre Augen zu, doch Schlaf würde sie jetzt nicht übermannen. Also riss sie sie wieder auf und zog das Buch aus ihrem Rucksack, als ginge es um Leben und Tod.

Liebe Teresa,
wo immer und wann auch immer du diese Zeilen lesen wirst, ich werde mit Sicherheit genau in diesem Moment in Gedanken bei Dir sein. Woher ich die Gewissheit dafür habe? Es ist die letzten Tage nie anders gewesen. Ich habe das Gefühl, als hätte ich mit Dir jemanden gefunden, den ich schon lange gesucht habe. Es ist mir egal, ob Du das jetzt albern findest, aber ich muss endlich loswerden, was mich gedanklich so quält, sonst ersticke ich noch daran. Das zwischen uns fühlte sich so leicht und unverwüstlich zugleich an, aber jetzt ist da nur noch Chaos, wo diese Klarheit war. Ich weiß nicht, wann ich Dich wiedersehen werde, aber ich weiß, dass ich Dich wiedersehen muss. An-

dernfalls wird es mir schwerfallen, weiterzumachen, als
wäre nichts gewesen. Ich will nicht bereuen, Dich kennengelernt zu haben. Ich glaube, das kann ich auch gar
nicht.
Verzeih mir, dass ich Dich nicht zum Flughafen bringen
konnte. Aber nun ist es auch egal. Ich werde mein Vorsprechen sowieso vermasseln, denn ich bekomme kein
Wort in meinen Kopf.
Bitte melde Dich bei mir, wenn Du heil angekommen bist.
Ich weiß nicht, was ich noch sagen kann. Ich glaube, es ist
zu viel und zu wenig zugleich.
Lass mich nicht allein.
In Liebe, Raphaela

Theatralisch, dachte Tessa. Doch was sie eigentlich fühlte, war ein Stechen in ihrem Herzen, denn Raphaela hatte mit ihren Worten genau dort getroffen. Hastig faltete sie den Brief wieder zusammen und steckte ihn zwischen die letzte Seite des Buchs. Mehr als zuvor war ihr nun daran gelegen, sich abzulenken.

Als Tessa am Flughafen ankam, wollte sie nur noch so schnell wie möglich nach Hause. Sie hatte noch eine Woche Urlaub, und die wollte sie am liebsten eingeschlossen in ihrer Wohnung verbringen, ohne je das Bett zu verlassen.

Matt und übermüdet ging sie durch die Gänge und merkte erst zu spät, dass sie an ihrer Arbeitsstelle vorbeikommen würde.

Da lächelte sie schon einer ihrer Kollegen an, als er sie sah. Er machte ein überraschtes Gesicht und gestikulierte plötzlich wild, dass sie zu ihm kommen sollte. Sie erwartete schon die begierige Bitte nach einem kurzen Reisebericht, als er sagte: »Ich hab was für dich.«

Tessa ging, ohne es wirklich zu wollen, auf ihn zu.

Hinter dem Tresen holte er einen Zettel hervor. »Das hat jemand für dich hinterlassen. War aber nicht in meiner Schicht.«

Tessa starrte Veronika Hagebuschs Adresse und Telefonnummer an. Sie war überrascht, aber dennoch ergriff sie betont desinteressiert den Zettel und verabschiedete sich recht schnell wieder von ihrem Kollegen.

Zu Hause angekommen, konnte sie ihrem Vorhaben wenigstens anfänglich gerecht werden. Sie legte sich abends hin und schlief, bis ihr Körper sie nicht länger ließ. Mehr Schlaf brauchte sie fürs Erste nicht, und es würde ihr schwerfallen, erneut zur Ruhe zu kommen. Am nächsten Tag wollte sie alles in Ruhe angehen, sich möglichst viel Zeit lassen.

Sie beschäftigte sich mit dem anstehenden Hausputz und scharwenzelte immer wieder um ihr Italienisch-Buch, was nun Herberge von zwei bedeutungsschwangeren Schriftstücken war.

Am Ende des Tages war das geschehen, was sie befürchtet hatte: ihre Wohnung war komplett rein, und ihre gewaschenen Kleidungsstücke baumelten friedlich auf dem Wäscheständer auf dem Balkon. Sie spielte mit dem Gedanken, in den nächsten Tagen ihren Keller aufzuräumen. Schmackhafter war ihr die Idee, die ungelesenen Bücher in ihrem Regal endlich zu entdecken. Oder sie rief einen guten Kumpel an und verabredete sich mit ihm.

Sie warf einen Blick zum Telefon, und sofort wurde ihr klar: sie konnte nicht irgendjemanden anrufen, wenn sie weder Raphaela noch Veronika anrief.

In diesem Moment meldete sich ihr Handy. Chloe bestätigte mit etwas Verspätung ihre Ankunft im Heimatort und wollte von Tessa wissen, wie es ihr ging. Tessa starrte geistesabwesend auf ihr Telefon. Dann tippte sie flink eine Antwortnachricht an Chloe. Sie legte ihr Handy wieder vor sich auf den Tisch und fixierte es mit ihrem Blick.

»Das ist doch albern«, murmelte sie plötzlich zu sich selbst und nahm das Gerät wieder in die Hand. Energisch öffnete sie ihr Italienisch-Buch und holte Veronikas Zettel hervor. Sie wählte die Nummer, und nach nur zwei Signaltönen meldete sich eine Stimme am anderen Ende.

»Hallo, hier ist ... Teresa, die aus dem Irish Pub. Sie haben sich gemeldet, als ich nicht da war.«

»Hallo Tessa!« Veronikas Stimme klang deutlich erfreut.

»Hi.«

»Du bist ja so wortkarg?!«

Tessa stotterte nur etwas unbeholfen.

»Entschuldigung. Ich bin gleich vom Du ausgegangen. Ich wollte nicht unhöflich sein.«

»Ach Quatsch. Das ist doch völlig in Ordnung. Du ist vollkommen okay.«

»Gut, dann musst du mich aber auch Veronika nennen.« Veronika lachte etwas unbeholfen.

»Okay. Also, weshalb ...« Tessa wusste nicht, wie sie ihre Frage formulieren sollte.

»Ja?«

»Warum hast du mir deine Nummer zukommen lassen?«

Für einen Moment lang war es still in der Leitung. »Also, ich ... entschuldige. Vielleicht war das eine blöde Idee. Ich ... habe gar nicht darüber nachgedacht, dass dir das nicht recht sein könnte.«

»Nein«, beeilte Tessa sich zu sagen. »Es ist mir absolut recht.« Sie musste lächeln.

»Weißt du was, wieso treffen wir uns nicht auf einen Kaffee?«

Plötzlich erschrak Tessa. Für einen Moment lang hatte sie Angst, dass Veronika sie verurteilen würde, weil sie ihr Flugticket missbraucht hatte.

»Tessa?«

»Ja, entschuldige.«

»Du scheinst wirklich bedrückt. Hast du noch Urlaub?«

»Ja.«

»Na, perfekt. Hast du morgen schon was vor?«

»Nein.«

»Hm.« Veronika schwieg.

»Ja, vielleicht hast du recht, lass uns einen Kaffee trinken gehen.«

Sie verabredeten sich für den nächsten Tag in einem Café und verabschiedeten sich.

Verstohlen sah Tessa durch die Scheiben des Cafés ins Innere. Ihre Hände waren in ihre Jackentaschen gepresst und knautschten den Stoff von innen. Sie sah in die Ferne der Straße. Wenn sie Veronika rechtzeitig entdeckte, bevor sie selbst sie sehen würde, konnte sie noch die Flucht antreten.

»Hallöchen«, erklang es laut und gutgelaunt hinter ihr.

Sie drehte sich um und sah sich Veronika gegenüber. »Hi«, sagte Tessa.

»Na los, lass uns reingehen.«

Als sie saßen, plauderte Veronika fröhlich drauflos: »Ich habe gar nicht so zeitig mit dir gerechnet. Ich dachte, du hättest gesagt, dass du zwei Wochen Urlaub hast.«

»So ist es auch.«

»Und dann warst du während deines Urlaubs auf der Arbeit? Sonst hättest du ja meine Nachricht nicht erhalten.«

»Ja, sag mal, wie hast du die dort überhaupt hinterlegen können? Bist du dann doch noch geflogen? Du musstest schließlich durch die Sicherheitskontrolle.«

»O Gott, nein. Mit Engländern will ich erstmal nichts mehr zu tun haben.«

»Es gibt ja auch noch andere Reiseziele.«

»Nein, ich konnte gar nicht verreisen. Ich musste arbeiten.«

»Wo arbeitest du eigentlich?«, erkundigte Tessa sich.

Veronika lächelte. »In einem Reisebüro.«

»Ach was, wirklich?« Tessas Gesichtszüge hellten sich auf. »Wie interessant.«

»Da siehst du mal, wir haben beide mit Reisen zu tun.«

»Und kommen trotzdem selbst kaum raus«, vollendete Tessa den Satz.

»Also, von mir kann ich das nicht behaupten.« War das Mitleid in Veronikas Blick? »Dann warst du also in der ersten Woche auch nicht unterwegs?«, fragte sie weiter und klang enttäuscht dabei.

Tessa sah sie aufmerksam an, dann wandte sie den Blick ab und seufzte tief. »Doch.«

»Wirklich, wo denn?«

Tessa hob den Blick und musterte Veronika. »In England.«

Veronikas Gesichtszüge verzogen sich langsam zu einem intensiven Lächeln. »Eine Last-Minute-Reise sozusagen?« Die Art, wie sie Tessa dabei ansah, als sie das sagte, gab Tessa zu verstehen, dass sie ihr Ticket mit Absicht liegen gelassen hatte. Tessa konnte nicht anders und lächelte selbst. »Und, wie war es?«, erkundigte sich Veronika weiter.

Tessas Lächeln schrumpfte zu einem nachdenklichen Blick. »Schön.« Sie klang melancholisch.

Veronika tat nichts als abzuwarten, bis Tessa mehr preisgeben würde.

Tessa suchte ihren Blick. »Ich habe jemanden kennengelernt.«

Veronika lehnte sich leicht nach vorn. »Erzähl«, bat sie leise. In diesem Moment wurde Tessa sich dessen bewusst, was in den letzten Minuten in ihr vorgegangen war. Weshalb sie Veronika nicht eher angerufen hatte. Warum sie diese in ihren Gedanken gemieden hatte.

»Ich habe sogar mehrere Menschen kennengelernt, Frauen, um genau zu sein.« Sie sah Veronika eindringlich an. »Sehr attraktive Frauen.« Dann schaute sie auf ihre Finger vor sich und lächelte abwesend, während sie weitersprach. »Weißt du, es war wie verhext. Es fühlte sich an wie ein Frühling, der von mir Besitz ergriffen hat.« Etwas leiser fügte sie hinzu: »Meine Libido hat sich bemerkbar gemacht. Wow, ich wusste gar nicht mehr, wie sich das anfühlt.«

»Das ist doch schön.«

»Es hatte auch etwas Erschreckendes. Ich war nicht sicher, ob das richtig ist, so schnell nach der Trennung wieder die Augen offen zu halten.«

»Denkst du denn jetzt auch noch, dass es ein Fehler war?«

Tessa stützte ihren Kopf mit der Hand ihres aufgestützten Arms. »Ich weiß nicht.«

Veronika runzelte leicht die Stirn. »Ich habe mir eigentlich etwas anderes für dich gewünscht.«

Tessa sah sie überrascht an. Sie hatte nicht damit gerechnet, dass Veronika überhaupt über sie nachgedacht hatte.

»Was ist denn bloß passiert?« Plötzlich erhellte sich Veronikas Miene. »Warte, ich versteh schon. Es ist etwas Ernstes, und nun bist du bedrückt wegen der Entfernung.«

»Ach, wenn es das nur wäre.«

Veronika blickte sie fragend an.

»Ich hatte das Gefühl, dass ich für sie nur ein Abenteuer war. Um genau zu sein, gab es da zwei Ebenen. Wissen und Fühlen. Gefühlt habe ich eine Menge. Eigentlich immer noch. Aber Gewissheit hatte ich nie.«

»Oh, verstehe.«

Tessa legte die Stirn in Falten, während sie im Geiste beschäftigt war.

»Bist du dir sicher, dass das alles ist?«

»Sie hat mir einen Brief zugesteckt«, erklärte Tessa. »Sie konnte wegen eines halbberuflichen Termins nicht mit zum Flughafen kommen. In dem Moment hatte ich mich schon mit dem Gedanken abgefunden, dass sie kein ernsthaftes Interesse an mir hat. Doch dann fand ich den Brief.«

Veronika wartete geduldig ab, ohne Tessa unter Druck zu setzen.

»Es war ein Liebesbekenntnis.«

»So, wie du das sagst, klingt es nicht gerade danach, als wäre das eine gute Neuigkeit.«

Tessa fuhr sich durchs Haar. »Ich weiß nicht, wie ich das finden soll. Ich bin gerade einfach nur noch durcheinander. Ich habe das Gefühl, dass diese Frau mein Leben auf den Kopf gestellt hat. Weißt du, sie konnte es schaffen, mich zum Lachen zu bringen. Und zum Nachdenken.«

»Das ist doch aber schön.«

»Wie allerdings kann denn eine knappe Woche reichen, um zu wissen, was jemand einem genau bedeutet?«

»Ach, Tessa, es gibt Menschen, die wissen es binnen Sekunden.«

»Ich bin aber keine von denen.«

Veronika wählte ihre Worte mit Bedacht: »Vielleicht war es bisher mit anderen Menschen nur nie so.«

»Du meinst, sie könnte die Richtige sein?«

Veronika riss die Arme auseinander. »Das kann ich dir nicht sagen. Die Einzige, die dir die Frage beantworten könnte, bist du selbst.«

»Okay, also angenommen, ich liebe sie und sie liebt mich ... wie ... wie soll das alles dann bloß weitergehen? Wir leben in zwei verschiedenen Welten.«

Veronika lächelte wissend. »Wie ich diese Situation kenne! Ich kann mich noch gut daran erinnern, wie es bei mir war.«

Tessa sah sie an. »Wie hast du das denn ausgehalten, dass ihr ständig voneinander getrennt wart?«

»Schön ist natürlich anders, aber mittlerweile kann man sich wenigstens näher sein als früher noch. Das Internet macht's möglich.«

»Aber ...« Tessa wusste selbst nicht genau, womit sie protestieren sollte.

Veronika schloss fürsorglich Tessas Hände in ihre. »Das Einzige, was wirklich zählt, ist, dass ihr euch liebt.«

»Aber ...«

»Wirklich, der Rest fügt sich! Wie sieht sie denn die Situation?«

Tessa senkte den Blick. »Ich habe nur diesen Brief von ihr.« Und die Worte, von denen sie seit dem letzten Tag nicht mehr wusste, ob sie ihnen trauen konnte.

Veronika ließ ihre Hände los und sah sie schockiert an. »Wie meinst du das? Habt ihr etwa nicht Adressen getauscht?«

»Doch, doch.«

»Aber?«

Tessa schwieg verlegen.

»Wann genau bist du wieder in Deutschland angekommen?«, bohrte Veronika nach.

»Vorgestern Abend.«

»Du willst mir doch nicht etwa sagen, dass du seitdem keinen Kontakt zu ihr hattest.«

Tessa fuhr sich mit ihrer Handfläche über den Nacken.

»Warum hast du dich nicht bei ihr gemeldet?«, fragte Veronika aufgebracht.

Tessa zuckte mit den Schultern. »Ich war so verwirrt. Ich bin es eigentlich immer noch, und ich glaube, ich habe erst jetzt so richtig verstanden, wie es in mir drin aussieht. Dank deinem netten Verhör.«

Veronika starrte sie noch immer verdattert an. »Hm, ja ... bitte.« Sie schüttelte den Kopf, denn offensichtlich ließ sie etwas anderes nicht los: »Wieso hast du sie nicht angerufen und gesagt, dass du gut angekommen bist? Sie macht sich doch bestimmt Sorgen ohne Ende!«

Erneut zuckte Tessa ahnungslos die Schultern.

»Mensch, so was kannst du ihr doch nicht antun. Wenn du Pech hast, verlierst du sie mit so etwas.«

»Ich ...« Tessa schloss kurz die Augen und atmete tief durch, dann öffnete sie sie wieder. »Weißt du, wenn sich herausgestellt hätte, dass sie mich liebt und ich sie auch, dann wäre ich daran doch nur verzweifelt. Es hätte so weh getan, dass wir getrennt sind. Wenn sich aber andererseits herausgestellt hätte, dass sie mich doch nur als Urlaubsflirt gesehen hat, dann hätte mich das auch nur verletzt.«

»Und deswegen willst du sie jetzt gänzlich aus deinem Kopf streichen?« Veronika sah Tessa forschend an, dann fügte sie hinzu: »Kannst du das denn einfach so?« Sie legte den Kopf schief. »Hast du dir mal überlegt, dass es andere Liebespaare gab und gibt, die noch viel größere Mauern überwinden müssen?«

Bilder des Theaterabends mit Raphaela blitzten vor Tessas innerem Auge auf.

»Ruf sie an!«, drängte Veronika zärtlich.

Etwas später saß Tessa wieder in ihrer Wohnung. Das Gespräch mit Veronika hatte ihr gutgetan. Sie lächelte vor sich hin, als sie daran dachte, was sie sich als eigentlichen Grund für Veronikas Kontaktaufnahme ausgemalt hatte. Dass sie, Veronika, sich in Tessa verliebt hätte. Ha! Veronika schwamm zwar auf ihrer Wellenlänge, aber sie war eben wie die meisten Frauen hetero. Das machte Tessa nun jedoch gar nichts mehr aus. Sie war sich sicher, eine Freundin in ihr gefunden zu haben. Und was die Liebe anging, da war sie sich nun auch sicher, wohin ihr Herz sie zog. Es war weder Veronika noch Chloe oder Karen, die sie begehrte.

Tessa starrte auf ihr Telefon und legte langsam ihre Hand darauf. Sie nahm ab und lauschte dem eintönigen Fiepgeräusch in der Leitung. Mit der anderen Hand griff sie sich den Notizzettel, der neben ihr auf dem Tisch lag. Langsam tippte sie die lange Nummer, die sie über den Ärmelkanal mit einem Haus in London verband. Hoffentlich ging nicht eine ihrer Mitbewohnerinnen ran.

Sie bekam ein Freizeichen, und mit dem Geräusch erhöhte sich auch ihr Puls.

»Ja, hallo?« Auf die Schnelle konnte Tessa nicht zweifelsfrei entscheiden, welche der drei Frauen sich hinter der Stimme verbarg.

»Ja, hi, hier ist Tessa.«

»Tessa.« Die Stimme klang sanft und auf eine gewisse Art erleichtert. Nun wusste Tessa auch, wer am anderen Ende den Hörer in der Hand hielt.

»Tut mir leid, dass ich mich jetzt erst melde.«

»War irgendwas mit deinem Flug?«

»Nein, ich bin pünktlich angekommen. Und ich habe auch

deinen Brief gefunden.« Nun war es raus.

Raphaela schwieg.

»Vielleicht brauchte ich etwas Zeit zum Nachdenken.«

»Verstehe.« Eine kleine Pause entstand. »Aber ich habe mir auch Sorgen um dich gemacht, weißt du?«

»Entschuldige, das wollte ich nicht.«

»Na ja, jetzt weiß ich ja, dass es dir gutgeht.«

Ein betretenes Schweigen beherrschte die Sekunden.

»Tessa, hast du dich über den Brief geärgert?«

»Nein«, antwortete diese leise. »Ich habe mich gefreut.«

»Wirklich? Das ist schön.« Raphaelas Stimme klang noch genauso vorsichtig und zärtlich wie zuvor, nun mischte sich aber etwas Erleichterung hinein. »Was hast du dann?«

»Mensch, Raphaela«, erboste sich Tessa. »Wir leben in zwei verschiedenen Ländern, wir sind hunderte Kilometer voneinander entfernt, wir sprechen verschiedene Sprachen. Wie hast du dir das denn vorgestellt?«

»Dein Englisch ist doch super.«

Tessa seufzte.

»Tessa, ich weiß im Moment nur eines, nämlich dass du mir unglaublich fehlst und dass ich die Zeit mit dir mehr als genossen habe. Ich habe das Gefühl, das Glück stünde nun endlich einmal auf meiner Seite. Ich kann nichts dagegen tun, ich möchte mit dir zusammen sein. Auch wenn das bedeutet, dass wir uns nur alle paar Wochen mal sehen. Aber die Flüge sind ja wirklich schon recht günstig.«

Tessa schloss die Augen. »Ich weiß nicht, ob mir das reicht«, sagte sie schweren Herzens.

Raphaela war verstummt.

»Ich glaube, eine Fernbeziehung ist sehr anstrengend. Ich möchte mit der Frau, die ich liebe, jeden Tag gemeinsam verbringen und nicht die Tage rückwärts zählen, bis man sich endlich mal wieder sieht.«

»Im Moment kann ich mir aber nicht vorstellen, auf irgendeine andere Frau zu warten als auf dich.«

Tessa spürte, wie sich hinter ihren geschlossenen Lidern Tränen ansammelten. Als sie sie öffnete, sah sie unklar und musste blinzeln. Dabei rollte ein vereinzelter Tropfen an ihrer Wange nach unten. »Ich vermisse dich«, wisperte sie. »Dabei will ich doch endlich mal wieder glücklich sein.«

»Denkst du, mir geht es anders? Egal, wo ich bin, alles erinnert mich irgendwie an dich. Ich hab ja selbst schon gedacht, ich sei verrückt. Es war ja nur eine Woche, doch eben eine ganz besondere Woche.«

»Sag mal, wie war eigentlich dein Vorsprechen?«, erinnerte sich Tessa prompt. Sie wischte sich ihre feuchte Wange trocken und rieb sich über die Augen. Eine Umlenkung des Gesprächs würde ihr guttun.

»Du wirst es nicht glauben, aber ich habe die Rolle bekommen.«

»Wow. Das ist ja phantastisch!«, freute sich Tessa.

»Ja, glücklicherweise musste ich die Rolle einer traurigen Figur spielen. Das passte ja nun mal perfekt zu meiner eigentlichen Stimmung. Daher war's wohl überzeugend.«

»Ich freue mich für dich.«

Raphaela wurde leiser. »Was ist nun mit uns beiden?«

»Ich würde dich jetzt gern umarmen.«

»Und ich würde dich gern küssen.«

»Dann lass es uns probieren. Fünfzig Euro im Monat für ein Flugticket bei einer Billig-Airline kann ich aufbringen.«

»Wir schaffen das, meine Süße«, sagte Raphaela gerührt.

»Ich möchte jeden Tag mit dir telefonieren.«

»Verstanden. Wird gemacht, Captain.« Raphaela kicherte.

»Übrigens habe ich noch nie einen so süßen Brief bekommen.«

»Gott, ich wünschte wirklich, ich könnte dich jetzt in den Arm nehmen.«

»Bald, mein Schatz, bald.«

Tessa schlenderte frohen Herzens den Weg zu ihrer Wohnung entlang. Einige Wochen waren vergangen, seitdem sie das erste Mal in die braunen Augen geschaut hatte, die sie fortan gefangen hatten.

Sie genoss jeden Tag, den sie Raphaela liebte, auch wenn sie nur ihr Bild vor sich sah, ihre Worte auf dem Bildschirm las oder ihre Stimme im Telefon hörte. Sie wusste, dass sie zusammengehörten.

Jetzt schämte sie sich fast dafür, dass sie jemals daran hatte zweifeln können. Sie konnte sich ein Leben ohne Raphaelas Leichtigkeit und ihre gute Laune nicht mehr vorstellen.

Das Einzige, was ihr zu schaffen machte, war, dass sie jeden Abend ohne ihre Nähe einschlafen musste, ihr morgens keinen Kuss geben konnte, um in den Tag zu starten.

Ihr Körper sehnte sich manchmal so sehr nach Raphaela, dass es schmerzte. Die Erinnerung an ihre Finger auf ihrer Haut trieb sie fast in den Wahnsinn. Sie konnte es gar nicht abwarten, bis sich endlich die nächstbeste Gelegenheit bieten würde, um ihre Geliebte wieder in den Armen halten.

Wenigstens würde sie sie endlich bald in Echtzeit am Computer sehen können.

Die Plastiktüten vom Einkauf baumelten rechts und links an ihren Seiten. Tessa widmete sich wie so oft ihren Tagträumen, in denen sie ihre Momente mit Raphaela in London noch einmal Revue passieren ließ. So bemerkte sie erst kurz vor ihrer Wohnung, dass eine Person vor ihrer Haustür stand. Tessa blieb wie angewurzelt stehen, als sie diese von hinten erkannte. Da drehte die Person sich um.

»Anne! Was machst du denn hier?«

»Hallo Tessa. Wie geht's dir?«

»Deswegen bist du hergekommen? Um mich zu fragen, wie es mir geht?« Tessa ging die restlichen Schritte bis zum Eingang.

»Jetzt sei mal nicht so abweisend. Ich wollte mich gern noch mal mit dir unterhalten. Und ja, ich wollte wissen, wie es dir geht.«

»Warum hast du nicht einfach angerufen?«, fragte Tessa.

»Du scheinst dich ja nicht wirklich zu freuen, mich zu sehen. Ich hatte gedacht, wir wären einigermaßen im Guten auseinandergegangen. Beziehungsweise wollte ich jetzt meinen Beitrag dazu leisten, dass unser Verhältnis wieder ein freundschaftliches wird.«

Tessa steckte den Schlüssel ins Schloss. »Komm schon rein. Ich will nicht hier draußen mit dir diskutieren.«

Als sie die Tür zu ihrer Wohnung geöffnet hatte, steuerte sie direkt auf die Küche zu, wo sie die Tüten auf den Tisch legte. »Also, was willst du? Hab ich noch irgendwas von dir?«, fragte Tessa in einem harschen Ton.

»Jetzt sei doch nicht so kratzbürstig. Ich meinte das ernst. Ich wollte schauen, wie es dir geht.« Anne ging auf den Küchentisch zu. »Komm, soll ich dir ein bisschen mit den Einkäufen helfen?«

»Anne, das geht schon.«

»Ich weiß doch sowieso noch, wo alles bei dir steht«, hielt ihre Exfreundin mit einem Lächeln entgegen und begann, eine der Tüten auszuräumen.

»Darf ich dich daran erinnern, dass das zwischen uns aus ist?«

Anne drehte sich zu ihr um. »Das weiß ich doch.«

»Genau, wenn es jemand weiß, dann wohl du.«

»Ist es denn verboten, danach miteinander befreundet zu sein?«

Tessa schüttelte den Kopf, innerlich fragte sie sich jedoch, ob es so günstig war, ausgerechnet mit Anne durch eine Freundschaft verbunden zu sein.

»Also, wie geht es dir denn nun?«, erkundigte sich Anne, als wäre nichts gewesen.

»Gut, danke der Nachfrage.«

»Du scheinst mich ja schnell vergessen zu haben.«

»Vergessen nicht, aber ...« Tessa suchte nach den richtigen Worten.

»Aber?«

Tessa rieb sich die Stirn. »Hör zu, es ist in unserer Beziehung nicht alles so gelaufen, wie ich es mir vielleicht gewünscht hätte. Jetzt weiß ich, dass es besser ist, dass wir nicht mehr zusammen sind.«

»Hey.« Annes Stimme klang plötzlich ungewohnt zärtlich. Sie kam langsam auf Tessa zu. »Weißt du, wieso ich eigentlich gekommen bin?« Sie strich Tessa zärtlich von der Schulter über den Oberarm, und Tessa ließ es geschehen. »Ich wollte mich entschuldigen. Ich weiß, dass ich dich nicht immer so behandelt habe, wie du es verdient hast. Das war dumm von mir, und ich wünschte, ich könnte es wieder gutmachen.« Langsam kam sie noch näher auf Tessa zu und umarmte sie, zaghaft, so als wollte sie Tessa die Möglichkeit geben, nein zu sagen. Als das nicht geschah, schaukelte Anne liebevoll mit Tessas Körper hin und her und strich ihr über den Rücken. »Es tut mir leid, okay?«, flüsterte sie. »Du bist eine wundervolle Frau.«

Annes plötzliches Erscheinen verwirrte Tessa zutiefst. Viel mehr noch allerdings ihr Schuldbekenntnis. Tessa wand sich aus der Umarmung. Sie wusste nicht, was sie sagen sollte.

»Was ist?«

»Ich weiß nicht, ob die Idee so gut ist, jetzt einfach auf Freundschaft zu machen.«

»Mein Gott, Tessa, du warst doch früher nicht so zweifelnd.« Anne klang ungehalten. »Bist du dir zu fein, über deinen Schatten zu springen, oder was?«

Tessa blieben die Worte im Hals stecken. »Okay, okay«, stimmte sie schließlich zu, weil es wohl der Weg des geringsten Widerstands war. *Es kommt ja nicht darauf an, ob ich ab und an eine Stunde meiner Freizeit mit Anne verbringe oder nicht. Wir sind nicht mehr zusammen, das ist es, worauf es ankommt,* dachte Tessa.

»Weißt du, ich wollte immer nur das Beste für dich, auch wenn ich nicht immer in der Lage war, dir das zu zeigen.« Anne klang plötzlich wieder herzlich. »Ich hätte dich nicht verlassen dürfen.« Tessa räumte ungeachtet dessen die Lebensmittel in die Schränke. »Hey«, erklang plötzlich Annes Stimme dicht an ihrem Ohr. »Ist dir irgendwas unangenehm?« Sie stand hinter ihr und streichelte erneut Tessas Oberarme. »Weißt du noch, wie wir uns kennengelernt haben?«

Tessa überkam ein ungewolltes Lächeln, und sie war froh, dass Anne, die in ihrem Rücken stand, es nicht sehen konnte.

»Du saßt mit deiner guten Freundin in einer Szenekneipe, weil du herausfinden wolltest, ob du wirklich auf Frauen stehst. Und als ich dich gesehen habe, war es um mich geschehen.« Annes raue Stimme säuselte Tessa in eine Trance mit Bildern aus der Vergangenheit. »Du warst die schönste Frau dort. Ich weiß noch, wie du immer schüchtern zu mir gesehen hast, weil du nicht wolltest, dass deine Freundin etwas mitbekommt. Irgendwann war sie dann doch mal weg. Gott sei Dank.«

Tessa spürte Annes Lächeln. Ihr Gesicht hatte sich in die Kuhle ihres Halses gelegt.

»Ich hab noch nie eine Frau so begehrt wie dich, Tessa.« Ihre großen Hände strichen an Tessas Oberarmen entlang und begaben sich zu ihrem Rücken, wo sie begannen, fürsorglich zu massieren. Tessa entfleuchte ein Seufzen. Die Bilder hatten Besitz von ihr genommen. »Weißt du noch, wie wir zum ersten Mal miteinander geschlafen haben? Du warst ganz unsicher, fast schon ängstlich, aber ich glaube, ich habe dich ganz gut davon überzeugt, dass alles richtig war genauso, wie es war.«

Tessa sah unweigerlich, wie Annes Hand sie an ihrem ganzen Körper zärtlich berührte. Das Zimmer war warm, Kerzen brannten. Daran konnte sie sich noch genau erinnern. Anne hatte ihr gegeben, wovon sie selbst nicht so genau gewusst hatte, was es war. Doch danach hatte sie nie wieder darauf verzichten wollen.

»O Tessa«, seufzte Anne. »Mir ist in den letzten Wochen etwas bewusst geworden.« Ihre Lippen legten sich auf Tessas Hals und küssten sie, bis Tessa eine Gänsehaut bekam. »Alte Liebe rostet nicht, heißt es.« Annes Stimme war nur ein Hauchen. »Das stimmt, weißt du? Irgendetwas muss dieses Gefühl bei mir überdeckt haben. Der Alltag vielleicht oder die Sehnsucht nach

Abenteuer. Wenn ich rückgängig machen könnte, wie ich dich damals behandelt habe, würde ich es tun. Sofort.« Dann knabberte Anne zärtlich an der empfindlichen Haut und biss ein wenig hinein.

Tessa riss abrupt die Augen auf. Sie hatte es immer geliebt, wenn Anne sie zärtlich gebissen hatte, aber der Grat zwischen Erregung und Schmerz, wenn auch leichtem, war schmal.

Anne hatte diese Grenze am Ende ihrer Beziehung immer häufiger überschritten, und Tessa hatte nie gewusst, ob dies unbewusst geschah. Alle ihre Handlungen waren grober, zielorientierter geworden. Was sie jetzt beeinflusst hatte, war wohl eine Besinnung auf Zärtlichkeit. Und Tessa hatte sich davon beeindrucken lassen. Hatte sich manipulieren lassen.

Schamesröte stieg ihr ins Gesicht. Wie hatte sie Raphaela auch nur für eine Sekunde vergessen können?

Tessa drehte sich um und zwang Anne so zu einem verfrühten Ende. »Was ist mit deiner Neuen?«, fragte sie eiskalt.

Anne lächelte bitter. »Ich habe festgestellt, dass ich einen riesigen Fehler gemacht habe, dich gehen zu lassen.«

»Das beantwortet nicht meine Frage. Wie kommst du dazu, mir dich so zu nähern, wenn du wieder jemanden hast?«

»Wir haben Schluss gemacht.«

»Wer denn?«

»Ich«, gestand Anne.

»Ich habe nichts anderes erwartet.«

»Was soll das denn jetzt wieder heißen?«

»Ach nichts«, seufzte Tessa. »Also, hör zu, wenn du nur gekommen bist, um mich wieder rumzukriegen, dann kannst du gleich wieder verschwinden.«

»Ach, Tessa, jetzt sei doch nicht wieder so abweisend. Es tut mir leid. Da sind wohl meine Gefühle mit mir durchgegangen. Kein Wunder! Ich habe dich ewig nicht gesehen. Und du bist sogar noch schöner geworden. Du strahlst richtig! Ich schwöre dir, das war absolut nicht geplant. Aber wenn es dein Wunsch ist, werde ich mich natürlich zusammenreißen. Wir können es ja langsam angehen und vielleicht – über kurz oder lang ...«

»Vergiss es, das zwischen uns ist aus«, erklärte Tessa mit Nachdruck.

»Wie kannst du denn so kalt sein und so rein gar nichts mehr für mich empfinden?«

Tessa verstummte.

»Siehst du, du kannst es dir nicht mal selbst eingestehen.«

Tessa öffnete gerade den Mund, um zu widersprechen, da redete Anne weiter: »Na los, jetzt sei nicht so verbiestert und nimm meine Freundschaft an. Ich verspreche dir auch, dass ich dir nicht zu nahe kommen werde.« Sie begab sich wieder zu den restlichen Einkäufen, die noch auf dem Küchentisch lagen, und nahm eine der Tüten. »Okay?«, hakte sie noch einmal nach.

»Wie Freundschaft klang das aber eben nicht!«

»Freu dich doch, dass du ab sofort eine gute Freundin hast, die dir auch noch Komplimente macht. Das tut deinem Selbstbewusstsein doch gut!«

Tessa spürte, wie sie plötzlich Antipathie gegenüber Anne empfand. Früher hatte sie ihre Bemerkungen nie hinterfragt oder darüber nachgedacht, dass sie damit etwas Bestimmtes bezwecken wollte. Plötzlich fühlte sie sich wie Annes kleiner Spielball.

»Also, auf die Freundschaft?« Anne sah sie erwartungsvoll an und kümmerte sich nicht darum, dass sie gar kein Getränk hatte, um auf den Toastspruch anzustoßen.

Tessa atmete tief ein und aus. »Von mir aus.« Sie hatte keine Lust auf eine große Konfrontation mit fliegendem Keramikgeschirr. Vielleicht könnte sie sich auf andere Weise aus der Affäre ziehen. Wenn sie sich immer seltener bei Anne melden würde, würde sie schon früh genug merken, dass Tessa kein Interesse an einer Freundschaft hatte.

»Was ist denn das?« Mit gerunzelter Stirn betrachtete Anne eine Verpackung, die sie aus der Tüte hervorgebracht hatte. Sie schaute Tessa an.

»Eine Webcam.«

»So was für den Computer? Wozu brauchst du denn das? Hast du jetzt Cybersex mit irgendwelchen Leuten aus Chats?«

»Und selbst wenn, würde es dich nichts angehen«, sagte Tessa in ihren Küchenschrank hinein.

»Wie bitte? Nein, vergiss es! Die bist die letzte Person, der ich so etwas zutraue!« Anne lachte. Als sie sich beruhigt hatte, blickte sie aus dem Augenwinkel wieder zu Tessa und verhörte sie weiter: »Nun sag schon, wozu brauchst du's dann?«

Tessa schloss den Küchenschrank lautstark und drehte sich zu Anne um. »Ich habe eine Fernbeziehung.«

Anne starrte sie mit großen Augen an. »Wie bitte? Und das sagst du mir jetzt erst?«

»Ich hätte es dir auch gar nicht erzählen müssen.«

»Willst du etwa mit mir fremdgehen? Hast du deswegen nicht eher von ihr erzählt?« Anne lächelte hinterhältig.

»Nein, verdammt, aber das ist nun mal meine Sache.«

»Tessa«, begann Anne ungehalten, »ich habe gesagt, ich will mit dir befreundet sein, und dazu gehört ja wohl auch, dass man die grundlegenden Dinge im Leben der anderen weiß. Das mit vorhin tut mir leid, das hab ich dir gesagt, aber wenn du mir rechtzeitig von deiner neuen Freundin erzählt hättest, hätte ich mich doch gar nicht erst dazu verleiten lassen.«

Tessa fuhr sich durchs Haar. »Du hast mich nicht gefragt.«

»Du hast es aber auch nicht von dir aus erzählt. Dann scheint dir ja nicht sehr viel an ihr zu liegen.«

Tessa funkelte Anne böse an. »Sag das nie wieder. Du kreuzt hier auf und erwartest, dass ich nur auf dich gewartet habe, oder was?«

Anne legte den Karton mit der Webcam unsanft auf den Küchentisch und fixierte mit ihrem Blick die Einkaufstüte. Dann sagte sie mit besänftigender Stimme: »Wir sollten uns langsam beruhigen. Das war ein schlechter Neustart für uns. Ich wollte das nicht. Wirklich. Ich bin manchmal wahrscheinlich echt ein Trampel.« Sie lachte kurz verlegen auf. »Na, erzähl doch mal, wer ist denn die Glückliche?«

Tessa lehnte sich entspannt an der Küchenzeile an. »Sie ist Engländerin.«

Anne schnaubte verächtlich. »Mensch, Tessa, meinst du nicht, dass das ein bisschen weit weg ist? Wie lange kennt ihr euch denn?«

»Bald einen Monat.«

»Ist ja nicht sehr lange.«

»Was erwartest du? Hätte ich sofort, als mit dir Schluss war, krampfhaft etwas Neues suchen sollen?« Tessa reagierte gereizt.

»Hey, ist ja schon gut. Ich vergleiche das nur mit uns beiden. Wir waren Jahre zusammen.«

»Aber auch die haben mal mit einem Monat angefangen.«

Anne schüttelte leicht den Kopf. Im Stuhl zurückgelehnt, zog sie die Einkaufstüte zu sich heran und schaute hinein, was sich noch darin befand. Sie zog ein dünnes Büchlein heraus und betrachtete es. »Das Programm der Volkshochschule? Was willst du denn damit? Du bist doch noch keine Rentnerin!«

»Das hat doch nichts mit Rentnerdasein zu tun.«

»Aber du hast doch deinen Job und brauchst keine Nachweise mehr.«

»Man belegt ja auch nicht nur Kurse, wenn man einen Job braucht.«

Anne sah sie verständnislos an. »Warum denn dann?«

»Aus Spaß?«

»Na, ich wüsste Besseres mit meiner Kohle zu tun, als *aus Spaß* die Schulbank zu drücken.«

»Ich bin ja auch nicht du.«

Anne legte gleichgültig das Büchlein auf den Tisch. »Du hast dich echt verändert, Tessa. Früher waren wir uns mal ähnlicher.«

Tessa stützte sich an der Küchenzeile ab und beobachtete, wie ihre Muskeln und Sehnen an der Hand zum Vorschein traten. »Hör mal, ich bin nachher noch im Internet verabredet, und morgen hab ich Frühschicht.«

»Versteh schon, das wird dann jetzt der Rausschmiss.« Annes

Gesichtszüge waren versteinert, als sie aufstand.

Wut stieg in Tessa auf. Was bildete sie sich ein? Kreuzte hier auf und erwartete, dass man alles nur für sie sausen ließ? Tessa schaute wieder auf ihre Hand, als Anne auf ihrer Höhe angelangt war.

»Ich hoffe echt, dass wir es schaffen, uns wieder zu vertragen. Mach's gut.« Mit diesen Worten verschwand Anne.

☙❧

Wärmend durchdrangen die Sonnenstrahlen die Luft, als Tessa und Veronika mit Eis in den Händen zum Kino spazierten. Sie hatten nun immer öfter etwas gemeinsam unternommen und sich gut angefreundet.

»Wie läuft's mit deiner Süßen?«

»Super. Das mit der Webcam war eine tolle Idee. So kann ich sie jeden Tag sehen und bekomme auch Kleinigkeiten mit. Ich kann aufgrund ihres Gesichts erahnen, wie ihr Gemütszustand ist. Ganz so leicht ist das natürlich nicht. Sie kann sich ja ziemlich gut verstellen. Aber ich wette mir dir, irgendwann kann ich sie lesen wie ein offenes Buch.«

»Mensch, eine Schauspielerin zur Freundin! Wie cool ist das denn? Hast du dir mal überlegt, wie das sein wird, wenn sie berühmt ist? Irgendwann spielt sie bestimmt an der Seite von so tollen Leuten wie Hugh Grant.«

Tessa lächelte. »Das hab ich mir noch nie ausgemalt.«

»Ja, ja, du stellst dir nur Filme mit euch beiden in der Hauptrolle vor, oder?«, neckte Veronika sie.

»Wahrscheinlich schon.« Tessa grinste. »Aber du hast recht, ich wünsch es ihr wirklich, dass das mit der Karriere klappt.«

»Dann kommt sie dich jedes Wochenende mit dem Privatjet besuchen, oder nein, wahrscheinlich hat sie dann Villen in Berlin und London, und ihr seid mal hier und mal dort.«

»Ich wäre schon froh, wenn ich sie überhaupt mal wiedersehen würde.«

Besorgt musterte Veronika Tessa. »So schlimm? Hat sie keine Zeit oder kein Geld für den Flug?«

»Das Zeitproblem scheint gerade vorrangig.«

»Ach, lass den Kopf nicht hängen«, murmelte Veronika, nachdem sie in die Waffel gebissen hatte. »Das wird schon werden.«

»Dafür bringe ich ihr langsam ein bisschen Deutsch bei.«

»Echt? Wie cool! Meinem Ex war das immer ziemlich egal.«

Tessa beäugte Veronika, während sie selbst noch an ihrem Eis leckte. »Was macht eigentlich bei dir die Liebe?«, erkundigte sie sich vorsichtig.

»Ich glaube, ich bin wieder offen für Neues«, bekannte Veronika. »Die kleine England-Eskapade ist auf jeden Fall vergessen.«

»Das ist gut. Und der Nächste steht bestimmt bald auf der Matte. Bei deinem Aussehen habe ich da keine Zweifel. Du darfst dich nur nicht zu Hause verschanzen.« Tessa griente Veronika von der Seite an.

»Was glaubst du, warum ich in letzter Zeit so viel mit dir unternehme?«

»Ach so, da bin ich wohl nur das Alibi, um im Kino Typen aufzugabeln und täglich Komplimente einzustecken?« Tessa boxte Veronika leicht in die Seite.

»Verdammt, du hast mich durchschaut.« Veronika schwang ihre Faust bedauernd durch die Luft. Dann knabberte sie seelenruhig am Rest ihrer Waffel. »Doch mal ernsthaft, weiß deine Süße, dass es mich gibt? Nicht, dass sie bei ihrem ersten Besuch gleich einen Eifersuchtsanfall bekommt.«

»Ich hab ihr im Nachhinein die ganze Geschichte mit dem Ticket erzählt und auch, dass wir jetzt öfter etwas gemeinsam unternehmen.«

»Wenn sie mich sieht, wird sie gleich die falschen Schlüsse ziehen. Ich meine, sieh mich doch an.« Ihr Schmunzeln war nicht zu übersehen.

»Du bist echt schlimm. So frech hätte ich dich nie eingeschätzt. Und du nutzt jede Gelegenheit, Komplimente einzuheimsen. Ja, du siehst gut aus.« Tessa zwinkerte und steckte ihr gleichzeitig die Zunge raus. »Aber es stimmt, sie weiß noch nicht einmal, wie du aussiehst. Ich werde ihr vorsichtshalber gleich mal ein Foto von dir mailen, damit sie sich etwas unter deinem Namen vorstellen kann.«

»Du hast doch noch nicht mal ein Foto von mir!«

Tessa steckte den letzten Bissen ihrer Eiswaffel in den Mund und holte ihr Handy aus der Tasche. »Nichts leichter als das. Wir haben ja auch noch ein bisschen Zeit, bis der Film anfängt.«

Veronika blieb stehen und schaute sich um. Das Kino war schon in Sichtweite. Davor war ein großer Platz, auf dem sich einige Passanten tummelten. »Schau mal, da wird gerade eine Bank frei.« Sie zog Tessa am Ärmel zur Sitzbank und ließ sich schnell darauf nieder, damit sie die Bank für sich hatten. Tessa kam langsam nach, den Blick noch immer auf ihrem Handy. Nachdem sie sich gesetzt hatte, rutschte Veronika dicht an sie heran und hakte sich bei ihr unter. »Was ist denn los?«, fragte sie, als der ersehnte Schnappschuss auf sich warten ließ.

»Ich habe einen Anruf verpasst.«

»Einen wichtigen? Du schaust etwas seltsam.«

»Nein, nein.« Tessa schaltete den Kameramodus an und hielt das Handy auf Armlänge von sich entfernt. Nachdem sie abgedrückt hatte, sahen sie nach, wie das Bild geworden war.

»Was machst du denn für ein Gesicht? Was soll denn deine Freundin denken? Dass ich dich dazu gezwungen habe?«

»Entschuldige, ich war in Gedanken.«

»Willst du drüber reden?«

Tessa lehnte sich zurück und ließ ihre Hand mit dem Handy locker im Schoß liegen. Sie schaute auf eine entfernt stehende Gruppe Jugendlicher. »Meine Ex ist wieder auf der Bildfläche erschienen.«

»Oh.«

»Ja, sie macht jetzt auf Freundschaft.«

»Wie bitte?« Veronikas Blick spiegelte Verwirrung wider.

»Na ja, weißt du, zwischen Frauen ist das gar nicht mal so eine Sensation. Es gibt öfter mal Pärchen, die sich mehr oder weniger im Guten trennen und irgendwann den Weg zur Freundschaft finden, aber bei Anne und mir ... ich weiß auch nicht. Ich kann es mir nicht vorstellen.« Tessa beobachtete, wie sich ein junges Mädchen zu der Gruppe dazugesellte und von allen begrüßt wurde. »Vor einigen Wochen, also kurz nach der Trennung, hätte ich gedacht, ich könne nicht mit ihr befreundet sein, weil ich sie noch viel zu sehr begehre und das Folter für mich gewesen wäre. Mittlerweile habe ich eine etwas andere Sicht auf die Dinge, die passiert sind, und die Art unserer Beziehung.«

»Wie meinst du das?«

»Ich habe es damals vielleicht nicht so wahrhaben wollen, doch heute weiß ich, dass Anne mir nicht so viel Freiheit gegeben hat, wie gut für mich gewesen wäre.« Tessa drehte ihren Kopf, um Veronika anzusehen. Diese wartete regungslos Veronika ab. Tessa senkte den Blick. »Ich glaube, sie hat mich etwas zu sehr dominiert.«

Veronikas Stimme klang wertfrei, als sie sagte: »Ich denke, es gibt in jeder Beziehung immer eine Person, die eher die treibende Kraft ist und die Entscheidungen fällt, während die andere sich eher fügt. Auch wenn das nicht immer extrem ausgeprägt ist. Es können auch ganz leichte Tendenzen sein.«

»Willst du sie schützen?«

»Quatsch, ich kenne sie ja gar nicht. Aber vielleicht misst du diesem Dominanzverhältnis im Moment ein wenig viel Gewicht bei. Eure Beziehung ist vorbei, und deswegen willst du diese Verhältnisse auf keinen Fall noch mal entstehen lassen, das ist doch klar. Womöglich bist du unterbewusst besorgt, dass es in einer Freundschaft genauso sein wird.«

Tessa zog die Augenbrauen nach oben und atmete ruckartig ein und aus. »Seit wann bist du Hobbypsychologin?«

»Entschuldige.« Veronika machte eine wegwerfende Geste. »Nimm das einfach nicht ernst.«

Tessa musterte sie genau. »Gibt es zwischen uns auch einen Dominanzunterschied?«, fragte sie angespannt.

»Ich wüsste nicht welchen.« Veronikas Stimme klang sanft. »Mach dir doch jetzt darüber keine Gedanken. So etwas kann sich ja auch immer mal wieder ändern.« Veronika legte ihre Hand auf Tessas Schulter. »Zwischen uns ist doch alles in Ordnung, oder etwa nicht?«

Tessa nickte. Ihr Blick fixierte bereits wieder einen Punkt in der Ferne.

»Also ich kann mir jedenfalls beim besten Willen nicht vorstellen, wie man nach einer gescheiterten Beziehung noch miteinander befreundet sein kann. Bist du dir sicher, dass sie nicht...« Veronika beendete den Satz nicht. Als Tessa sie ansah, trafen sich ihre Blicke.

»Das habe ich auch schon vermutet. Mit ihrer neuen Freundin ist wieder Schluss. Vielleicht will sie gar nicht riskieren, lange allein zu bleiben. Sie denkt wahrscheinlich, ich habe nur auf sie gewartet.«

»Letztendlich musst du selbst entscheiden, wen du wie dicht an dich heranlässt.«

»In letzter Zeit meldet sie sich schon ziemlich oft bei mir. Eigentlich jeden Tag. Sie scheint wieder ein Teil meines Lebens werden zu wollen, ich weiß nur nicht, welcher und ob ich das zulassen will.«

»Ach, Tessa!« Veronika schlug ihr sanft auf den Oberschenkel. »Nun haben wir aber genug Trübsal geblasen und philosophiert. Jetzt geht's ab ins Kino. Sonst kommen wir noch zu spät.«

Im Vorraum des Kinos war wenig los. Die Sonne verlockte die meisten Leute eher zu Spaziergängen, aber Tessa und Veronika hatten ihren Kinobesuch fest eingeplant, weil sie beide den Film, den sie sich ausgesucht hatten, auf keinen Fall verpassen wollten. Mit ihren Eintrittskarten in der Hand standen sie im

Raum und warteten noch etwas.

»Hier ist ja wenigstens noch das Licht an. Drinnen erkennt man die Gesichter doch gar nicht so richtig«, raunte Veronika, während sie sich verstohlen umschaute. Plötzlich verharrten ihre Augen in der Bewegung, und sie schien jemanden gefunden zu haben, der sie interessierte.

»Na, was siehst du?«

»Äh, Tessa, da steht eine Frau, die zu uns rüberschaut. Jetzt kommt sie auf uns zu.«

Als Tessa sich umdrehte, sah sie Annes Gesicht direkt vor sich. Sie lächelte beschwingt. »Hi Tessa. Mensch, das ist ja ein Zufall.« Anne umarmte Tessa.

»Hi«, sagte Tessa und starrte Anne irritiert an.

»Ich hab dich angerufen, aber du bist nicht rangegangen.«

»Ja, ich hab es leider nicht gehört.«

Veronika räusperte sich so dezent wie möglich. »Hallo, ich bin Veronika.« Sie reichte Anne ihre Hand, die sie aufmerksam ansah. Dann ging Anne auf das Angebot ein und sie schüttelten sich die Hände.

Gleich darauf wandte Anne sich wieder Tessa zu. »Ja, ich wollte wissen, was du an deinem freien Nachmittag unternimmst, und weil du nicht abgenommen hast, habe ich beschlossen, ins Kino zu gehen. Ist ja echt verrückt, dass du genau dasselbe geplant hast. Was schaut ihr denn?« Anne beugte sich zu Tessa hinüber, um auf ihre Eintrittskarte zu schauen. »Das gibt's doch nicht.« Stolz zeigte sie ihre eigene Karte. Natürlich hatte sie eine Karte für denselben Film. »Wir sitzen zwar nicht nebeneinander, aber es ist ja bestimmt nicht viel los, sodass wir uns einfach umsetzen können.«

Tessa wusste im ersten Moment nicht, was sie sagen sollte.

»Natürlich nur, wenn ihr wollt.« Anne lachte, als ob es keine Zweifel an Tessas und Veronikas Zustimmung geben würde.

Zu dritt machten sie sich auf den Weg zum Kinosaal, doch bevor sie hineingingen, blieb Veronika stehen. »Ich werde noch mal kurz verschwinden.«

Die Art, wie sie Tessa dabei ansah, gab ihr zu verstehen, dass sie mitkommen sollte. Flink entschied Tessa, darauf einzugehen. »Weißt du was, Anne, schau doch schon mal, ob irgendwo drei Plätze nebeneinander frei sind. Wenn nicht, müssen wir eben getrennt sitzen. Wir kommen gleich nach.«

Anne protestierte nicht, heftete allerdings ihren Blick auf sie und Veronika.

Als die Toilettentür hinter den beiden Frauen zugefallen war, sah Veronika Tessa verschwörerisch an: »Das ist Anne?«

»Ja.«

»Ich kann mir gar nicht vorstellen, dass du mal mit ihr zusammen warst.«

»Tja.« Unbeholfen stand Tessa vor den Waschbecken und wusste nicht wohin mit ihren Armen.

»Hör zu, ich finde, irgendetwas stimmt nicht mit ihr.« Veronikas klare Stimme war zu einem Flüstern geschrumpft. »Hast du mal gesehen, wie sie einen anguckt?«

»Herrgott, Veronika, du kennst sie seit zwei Minuten. Ist ja auch klar, dass sie dich ansieht. Sie kennt dich ja noch nicht.«

»Mag sein, ich wollte ja auch nur mal fragen, ob sie immer so guckt wie heute.«

»Du spinnst doch«, winkte Tessa mit einem Lächeln ab. »Außerdem bist du gerade ziemlich taktlos. Ich habe fünf Jahre meines Lebens mit ihr verbracht.«

»Und ich dachte, das wäre vorbei.«

»Kennst du das Wort Pietät?«

»Schon gut, schon gut. Ich hab nichts gesagt.« Veronika hob beschwichtigend die Arme. »Aber interessant, wie du dich mir gleich angeschlossen hast. Das klappt ja so gut, als würden wir uns schon Jahre kennen.« Sie grinste verschmitzt.

»Dabei muss ich gar nicht.«

»Ich doch auch nicht. Dann können wir ja wieder gehen.«

Tessa musste lächeln. Noch nie hatte sie für private Gespräche Blasendruck vorgetäuscht.

»Dann hoffe ich mal, dass keine drei Plätze nebeneinander

mehr frei sind.« Veronika hatte ihre Hand am Türgriff. Sie drehte ihren Kopf noch einmal zu Tessa um und zwinkerte. »Sorry.«

ଔଓ

Warm drangen die Sonnenstrahlen in Tessas Wohnzimmer. Sie wurden von Tag zu Tag wärmer, und Tessa genoss sie mehr denn je. Ihr Tisch war komplett ausgefüllt mit allem, was ihr Kühlschrank hergegeben hatte. Sie hatte sich selbst ein ausgiebiges Frühstück mit entspannter Zeitungslektüre gegönnt. Stress würde sie während der Spätschicht noch genug haben. Mit Raphaela hatte sie nicht telefonieren könnten, da diese mal wieder arbeiten musste.

Kontinuierlich füllte ihr Radio ihr Wohnzimmer mit Leben, bis die monotone Lautstärke vom schrillen Ton ihrer Klingel durchbrochen wurde. Tessa zuckte auf und ließ die Zeitung liegen. Sie hatte eine Ahnung, wer das sein konnte. Eins war klar: Sie vermutete nicht Veronika dahinter. Mit den Fingern auf dem Hörer für die Sprachanlage überlegte sie einen Moment, ob sie abnehmen oder so tun sollte, als wäre sie nicht da. Als es erneut schellte, meldete sie sich.

Eine Lieferung.

Mit Verwunderung öffnete Tessa ihre Wohnungstür und wartete, bis der Lieferant die eine Treppe bis zu ihrer Wohnung hinaufgestiegen war. Sie grübelte, was für eine Lieferung sie erwarten sollte, als sie bereits von Weitem einen riesigen Strauß roter Rosen sah, hinter dem der Mensch dahinter schon nicht mehr zu erkennen war.

»Frau Winter?«

Tessa nickte. Sie konnte ihre Augen kaum von dem Prachtstrauß nehmen.

»Sie müssten hier bitte mal noch unterschreiben.«

Verdattert sah Tessa den Mann an. »Natürlich.«

Als sie endlich den Strauß mit in ihre Wohnung nahm, zogen sich ihre Mundwinkel von ganz allein nach oben. Mit beiden Händen hielt sie den Strauß fest und senkte ihren Kopf auf die Blüten, um ihren Duft einzusaugen. Sie schloss ihre Augen und hatte sofort Raphaelas Bild vor sich. Nun nahm eine Begeisterung von ihr Besitz, die die Verwunderung vertrieb. Raphaela hatte weder Kosten noch Mühen gescheut, um ihr ihre Liebe zu beweisen. Noch bevor Tessa nach einer geeigneten Vase suchen wollte, griff sie nach dem kleinen Kärtchen, das dezent zwischen den Blüten versteckt war. Mit einer Hand klappte sie es auf und las: »Für eine wundervolle Frau. – A.«

Tessas Lächeln erstarb. Anne? Für einen Moment hegte sie die Hoffnung, dass die Lieferung falsch zugestellt wurde, aber diesen Gedanken verwarf sie schnell wieder.

Enttäuscht ging sie zu ihrem Wohnzimmerschrank, um eine Vase herauszuholen. Gerade als sie das größte Exemplar mühsam aus der hinteren Reihe hervorgeholt hatte, klingelte ihr Handy. Tessa rollte mit den Augen. Das konnte nur Anne sein.

In aller Ruhe stellte sie die Vase erst einmal auf den Boden und den Strauß hinein. Vielleicht würde das Klingeln von allein aufhören. Sie wusste doch gar nicht, was sie Anne nun sagen sollte. Zögerlich ging sie die Schritte bis zum Tisch und spähte von Weitem auf das Display. Blitzartig hechtete sie zum Gerät und nahm das Gespräch an.

»Veronika. Hi. Sorry, ich konnte nicht eher.«

»Hey, ich hatte schon befürchtet, du schläfst noch. Ich wollte dir nicht deinen freien Vormittag rauben.«

»Hast du nicht. Was gibt's denn?«

»Ähm, tja, ich wollte mal mit dir reden. Aber nicht am Telefon. Könntest du heute Abend nach der Arbeit zu mir kommen?«

»Ich habe doch aber Spätschicht. Da ist der Abend fast vorbei, bevor ich bei dir bin. Und eigentlich bin ich auch schon mit Raphaela im Internet verabredet.«

»Bitte«, flehte Veronika. »Du kannst gern von meiner Wohnung aus mit Raphaela chatten. Ich hab auch eine Webcam. Aber ich muss dir unbedingt etwas erzählen. Ich wüsste nicht, wem sonst.«

»Okay. Klar, ich komm vorbei.« Ihr Blick fiel auf den pompösen Strauß, der noch auf dem Boden stand. »Ehrlich gesagt, habe ich auch etwas zu erzählen.«

Es war längst dunkel, als Tessa bei Veronika eintraf.

»Hi, vielen Dank, dass du gekommen bist.« Veronika begrüßte sie mit einer Umarmung.

»Jetzt freue ich mich aber auch auf was Leckeres. Abends wird es doch noch ganz schön kühl.«

»Ich hab Wein da. Wenn du lieber was zum Aufwärmen willst, kann ich dir einen Tee anbieten.«

»Lieber einen Tee, sonst schlaf ich wahrscheinlich direkt ein.«

»Kein Problem, du kannst gern bei mir schlafen.«

Tessa meinte, etwas in Veronikas Stimme herausgehört zu haben. Forschend sah sie sie an. »Ist alles okay?«

Veronika seufzte und verschwand in die Küche. Tessa hörte, wie sie den Wasserkocher füllte. Sie folgte ihr in die Küche und beobachtete sie, wie sie den Kocher einschaltete und Tassen aus dem Schrank holte. »Welche Sorte willst du?« Veronika hatte ein Schubfach geöffnet, in dem Teepackungen lagen.

Tessa griff wahllos eine Verpackung und holte einen Beutel heraus. »Und?«

Veronika nahm sich ebenfalls einen Beutel und bestückte die Tassen. Dann lehnte sie sich an der Küchenzeile an. Sie verschränkte die Arme vor der Brust, während sie darauf wartete, dass das Wasser kochte. »Ach Mensch, jetzt ist es gar nicht mehr so akut.«

»Was heißt denn akut? Bist du krank?«

»Nein, aber letztlich ist es gar nicht so wild, wie ich es mir zuerst eingeredet habe. Ich ärgere mich gerade, dass ich dir deinen Abend mit Raphaela raube. Ich werde dir gleich mal den Computer anmachen, damit du sie erreichen kannst.« Veronika machte Anstalten, ihre Position zu verlassen.

»Warte mal, heute früh klang das noch ganz anders. Erzähl mir mal erst, was dich bedrückt. Raphaela wird schon Verständnis dafür haben.«

Veronika verschränkte wieder die Arme vor der Brust. Ihr Blick war geheimnisvoll. »Komm mal ein bisschen näher«, bat sie leise, während der Wasserkocher seine Geräuschintensität verdoppelte. Tessa leistete ihrem Wunsch Folge, und Veronika vertraute ihr an: »Ich kriege seit zwei Tagen mysteriöse Anrufe.« Der Wasserkocher knackte bestätigend.

»Wie meinst du das?« Tessa hatte automatisch ihre Lautstärke gedrosselt.

»Ich nehme ab und dann höre ich, wie da jemand atmet, aber mehr nicht. Dann legt die Person auf.«

Tessa verzog das Gesicht. »Jetzt kann ich verstehen, warum du nichts dagegen hast, wenn ich bei dir schlafe.«

»Ach, wahrscheinlich mache ich nur die Pferde scheu. Das werden irgendwelche Spinner sein, die mich ärgern wollen.« Sie goss den Tee auf und trug die Tassen ins Wohnzimmer. Tessa folgte ihr. »Damit du nicht glaubst, dass ich mir das nur ausgedacht habe, wollte ich, dass du zu mir kommst. Ich dachte, es würde heute Abend noch mal passieren.«

»Wieso sollte ich dir nicht glauben? Blödsinn!« Tessa ließ sich auf Veronikas großer Polsterecke nieder. »Hast du denn jemanden im Verdacht?«

Veronika schüttelte vehement den Kopf.

»Jemand von der Arbeit vielleicht? Neider gibt's überall.«

»Ach, ich versteh mich mit meinen Kollegen ganz gut. Ich wüsste nicht, wem ich so etwas zutrauen sollte.«

»Wie oft kam das vor?«, fragte Tessa weiter.

»Vielleicht fünf Mal am Tag. Das ist ja eigentlich gar nicht so viel...«

»Na, nun red dich mal nicht wieder raus«, unterbrach Tessa

sie. »Ich kann mir gut vorstellen, dass das fünf Mal zu viel ist. Das ginge mir nicht anders.« Sie nahm die Tasse in die Hand und pustete. »Lass uns mal überlegen. Wozu könnte man das machen? Um dich zu ärgern, sagst du. Was noch?«, überlegte Tessa laut.

»Kannst du vielleicht etwas leiser sprechen?« Gleich darauf warf Veronika hinterher: »Gott, nein, vergiss es, ich übertreibe.«

»Um dich zu verängstigen«, fügte Tessa ihren Überlegungen mit Ernsthaftigkeit hinzu. »Vielleicht will jemand auch nur überprüfen, ob du zu Hause bist.«

Veronika warf ihr einen verängstigten Blick zu.

»Vielleicht hast du einen heimlichen Verehrer, der sich partout nicht traut, am Telefon etwas zu sagen.«

»Also, auf so einen Verehrer kann ich bei Gott verzichten«, schnaubte Veronika verächtlich.

Ein bedrohlich lautes Telefonklingeln zerschnitt die Ruhe im Raum. Tessa und Veronika zuckten synchron zusammen. Tessa verschüttete ein wenig von ihrem Tee und stellte ihre Tasse wieder auf dem Tisch ab, während das Telefon beharrlich weiterklingelte. Tessa sah Veronika abwartend an. Veronika zuckte die Achseln. Dann blickte sie zum Telefon und griff in Zeitlupe zum Hörer. »Ja?« Ihre Augen suchten Tessas. »Hallo?«, rief sie gereizt in den Apparat. Schließlich entfernte sie ihn von ihrem Ohr und legte ihn auf die Gabel. »Aufgelegt«, erklärte sie.

Tessa schluckte. Ihr fiel die Tasse wieder ein, und sie kramte ein Papiertuch aus ihrer Tasche, um den feuchten Ring vom Beistelltisch zu wischen. »Die Nummer kannst du aber nicht sehen, oder?«

»Nein, mein Telefon ist etwas älter.«

»Hast du Schulden bei irgendwem?«

Veronika schüttelte den Kopf. »Na ja, aber gut, dass wir drüber geredet haben.« Sie klang, als zwinge sie sich zur Fröhlichkeit. »Nun erzähl mal, was es bei dir Neues gibt.«

»Meinst du nicht, dass wir ...«

»Nein, lenk mich mal ein bisschen ab«, unterbrach Veronika sie.

»Okay, tja, was gibt's bei mir?«, plauderte Tessa nonchalant. »Ich hab heute einen riesigen Blumenstrauß per Kurier geschickt bekommen.«

»Was, echt?« Veronikas Ausdruck erhellte sich.

»Von Anne.«

Sofort sah Veronika wieder niedergeschlagen aus. »Ich dachte, du hättest gute Neuigkeiten.«

»Das hab ich nicht gesagt. Sag mal, wollen wir nicht ein bisschen Radio oder so etwas anmachen?« Das mulmige Gefühl hatte Tessa nicht verlassen, seit Veronika den Hörer abgenommen hatte.

»Gute Idee.« Veronika drückte energisch eine der Fernbedienungen, die vor ihr lagen.

»Ja, na, auf jeden Fall bin ich ziemlich geplättet. Ich weiß gar nicht, wie ich jetzt darauf reagieren soll.« Tessa war wieder bei Anne.

»Das ändert doch aber nichts an deinen Gefühlen für sie! Bleib auf jeden Fall ehrlich. Das ist das Wichtigste.«

Tessa nickte und griff wieder nach ihrer Tasse.

»Sag mal«, begann Veronika vorsichtig, »das mag eine ziemlich abwegige Frage sein, aber du hast nicht zufällig Anne meine Nummer gegeben?«

»Du meinst, Anne...?« Tessa deutete mit ihrem Zeigefinger in Richtung von Veronikas Haustelefon.

Veronika zuckte die Achseln.

»Nein, Quatsch. Erstens habe ich ihr nie deine Nummer gegeben. Ihr habt euch ja auch nur vorgestern mal kurz kennengelernt. Und zweitens würde sie so etwas nie machen.«

»Sorry, war nur so eine Idee.«

»Ach, Kopf hoch. Das legt sich schon wieder. Wenn nicht, kannst du immer noch zur Polizei gehen.«

»Meinst du, die machen da überhaupt was?«

»Bestimmt.«

»Na gut ... jetzt fahr ich dir mal den Computer hoch.« Veronika stand auf und ging ins Nebenzimmer. Tessa folgte ihr. »Ich werde wahrscheinlich nebenan noch ein bisschen sitzen und fernsehen. Du kannst dich gern wieder zu mir gesellen, wenn du fertig bist.« Sie schaltete die Festplatte an.

Tessa nickte. Dann sah sie auf die Uhr. »Wow, ganz schön spät. Ich werde wohl dein Angebot annehmen.«

»Klar, wenn das Sofa für dich okay ist? Wobei ... ich habe ein Doppelbett. Da kannst du natürlich auch schlafen, wenn du willst. Kannst ja Raphaela fragen, was ihr lieber ist.« Veronika zwinkerte. »Na gut, du weißt ja bestimmt, wie alles geht. Also, bis später.« Damit ging Veronika wieder ins Wohnzimmer.

Tessa wählte sich bei dem Webcam-Portal an, bei dem Raphaela auf sie warten würde. Ihr fiel ein Stein vom Herzen, als sie sah, dass Raphaela noch online war. Sie aktivierte die Verbindung zu Raphaelas Benutzerkonto, und ein gesondertes Fenster blinkte auf.

»Hallo?« Tessas Stimme musste Zimmerlautstärke haben, durch die Stille im Raum hatte sie jedoch das Gefühl zu schreien. Hoffentlich hörte sie Raphaela. Sie konnte auf dem Videofenster bereits ihr Zimmer erkennen, doch keine Spur von ihr.

Plötzlich schneite Raphaela ins Bild. Beruhigung überschwemmte Tessa. Der Anblick von Raphaelas Gesicht hatte einfach immer dieselbe Wirkung: tiefste innere Ruhe, nahezu Glückseligkeit. In dieser Situation mischte sich aber die mittlerweile schon vertraute Sehnsucht hinein. Wie gern würde sie den Duft von Raphaelas Hals einatmen und genüsslich die Augen dazu schließen, während sie ihre Nähe mit jeder Faser ihres Körpers spürte. Wenn sie nun aber die Augen schließen würde, verschloss sie auch ihr Tor zu Raphaela. Ein Sinn musste andere ersetzen, eine Lücke schließen. Die Augen trösteten sie darüber hinweg, dass ihre Nase und die Haut Raphaelas Gegenwart nicht wahrnehmen konnten.

»Hallo Süße!« Raphaelas zarte Stimme erinnerte sie daran,

dass auch ihre Ohren nicht ganz unbeteiligt daran waren, dass ihre allabendlichen Chats Balsam für Tessas Seele waren.

»Mensch, da bist du ja endlich. Ich hab mir schon Sorgen gemacht.« Sie sah erleichtert aus.

»Es ist leider etwas später geworden.«

»Wo bist du?«

Es war Tessa eigentlich klar, dass Raphaela bemerken würde, dass sie nicht zu Hause war, aber sie hatte sich an der Hoffnung festgeklammert, es würde ihr bei der spärlichen Beleuchtung nicht auffallen. Sie sollte ohnehin nicht auf die Wände schauen, sondern auf Tessa. Ihre Beziehung war noch ein junges Pflänzchen, sie wollte nicht, dass eine Böe von Eifersucht ihre Triebe abbricht. Woher sollte sie auch wissen, ob Raphaela nicht doch zu dieser Böe fähig war – trotz ihrer Betonung von Freiheit und Offenheit.

»Hallo? Alles okay bei dir?«

»Ja, ich bin bei Veronika.« Tessa konnte erkennen, wie Raphaela die Stirn in Falten legte.

»Und jetzt sitzt du an ihrem Computer statt an deinem? Kann sie uns hören?«

»Nein, nein, sie ist im Nebenzimmer.«

»Und warum bist du da?« Raphaela machte einen unzufriedenen Eindruck.

»Es ging ihr nicht gut.«

»Und wie geht es dir?«

»Ganz okay so weit. Ich hab vorhin einen Tee mit ihr getrunken, und jetzt bin ich schon ziemlich müde.«

»Wir haben ja wieder nicht viel Zeit für uns.« Raphaela stützte ihren Kopf auf ihre Hand. »Was gibt es Neues bei dir?«

»Ich war letztens mit Veronika im Kino.« Tessa tat es ihr gleich, stützte ihren Ellenbogen auf der Tischplatte auf und bettete ihren Kopf schließlich in ihrer Hand. Ihre freie Hand bewegte sich zum Bildschirm und legte sich auf Raphaelas wüstes Haar. Die fremde Umgebung war augenblicklich vergessen. Der Zauberkasten spuckte das Bild ihrer Herzdame aus. Vielleicht würde man sich in naher Zukunft schon in Sekundenschnelle auf die andere Seite beamen können.

Ihre Gedanken wurden von einem Prusten unterbrochen. »Das sieht sehr amüsant aus, wie du den Bildschirm anhimmelst.« Sofort war die lebendige, unbekümmerte Raphaela wieder da. »Aber dass ihr im Kino wart, hast du mir schon erzählt. Erinnerst du dich etwa nicht?«

»Doch, aber andere Neuigkeiten habe ich nicht.« Tessa beobachtete, wie Raphaela sich in ihrem Stuhl zurücklehnte. Bröckelte ihre Heiterkeit gerade? Tessa konnte ihr nicht von Annes Blumenstrauß Anne erzählen. Die Furcht, dass sie wegen Veronika misstrauisch werden würde, war schlimm genug. Wenn Raphaela es fertigbrachte, von zu Tode betrübt auf himmelhoch jauchzend zu wechseln, war es nur wahrscheinlich, dass das auch andersherum ging.

»Und da musst du um die Zeit noch nach Hause, oder schläfst du bei Veronika?«

»Sie hat mir angeboten, bei ihr zu schlafen.«

»Hattest du vor, mir davon zu erzählen?« Da war es.

Tessa schluckte. »Ich hatte Angst, dass du eifersüchtig sein würdest.«

»Mensch, Tessa, ich vertraue dir. Du hast mir gesagt, dass Veronika nur eine gute Freundin ist. Wie kommst du darauf, dass ich etwas anderes vermuten würde? Doch wenn ich ewig nachfragen muss, bis du mir so etwas erzählst, machst du es mir nicht gerade leicht.«

»Entschuldige. Ich will dich doch nur nicht wegen blöder Eifersucht verlieren.«

»Es ist eher deine Verschwiegenheit, die mir Sorgen macht, und nicht die Tatsache, dass du bei einer Frau übernachtest. Ist da noch mehr, was du mir nicht sagst? Bedrückt dich irgendetwas?«

Tessa erschrak innerlich, aber sie gab betont unbeschwert von sich: »Mir geht es gut. Mich bedrückt nichts.«

»Gar nichts?«

Tessa starrte auf den Ausdruck in Raphaelas Gesicht und überlegte, worauf sie hinaus wollte. »Was mich angeht, so geht es mir ziemlich schlecht, weil du mir einfach verdammt fehlst. Geht es dir da etwa anders?«

»Nein, natürlich nicht. Ich vermisse dich auch wie verrückt.« Da war wieder dieses Ziehen in der Bauchgegend, weil sie es ausgesprochen hatte.

Tessa sah, wie Raphaela sich wieder zurücklehnte und süßsäuerlich lächelte, dieses Mal nicht zum Monitor, sondern direkt in die Kamera. Damit schenkte sie Tessa die Illusion, ihr direkt in die Augen zu sehen.

Tessa nutzte die Gelegenheit, erneut mit ihrem Finger über Raphaelas Abbild zu fahren. Über ihre Schultern und Arme ... doch plötzlich kam es ihr albern vor. Im Normalfall konnte sie Minuten damit verbringen, diese Körperteile zu liebkosen. Auf diese Weise dauerte es kaum ein paar Sekunden. Sie zog ihre Hand zurück, und auch Raphaela wandte ihren Blick wieder dem Monitor zu.

»Veronika hat gesagt, dass ich dich entscheiden lassen sollte, ob ich auf dem Sofa oder bei ihr im Doppelbett schlafe.«

»Das darfst du entscheiden, solange du keine Dummheiten machst.« Der Schalk sprang aus Raphaelas Augen.

»Dann werde ich auf dem Sofa von dir träumen, meine Süße.«

Ein sehnsuchtsvolles Funkeln schien Tessa über den Monitor zu treffen.

»Bitte mach dir keine Sorgen mehr um mich«, fügte Tessa hinzu. »Und jetzt werde ich langsam ins Bett verschwinden. Also nein, aufs Sofa natürlich.«

»Na, na, na, war das ein Freud'scher Versprecher?«, zog Raphaela sie mit erhobenem Zeigefinger auf. Dann wurde sie etwas ernster. »Nein, mal im Ernst, von mir aus kannst du auch bei Veronika schlafen. Dein Rücken wird es dir sicher auch danken. Alles andere wäre doch albern.«

»Wenn du meinst ...«

»Klar, ihr erzählt euch noch ein paar Geschichten und flechtet euch die Haare. Aber keine Lollipops mehr nach dem Zähneputzen!«

»Ich glaube, für das ganze Programm sind wir schon zu müde, aber es ist eine schöne Idee fürs nächste Mal.«

»Na gut, meine Süße. Dann schlaf schön! Wir treffen wir uns in unseren Träumen.«

»Ich werde dich heute Nacht im Schlaf umarmen.«

»Nein, ich glaube, heute Nacht umarme ich lieber dich. Sonst sendet dein Unterbewusstsein falsche Nachrichten an deinen Körper.«

»Okay«, hauchte Tessa mit einem Lächeln.

»Gute Nacht, mein Liebling. Bis morgen.« Raphaela machte einen Kussmund und setzte ihn auf das Kameraobjektiv.

Tessa tat es ihr gleich. »Gute Nacht.«

ৎ৪৩

Als Tessa am nächsten Morgen erwachte, war Veronika gerade im Begriff, sich auf den Weg zur Arbeit zu machen. Sie überredete Tessa, in Ruhe bei ihr zu frühstücken.

Tessas Tag verlief darüber hinaus ereignislos und schnell. Sie war erneut für die Spätschicht eingeteilt, und so kam sie ziemlich erschöpft von der Arbeit nach Hause.

Selbst ihr war mittlerweile schon mulmig zumute, im Dunkeln noch unterwegs zu sein, seitdem Veronika ihr von den Anrufen erzählt hatte. Strammen Schrittes hastete sie durch die Straße, um schnell daheim anzukommen. Umso erschrockener war sie, als eine große Gestalt vor ihrer Wohnungstür wartete. Sie erkannte kurz darauf Anne in ihr und war nicht sehr viel beruhigter.

»Was machst du denn um die Zeit noch hier?«, lautete Tessas Begrüßung.

»Ich wusste doch, dass du Spätschicht hast. Ich dachte, ich besuche dich mal wieder.«

»Hm«, brummte Tessa.

»Willst du nicht aufschließen?«

Tessa seufzte. »Hör zu, Anne. Es ist echt schon spät, und mein Tag war anstrengend. Können wir uns nicht ein anderes Mal treffen?«

»Ist das dein Ernst?«, fragte Anne, als hätte Tessa einen Witz erzählt. »Ich bin doch jetzt extra gekommen. Da können wir doch noch ein halbes Stündchen oder so quatschen, und dann kannst du schlafen gehen.«

»Ich habe dich nicht gebeten, herzukommen«, sagte Tessa tonlos.

»Ich wollte dir eine Freude machen. Ich dachte, ein wenig Abwechslung am Abend würde dir guttun.«

Tessa fummelte an ihrem Schlüsselbund herum. Sie wollte endlich mal stark bleiben und nicht immer ihre Höflichkeit siegen lassen.

»Wie läuft's mit deinen Sprachkursen?«

»Wie kommst du dazu, mir Blumen zu schicken?« Tessas Stimme war fast in einem Schreien explodiert.

Anne schaute verständnislos. »Ist das verboten?«

»Was soll das? Wir sind nur Freunde!«

»Selbst meiner guten Freundin kann ich doch wohl ein paar Blumen schicken«, erklärte Anne.

»Anne!«, sagte Tessa mit Nachdruck.

Leise brachte Anne hervor: »Willst du das wirklich hier vor deinem Haus besprechen, wo die Leute uns hören können?«

Tessa war müde und gereizt und wollte sich nicht mehr zusammenreißen. Sie steckte den Schlüssel ins Schloss, öffnete die Tür und ging wortlos hinein.

Anne folgte ihr ohne Aufforderung. In ihrer Wohnung ging Anne erst einmal auf den Blumenstrauß zu, der auf dem Wohnzimmertisch seinen Platz gefunden hatte. »Wow, der ist ja wirklich wunderschön geworden.«

»Also?«, verlangte Tessa gereizt, während Anne an den Rosen schnupperte.

Anne drehte sich um und ging auf Tessa zu. »Ich kann mich doch nicht gegen meine Gefühle wehren«, hauchte sie und legte ihre Hände auf Tessas Oberarme.

Tessa trat einen Schritt zurück und beendete die Berührung auf diese Weise. »Ich habe dir gesagt, dass ich eine Freundin habe.«

Anne lachte kurz auf. »Du weißt doch genauso gut wie ich, dass das keine Zukunft hat. Eine Fernbeziehung, ha! Das hätte ich dir nun wirklich nicht zugetraut.«

»Lass das mal meine Sorge sein.«

»Außerdem«, säuselte Anne, während sie sich Tessa wieder näherte, »hast du doch bestimmt gewisse Bedürfnisse, die dir deine Freundin aus der Ferne nicht erfüllen kann.«

Tessa sah sie entsetzt an. Sie wusste nicht, was sie darauf sagen sollte.

»Und was sie nicht weiß . . .« Anne fuhr mit einem einzelnen Finger über Tessas Arm.

»Fass mich nicht an!«, zischte Tessa.

Anne zog sofort ihre Hand zurück. Es hatte den Anschein, als würde sie etwas in sich zusammensacken. »O Gott, ich weiß gar nicht, was in mich gefahren ist. Es tut mir so leid, Tessa«, gestand sie zerknirscht.

Tessa rieb sich die Schläfen. »Mensch, merkst du nicht, dass das alles hier nichts bringt? Wir passen nicht zusammen, und dabei sollten wir es belassen.«

Anne hob ihren Kopf und sah sie mit schmerzverzerrtem Gesicht an. »Nein, wirklich, es tut mir leid. Vielleicht bin ich gerade etwas verzweifelt, weil ich allein bin. Wahrscheinlich habe ich in meine Gefühle für dich etwas Falsches hineininterpretiert. Tessa, wirklich, ich weiß selbst gerade nicht, was mit mir los ist. Ich brauche auch einfach eine gute Freundin, die in einer solchen Phase für mich da ist. Du weißt, dass es so jemanden nicht in meinem Leben gibt.«

Tessa verschränkte die Arme vor der Brust.

»Ich möchte, dass wir gute Freundinnen bleiben.«

»Wie soll ich dir das glauben? Eben hast du noch versucht, mich anzumachen«, hielt Tessa aufgebracht entgegen.

»Ich sage doch, dass es mir leid tut. Was erwartest du? Dass jeder außer dir fehlerfrei ist? Ich habe dir erklärt, dass ich meine Gefühle wahrscheinlich falsch interpretiert habe. Gib mir einfach nur noch eine Chance, Tessa, bitte!«

Tessa schwang einen Arm gleichgültig durch die Luft. »Gut, meinetwegen.«

Annes Gesicht erhellte sich augenblicklich. »Danke, Tessa.« Ihre Stimme klang rau. »Weißt du was?« Sie schluckte und klang plötzlich wieder geradezu fröhlich. »Wollen wir uns für die nächsten Tage verabreden? Dann reden wir mal ganz in Ruhe, nur wir zwei. Und ich verspreche dir, dass ich mich benehme. Und ich kreuze auch nicht einfach ungefragt vor deiner Haustür auf. Also, wann wäre es dir recht?«

»Müssen wir das jetzt besprechen? Ich bin müde.«

»Da fällt mir gerade ein, wo warst du eigentlich gestern Abend? Ich habe hier angerufen, aber du hast nicht abgenommen.« Anne nahm Tessa genau in Augenschein.

»Ich war bei Veronika.«

»Aha.«

»Ja, du hast gesagt, du benimmst dich jetzt, also mach kein Theater, weil ich bei Veronika war, ohne es dir zu sagen.«

»Ist ja schon gut. Ich hab ja gar nichts gesagt.« Anne hob abwehrend die Hände. »Ich mach dir einen Vorschlag. Wir sind beide gerade ziemlich aufgebracht. Ich würde sagen, ich lass dich jetzt allein, und morgen telefonieren wir mal und verabreden uns. Ja?«

Tessa nickte.

»Gut, dann entschuldige noch mal. Also dann, tschüss.« Anne kam auf sie zu und schien sie umarmen zu wollen.

Tessa hob ablehnend die Hände. »Nicht! Mach nicht alles kaputt!«

Anne lächelte zerknirscht. »Versteh schon. Irgendwann wirst du mir wieder vertrauen können, Tessa«, sagte sie leise. »Gute Nacht.« Dann drehte sie sich um und verließ ihre Wohnung.

Als Tessa kurz darauf am Computer saß, um mit Raphaela zu chatten, erhielt sie nur die Nachricht von ihr, dass sie bereits schlafen gegangen war.

∞

Tessa kam in das Café geeilt. Sie hatte Veronika bereits an einem der Tische sitzen sehen. »Hallo«, sagte sie und schenkte ihr eine kleine aufmunternde Umarmung. »Also, erzähl«, bat sie, noch bevor sie sich setzte. »Bekommst du immer noch diese Anrufe?«

Veronika nickte. »Ich habe jetzt überlegt, ob ich zur Polizei . . .«

»Mensch, das gibt's doch nicht. Ihr hier!« Eine fröhliche Stimme unterbrach ihre kaum begonnene Unterhaltung. Anne stand direkt neben ihrem Tisch.

Veronika warf Tessa einen entsetzten Blick zu.

»Was dagegen, wenn ich mich zu euch setze?« Ohne eine Antwort abzuwarten, ließ Anne sich auf der Sitzbank neben Tessa, gegenüber von Veronika, nieder.

»Was machst du denn hier?«, fragte Veronika nach.

»Ich war gerade hier unterwegs und habe euch durch Zufall durch das Fenster des Cafés gesehen. Da habe ich gedacht, ich kann doch nicht einfach vorbeigehen, ohne euch hallo zu sagen.« Sie lachte erheitert. »Also, was gibt es Neues bei euch?«

»Ach, wir haben uns auch gerade erst getroffen«, sagte Veronika.

Ein betretenes Schweigen entstand. Anne lächelte Tessa locker von der Seite zu. »Wie war die Arbeit?«, versuchte sie das Gespräch in Gang zu bekommen.

»Ja, ganz okay«, sagte Tessa nur.

»Habt ihr schon bestellt?«

Veronika und Tessa schüttelten die Köpfe.

»Wisst ihr was? Sucht euch mal was aus. Das geht auf mich.«

Ohne Enthusiasmus begannen die beiden, in den Getränkekarten zu blättern. Als sie sich entschieden hatten, winkte Anne den Kellner von Weitem her und bestellte für sie alle.

»Ich werde mal kurz verschwinden«, erklärte Tessa, als sie sich erhob.

Nachdem sie auf der Toilette war, verweilte sie etwas länger vor dem Spiegel über dem Waschbecken. *Anne,* ging es ihr durch den Kopf, *was willst du?* Sie sah in ihre eigenen erschöpften Augen. Wieso lief zurzeit alles wieder einmal gar nicht so, wie es sollte?

Nachdem sie mit Raphaela zusammengekommen war, hatte sie geglaubt, es würde nur noch bergauf gehen. Schwangen da nicht doch all die herrlichen Erinnerungen vom Beginn ihrer Beziehung mit, wenn sie mit Anne Zeit verbrachte?

Tessa war zutiefst verwirrt. Es war doch eigentlich Raphaela und nur sie, die sie wollte. Warum konnte Anne es ihr nicht leichtmachen und sie einfach in Ruhe lassen? Tessa atmete tief durch und entschied, dass sich alles schon fügen würde. Dann verließ sie die Toilette und kehrte an ihren Tisch zurück, auf dem nun drei Getränke standen.

»Na, alles klar?«, fragte sie, allerdings mehr, um sich selbst abzulenken. Ein Blick auf Veronika ließ sie stutzen. Veronika reagierte überhaupt nicht auf ihre Frage, und ihre Augen suchten Tessas.

»Keine Sorge, wir haben uns ganz nett unterhalten«, sagte Anne.

Den Rest des Gesprächs bestritt Anne weitestgehend allein. Sie versuchte häufig, Tessa durch Fragen einzubeziehen, aber Veronika beachtete sie kaum. Als alle ausgetrunken hatten, war es Tessa, die die Runde auflöste. »Ich werde dann mal gehen. Ich bin noch mit Raphaela verabredet.«

»Was, jetzt schon? Wir haben doch kaum Zeit gehabt«, klagte Anne.

Sofort stand Veronika ebenfalls auf. »Du hast recht. Zu Hause wartet auch noch der Haushalt auf mich.«

Zügig holte Anne einen Schein aus ihrer Geldbörse und legte ihn auf den Tisch. »Tja, wenn ihr geht, werde ich natürlich auch aufbrechen. Tessa, ich melde mich bei dir. Wir wollten ja demnächst mal wieder etwas zu zweit unternehmen.«

Vor dem Café mussten sie in verschiedene Richtungen.

Tessa war kaum um die Häuserecke gebogen, da klingelte ihr Handy. Es war Veronika. Mit Irritation nahm sie den Anruf entgegen.

»Bist du allein?«, war das Erste, was sie hörte.

»Ja.«

»Ich hatte schon befürchtete, sie wäre dir noch hinterhergerannt.«

»Du klingst total angespannt.«

»Tja, frag mal wieso. Deine feine platonische Freundin ist total eifersüchtig. Ich hatte recht gehabt mit meinem Eindruck aus dem Kino. Die ist irgendwie psycho.«

»Was? Wovon redest du?«

»Als du auf Toilette warst, hat Anne mich ausgefragt, ob was zwischen uns laufen würde. Ich hab ihr gesagt, dass ich hetero bin und dass wir sowieso nur gute Freundinnen sind. Sie hat mich total mit ihrem komischen Blick durchbohrt. Dann hat sie gesagt: ›Na, das ist auch gut so.‹ Ich sag dir, wenn du auch nur eine Sekunde länger weggeblieben wärst, hätte sie mir bestimmt gedroht.«

»Was? Das kann ich gar nicht glauben.«

»Jetzt hör endlich auf, sie in Schutz zu nehmen«, platzte Veronika gereizt heraus.

»Das mache ich doch gar nicht.«

»Unterbewusst schon. Sag ihr halt, sie soll dich in Ruhe lassen.«

»Aber sie sagte mir, dass sie nur mit mir befreundet sein will.«

Ein Knistern in der Leitung zeugte davon, dass Veronika die Luft schnaufend ausgeatmet hatte. »Hast du mal daran gedacht, dass du ihr nicht alles glauben kannst?«

Tessa konnte nichts darauf antworten.

»Gut, ich wollte es dir auch nur sagen. Ich kann ja verstehen, dass das nicht leicht ist, aber wenn sie so weitermacht, dann ...« Veronika fiel offenbar nicht die passende Formulierung ein. »Okay, wie dem auch sei. Wir hören voneinander, ja?«

»Alles klar«, sagte Tessa tonlos. »Ciao.«

☙❧

»Ich nehme kurz meine Pause, ja?«, schlug Tessa ihrer Kollegin vor, während sie sich nach der Betriebsamkeit in der Kneipe umsah.

»Ja, klar. Bis später.«

Tessa ging durch die Tür hinter der Theke in den Pausenraum. Sie stellte ihre Flasche auf den Tisch und legte ihr Sandwich vor sich. Der obligatorische Blick auf ihr Handy verriet ihr, dass sowohl Anne als auch Veronika angerufen hatten. Sie drückte auf Wiederwahl, um mit Veronika verbunden zu werden, während sie das Sandwich von seiner Verpackung befreite.

»Hallo, ich wollte dir eigentlich nur sagen, dass ich jetzt weiß, wer hinter den Anrufen gesteckt hat.«

»Wirklich?« Eine unerwartete Erleichterung machte sich in Tessa breit. »Wer denn?«

»Anne.«

Tessa erschrak. »Das kann ich mir nicht vorstellen. Wie kommst du darauf?«

»Seit gestern haben die Anrufe wie durch ein Wunder aufgehört«, erklärte Veronika mit einem Funken Ironie in der Stimme. »Erinnerst du dich, wie Anne gestern plötzlich im Café aufgetaucht ist?«

»Ja, klar, wieso?«

»Ich hatte gerade erwähnt, dass ich die Polizei einschalten würde. Sie ist ja nicht blöd. Sie hat das gehört und vorsichtshalber damit aufgehört. Jetzt macht das alles auch Sinn. Sie wollte einfach immer wissen, ob ich zu Hause bin oder vielleicht etwa bei dir bin. Sie ist eifersüchtig, Tessa, genau wie ich sagte.«

»Moment, Moment, woher sollte sie denn deine Nummer haben?«

»Was weiß ich. Vielleicht lag dein Handy mal unbeaufsichtigt herum, als sie mal bei dir war.«

Tessa blieben die Worte im Hals stecken. Sie hatte nicht wahrhaben wollen, dass Anne tatsächlich zu so etwas imstande war.

»Und ehrlich gesagt, wenn ich daran denke, wie ich ihr bisher begegnet bin, habe ich auch das Gefühl, dass sie dich verfolgt.«

»Jetzt übertreib mal nicht!«, hielt Tessa gleich dagegen.

»Ich sag ja nur, was ich denke. Den Rest musst du entscheiden.«

»Wow, ich bin noch ganz platt.«

Plötzlich ging die Tür langsam auf, und Tessas Kollegin steckte grinsend den Kopf hinein. »Eine Lieferung für dich.«

»Veronika, ich muss Schluss machen. Danke, dass du mir das erzählt hast.«

»Tessa«, hielt Veronika sie auf, »sei bitte vorsichtig.«

»Was?«

»Jetzt diskutier nicht. Hör einfach mal auf mich! Tschüss.«

Sie legte auf, und Tessa starrte irritiert auf das Display. Dann sah sie zur Tür, wo ihre Kollegin noch immer auf sie wartete. Tessa stand auf und ging zurück in die Kneipe. Plötzlich sah sie nur noch rote Rosen, doch sie war alles andere als erfreut darüber.

Ihre Kollegin hielt ihr demonstrativ den Strauß entgegen. »Der kam gerade für dich an.« Sie strahlte bis über beide Ohren. »Wow, sag ich nur.«

Tessa bemerkte, wie die Gäste immer wieder interessiert zu ihr sahen.

»Na los, nimm ihn schon«, sagte ihre Kollegin lachend. »Da bist du ganz schön überrascht, was?« Sie drückte ihn Tessa einfach in die Hände. »Ich hol dir eine Vase, warte!« Sie huschte zu einem entfernten Schrank, kniete sich hin und hielt immer wieder die ein oder andere Vase in die Luft, um mit Augenmaß abzuschätzen, ob sie passen würde. Nachdem sie fündig geworden war, füllte sie etwas Wasser hinein und brachte sie Tessa.

Tessa stellte die Blumen hinein und klappte widerwillig die kleine Karte auf, die zwischen den Blüten hing.

»Weil man eben doch nicht gegen Gefühle ankämpfen kann. – A.«

Tessas Kollegin stand plötzlich hinter ihr. Sie wirkte aufgeregt wie ein Kind vor dem ersten Schultag. »Wer ist denn der Glückliche? Ein Andreas oder ein Anton?«

»Ich möchte nicht darüber reden.«

»Habt ihr euch zerstritten?«

Tessa starrte auf die Rosen, während sie daran dachte, dass Anne ganz genau wusste, dass sie sich bei ihrer Arbeit noch nicht geoutet hatte. Wieder einmal interessierte sie sich keinen Deut dafür, was Tessa wollte.

»Egal, was vorgefallen ist, aber bei den Blumen kann er dich nur lieben.«

»Ich sagte doch, ich möchte nicht darüber reden.« Tessa wandte ihren Blick nicht von dem Strauß.

»Oh, Kundschaft«, hörte sie ihre Kollegin murmeln. Lauter sagte sie: »Kann ich Ihnen helfen?«

Als keine Antwort kam, hob Tessa interessiert den Kopf. Sie traute ihren Augen kaum. Wie eingefroren blieb sie stehen und staunte.

»Hi Tessa«, sagte Raphaela zärtlich lächelnd.

Tessa schüttelte ungläubig den Kopf, während sich unwillkürlich ein Lächeln über ihr Gesicht erstreckte. Sie schlug ihre Hand vor den Mund, und nach einem Moment setzte sie sich in

Bewegung und ging eilig auf Raphaela zu. Raphaela stellte ihre Reisetasche auf den Boden und schloss Tessa in ihre Arme.

»Ich kann es gerade nicht glauben«, flüsterte Tessa ihr zu.

»Das fühlt sich so gut an, dich endlich wieder in meinen Armen zu haben.«

Tessa löste sich aus der Umarmung und sah sie an. Es fühlte sich an, als würde sie für den Rest ihres Lebens lächeln müssen. Ihre Hände ließen nicht von Raphaela, sie tätschelte ungläubig ihre Arme.

»Ich würde dich so gern küssen, Tessa, aber das geht nicht, oder?«, flüsterte Raphaela.

Tessa schluckte und schüttelte kaum merklich den Kopf. Mit Widerwillen ließ sie von Raphaela ab und wandte sich an ihre Kollegin. »Schau mal, ich hab einen Überraschungsbesuch bekommen. Darf ich dir Raphaela vorstellen?« Wieder auf Englisch sagte sie zu Raphaela: »Das ist meine Arbeitskollegin Gitte.«

Die beiden Frauen schüttelten sich die Hände.

»Ich wollte gerade Pause machen, komm doch mit um die Ecke in den Pausenraum«, sagte Tessa zu ihrer Freundin.«

Raphaela nickte. Auch sie schien ihr Dauerlächeln nicht loszuwerden.

»Wenn was ist, sag Bescheid, Gitte. Bis später.« Damit ging Tessa wieder durch die Tür. Raphaela folgte ihr.

Als sie sie hinter sich geschlossen hatte, stellte Raphaela ihre Reisetasche achtlos ab. Sie hatte ihren Blick nicht von Tessa genommen.

Tessa nahm Raphaelas Hand und streichelte zärtlich mit dem Daumen ihren Handrücken. Dann konnte sie nicht länger an sich halten und musste es auch nicht mehr. Sie nahm sie in die Arme und küsste sie wild, als wäre ihr Leben davon abhängig.

Raphaelas Arme schlossen sich eng um ihren Körper.

Überall wollte Tessa sie spüren. Immer wieder unterbrach sie die Küsse und betrachtete Raphaelas Gesicht, als wollte sie es für immer in ihrem Gehirn abspeichern. Im nächsten Moment stürzte sie sich wieder auf ihren Mund, der so weich war, wie sie es sich jede Nacht erträumt hatte.

»Was machst du denn hier?«, war das Erste, was sie im Freudentaumel herausbringen konnte.

»Dich überraschen«, kicherte Raphaela und streichelte über Tessas Wange.

»Ist dir gelungen!« Fest presste Tessa sie wieder an sich.

»Lass mir noch ein bisschen Luft übrig«, bat Raphaela fröhlich.

»Aber ich muss doch alle verpassten Umarmungen auf einmal nachholen!«, entschuldigte sich Tessa. Dann ließ sie locker und strahlte Raphaela an. »Gut siehst du aus.«

»Danke. Soll ich dir mal sagen, dass ich richtig Glück hatte mit deinem Dienstplan? Als ich den Flug gebucht hatte, wusste ich noch nicht, ob du arbeiten musst.«

»Was meinst du?«

»Na, ob ich mit den öffentlichen Verkehrsmitteln zu deiner Wohnung gefunden hätte, wo ich doch eigentlich kein Wort Deutsch spreche ...«

»Jetzt übertreib mal nicht, wir üben doch schon eine ganze Weile gemeinsam.«

»Ja, aber nicht solche Sachen, die ich in dem Fall gebrauchen könnte, nur so was wie ...«, sie wechselte ins Deutsche, »... ich liebe dich.«

Tessas Herz sprang vor Freude in die Höhe. Gierig küsste sie Raphaela. »Ich liebe dich auch«, erwiderte sie auf Deutsch.

»Wie lange ist deine Pause denn?«

»Eigentlich eine Stunde, es sei denn, es ist viel los, dann helfe ich meiner Kollegin auch schon mal.«

»Sehr freundlich von dir.«

»Setz dich doch erst mal hin.« Tessa deutete auf einen der Stühle und setzte sich selbst an den Platz, wo ihr Essen noch stand.

»Danke.«

»Hungrig?«

»Ein bisschen vielleicht, aber ich werde dir definitiv nichts von deinem Essen wegnehmen. Du musst ja nachher noch eine Weile arbeiten. In der Zeit werde ich mal den Flughafen nach Nahrung auskundschaften.«

»Ja, das ist der Nachteil an deiner Überraschungsaktion. Was machst du, während ich arbeite?« Tessa biss in ihr Sandwich. Mit ihrer freien Hand suchte sie Körperkontakt zu Raphaela, die gleich ihre Hand in Tessas legte. Am liebsten hätte Tessa sie von nun an nie mehr losgelassen.

»Ich hab was zum Lesen mit. Ansonsten werde ich, wie gesagt, ein bisschen hier rumbummeln.«

»Wow.« Tessas Grinsen hinderte sie am Kauen. »Ich kann das immer noch nicht so richtig glauben.«

Raphaela lächelte. »Sag mal, von wem sind eigentlich die Blumen auf dem Tresen?«

»Was?« Tessa schluckte den Bissen krampfhaft herunter.

»Ihr habt die beide so bewundert, als ich kam. Ich nahm an, sie waren ein Geschenk von jemandem.«

Tessa zuckte mit den Achseln und biss schnell erneut in ihr Brot.

»Aha«, sagte Raphaela nur und zog langsam ihre Hand weg, während sie sich im Stuhl nach hinten lehnte.

»Was ist denn?«, fragte Tessa besorgt.

»Du hast Geheimnisse vor mir und denkst, ich würde es nicht merken?«

Tessa wandte beschämt den Blick ab.

»Ich hab das doch vorher schon gesagt. Ich spüre doch, wenn da was mit dir nicht stimmt.«

Tessa schluckte ihren Bissen und legte dann ihr Brot beiseite.

»Also?«

»Puh.« Tessa sah zur Wand. Wie sollte sie Raphaela nur von Anne erzählen, ohne dass sie misstrauisch werden würde? Raphaela wartete noch immer, sah sie einfach nur an.

»Hast du eine Verehrerin?«, gab Raphaela vor.

»So etwas in der Art, ja.«

»Was ist daran so geheimnisvoll? Und was ist so etwas in der Art?«

»Meine Ex ist plötzlich wieder aufgetaucht.« Raphaela sah sie nur an und wartete auf mehr. »Sie sagte, sie würde gern mit mir befreundet sein.«

»Hm«, erwiderte Raphaela. »Ich glaube, Freundschaft sieht anders aus.«

»Das ist jetzt schon das zweite Mal, dass sie mir Blumen schickt. Sie widerspricht sich selbst immer wieder und gibt mir das Gefühl, dass sie mehr von mir will.«

»Liebst du sie denn?«

»Nein!« Tessa schrie fast.

»Dann ist doch alles in Ordnung.«

»Wie bitte?« Tessa sah sie verdutzt an.

»Mir ist wichtig, dass du nur mich liebst und dass du glücklich damit bist. Was den Rest angeht, da vertraue ich dir.«

Tessa sah sie mit großen Augen an.

»Das habe ich dir doch aber letztens schon bei Veronika gesagt. Ich will einfach nur, dass du ehrlich zu mir bist. Ist das so schwer zu verstehen?«

»Ich dachte, du würdest ausrasten, weil ich Blumen bekommen habe.«

»Du kannst ja nichts dafür, dass jemand anderes Gefühle für dich hat. Es ist nur eben deine Aufgabe, jetzt klarzustellen, dass die Person sich keine Hoffnungen machen darf.« Raphaela sah sie nachdenklich an. »Hast du erwartet, ich würde dir jetzt wegen der Blumen eine Szene machen?«

Tessa zuckte die Achseln.

»Kann es sein, dass deine Ex sehr eifersüchtig war?«

Tessa konnte nicht antworten. Ihr Kopf senkte sich.

»Hab ich mir gedacht. Kennst du so etwas wie Vertrauen? Hey, Süße, sieh mich mal an«, bat Raphaela. Tessa hob den Kopf. »Ich vertraue dir, hörst du? Und jetzt entspann dich wieder.« Tessa lächelte beruhigt. »Und iss mal weiter, du musst doch fit sein für die Arbeit.«

»Ich verspreche dir, ich werde Anne sagen, dass sie sich keine Hoffnungen mehr zu machen braucht.«

»Ich bin mir sicher, dass du das wirst«, sagte Raphaela lächelnd.

»Bitte sehr!« Tessa hielt Raphaela ihre Wohnungstür auf.

Raphaela trat ein und blickte sich sofort interessiert um. »Schön hast du es hier. Und das ist alles deins?«

»Ja«, sagte Tessa stolz, während sie die Tür hinter sich schloss.

»Sieht riesig aus.« Raphaela begann, die Räume zu erkunden.

»Schau dich ruhig um.« Tessa setzte Raphaelas Reisetasche ab und zog ihre Schuhe aus. Sie folgte Raphaela ins Wohnzimmer. Dort warf sie einen Blick auf das Telefon. Es zeigte verpasste Anrufe an. Anne hatte angerufen. Wer sonst?

»Was ist?«, fragte Raphaela.

Tessa sah sie fragend an.

»Du hast eben so besorgt ausgesehen.«

Tessa rang mit sich. »Anne hat angerufen«, gestand sie dann.

»Das mit der Offenheit musst du wirklich noch üben.«

Tessa lächelte. Dann ging sie auf Raphaela zu. »Und, alles schon gesehen? Können wir zum gemütlichen Teil übergehen?« Sie umarmte sie und gab ihr einen Kuss auf die Wange.

Raphaela grinste. »Das Schlafzimmer kenne ich noch nicht.«

»Na, das trifft sich ja sehr gut. Da wollte ich auch gerade hin.« Sie ging um Raphaela herum und umfasste sie von hinten. Dann führte sie diese durch das Wohnzimmer zurück zum Flur und auf das Schlafzimmer zu. Sie küsste sie von hinten auf den Hals. »Ich habe noch eine Überraschung für dich.«

»Hm«, gab Raphaela genießerisch von sich.

»Ich konnte meine Schicht für morgen tauschen. Das heißt, ich habe den ganzen Tag für dich Zeit.«

Raphaela drehte ihren Kopf nach hinten und strahlte Tessa an. Tessa küsste ihre verführerisch aussehenden Lippen.

»Ich muss mal sehen, ob ich dich auch so toll durch die Stadt führen kann, wie du das mit mir in London gemacht hast.«

»Was?« Raphaela sah sie erschrocken an. »Du willst morgen raus? Ich dachte, wir bleiben den ganzen Tag im Bett.« Sie lächelte schelmisch.

»Schlecht klingt die Idee nicht.« Tessa grinste und küsste Raphaela. Sie drehte ihren Körper zu sich um und umfasste ihr Kinn mit beiden Händen. Ihre Fingerspitzen berührten zärtlich ihre Ohrläppchen. Langsam ließ Tessa ihre Küsse über Raphaelas Wange wandern. Sie nahm ihre Hände von ihrem Gesicht und umfasste ihre Taille. Ihre Lippen waren an ihrem Ohr angelangt. Langsam fuhr sie mit ihrer Zunge die Form der Muschel nach und spielte anschließend mit ihrem Ohrläppchen. Raphaela seufzte vergnügt. »Ich hab dich so vermisst, Tessa.«

»Ich dich auch.« Dann begann sie, Raphaelas Hals mit Küssen zu übersähen und immer wieder an ihm zu saugen. Mit ihrem ganzen Körper führte sie Raphaela rückwärts auf ihr Bett zu, wo sie sich auf Tessas zärtlichen Druck hin niederließ. Tessa setzte sich auf sie und führte die Liebkosungen fort. Sie drückte Raphaela nach hinten, die sofort nachgab und sich auf Tessas Bett legte. Tessa legte sich halb auf sie und küsste wieder ihren Mund. Ihre Hände suchten immer wieder ihre Nähe, streichelten liebevoll ihre Arme und Taille.

Nur am Rande nahm Tessa wahr, wie es plötzlich an der Tür klingelte. Sie hätte das ignoriert, wäre da nicht Raphaela gewesen, die sie erwartungsvoll ansah. Tessa wollte Raphaela einfach wieder küssen, als wäre nichts gewesen, doch Raphaela hielt sie mit den flachen Händen an den Schultern davon ab. »Die Tür«, sagte sie nur. »Vielleicht ist es Veronika. Die möchte ich doch gern kennenlernen. Immerhin verdanke ich ihr mein Liebesglück.«

»Schon gut.« Tessa raffte sich schweren Herzens auf und ging zur Tür, als es ein zweites Mal schellte. »Ja«, rief sie und öffnete kurz darauf.

Mit ihrer guten Laune war es nun gänzlich dahin. »Was willst du?«, fragte sie zähneknirschend.

»Hi!«, begrüßte Anne sie so offensichtlich gutgelaunt, als wäre sie taub und blind zugleich und hätte Tessas Ablehnung nicht registriert. Mit einer Selbstverständlichkeit ging sie auf Tessa zu, um durch den Türspalt in die Wohnung zu kommen. Tessa rührte sich nicht und hielt demonstrativ an der Tür fest. »Was ist denn? Ich habe jetzt weder Zeit noch Lust, mich über dich zu ärgern.«

»Ich gebe dir doch gar keinen Anlass dazu.«

Tessa nickte ausladend. »O doch. Was war das heute wieder mit den Blumen, die du mir zur Arbeit geschickt hast?«

»Deswegen bin ich ja hier. Du hast doch die Karte gelesen, oder?«

»Ja, aber es gibt nichts darüber zu reden. Du mühst dich in dem Fall umsonst ab.«

»Du hast Besuch, oder?«

»Ja, wobei dich das eigentlich gar nichts angeht.«

»Welche ist es denn?«

»Ich sagte ja, es geht dich nichts an.« Tessas Finger wurden weiß, während sie die Tür festhielt. »Also dann, schönen Tag noch.«

Anne schaute sie nur erstaunt an, aber Tessa war das mittlerweile egal. Sie schloss die Tür und drückte sie so fest zu, wie sie konnte.

Als sie sich umdrehte, stand Raphaela vor ihr. Sie sah sie interessiert an. »Meine Ex«, erklärte Tessa leise, weil sie nicht wollte, dass Anne irgendetwas von ihrem Gespräch hinter der Tür mitbekam. Sofort entfernte sie sich von der Wohnungstür.

»Was war da los bei euch? So viel Deutsch kann ich ja noch nicht, aber ich fand, du hast angespannt geklungen.«

»Nichts war los, ich hab ihr nur gesagt, dass ich keine Zeit für sie habe. Wenn sie zwischen den Zeilen lesen kann, weiß sie auch, dass ich absolut kein Interesse mehr an ihr habe.«

»Tessa!« Raphaela klang vorwurfsvoll. »Du wolltest es ihr eindeutig sagen und nicht zwischen den Zeilen.«

»Aber doch nicht jetzt!«, mokierte sich Tessa. »Es war gerade so schön mit dir, und dann soll ich ernste Diskussionen führen, bei denen ich am Ende nur schlechte Laune habe?«

Raphaela verzog den Mund zu einer spitzen Erhebung. »Na ja, das Gute ist, wir können uns wieder den wirklich wichtigen Dingen widmen.« Sie ging auf Tessa zu und drückte sie mit sich an die Wand. Tessas Atem beschleunigte sich augenblicklich. »Du musst wissen«, begann Raphaela, während sie Tessas Handgelenke mit ihren festhielt, »ich halte es auch nicht mehr lange aus.«

Tessa entglitt ein tiefer Seufzer, als Raphaela begann, ihren Hals zu küssen.

Raphaela schob einen ihrer Schenkel zwischen Tessas Beine und drückte sie damit leicht auseinander. Sie rieb mit ihrem Bein Tessas Mitte, glitt dabei mit ihrem ganzen Körper an ihr auf und ab. »Ich weiß ja nicht, wie es dir geht«, bemerkte sie provokant.

Als ob Tessa das kalt gelassen hätte! Raphaela schob Tessas Handgelenke dicht nebeneinander, so dass sie beide mit nur einer Hand festhalten konnte. Die andere streichelte sich den Arm hinab, um zum eigentlichen Ziel der Reise zu gelangen. Raphaela begann, Tessas linke Brust durch ihre Kleidung hindurch zu kneten. Begierde sprach aus ihren Fingern.

Tessa spürte, wie ihre Augen ihr nicht mehr gehorchten. Sie schloss die Lider. Als Raphaela sich nun Tessas linker Brust widmete, stöhnte Tessa auf. »Nicht hier«, murmelte sie dann, während ihr Becken mit seinen Bewegungen ganz andere Signale sendete.

»Okay«, hauchte Raphaela und trat einen Schritt zurück. Sie hob Tessas Hände von der Wand ab, ließ sie aber nicht los. Raphaelas Lächeln sprach Bände. Mit dem Griff an ihren Handgelenken dirigierte sie Tessa rückwärts in ihr Schlafzimmer. Sie brachte sie dazu, sich auf das Bett zu legen. Während sie Tessa weiterhin mit einer Hand gefangen hielt, führte sie ihr kleines Machtspiel fort. Ihre freie Hand kümmerte sich um Tessas Brüste. Durch ihre Kleidung hindurch streichelte sie ihre Rundungen. Sie suchte die Knospen, um sie mit besonderer Sorgfalt zu liebkosen.

Tessa wand sich unter ihren Berührungen. Sie hatte das Gefühl, ihre Brüste seien angeschwollen. Sie wollte nur noch eins, von ihrer überflüssigen Kleidung befreit werden. Gleichzeitig genoss sie das Ausgeliefertsein, genoss es, dass Raphaela die Entscheidungen traf. »Berühr mich richtig, und zieh mich aus«, bat sie dann doch und sah, wie Raphaela lächelte.

Daraufhin beugte Raphaela sich hinunter, bis sie sich dicht an Tessas Ohr befand. »Ich entscheide«, korrigierte sie Tessa mit leiser Stimme, die ein Schauern auf Tessas Haut verursachte. Raphaela richtete sich wieder auf, und wie um Tessa zu strafen, waren ihre Berührungen von nun an noch sanfter, ja geradezu hauchzart.

Tessa stöhnte vor angestauter Lust. Sie drückte ihren Kopf nach hinten auf die Matratze und ihren Körper gleichzeitig Raphaelas Hand entgegen.

Tessas Herzschlag raste, als Raphaelas Hand plötzlich ungestüm unter Tessas Shirt glitt. Den Stoff zog sie dabei gleich mit zur Seite. Ungeduldig schob sie auch Tessas BH nach oben hin weg, um ihre Brüste endlich zu befreien. Tessa keuchte, während Raphaelas Hand ihre nackte Haut inspizierte. Sie spielte mit ihren hervortretenden Nippeln, nahm sie zwischen Daumen und Zeigefinger oder kreiste hibbelig mit dem Zeigefinger um sie herum.

Raphaela senkte ihren Kopf auf Tessas Oberkörper ab und umschloss ihre Warzen mit ihren Lippen. Ihre Zunge neckte sie und saugte an ihnen, sodass sie sogar noch mehr hervortraten. Tessa wurde nur ungehaltener, und ihr Becken entwickelte ein Eigenleben. Raphaela genoss sichtlich, was sie tat. Ihr Kopf ruhte in der Mitte zwischen Tessas Brüsten, während ihre Zunge immer wieder ausbrach und Tessas Knospen verwöhnte.

Tessa spürte, wie Raphaela selbst sich kaum noch zügeln konnte. Ihre Hüften kreisten, während sie Tessas angewinkeltes Bein zwischen ihre presste. »Ich kann nicht länger warten,

Raphaela«, stöhnte Tessa.

Raphaela ließ abrupt Tessas Handgelenke los und zog ihr die Kleider vom Leib. Im selben Atemzug entkleidete sie sich selbst und ließ die Sachen achtlos liegen, wo immer sie zu Fall kamen. Raphaela setzte sich wieder auf Tessas angewinkeltes Bein. Dabei führte sie ihre Hand zu Tessas Mitte. Als sie die angesammelte Nässe spürte, seufzte sie sehnsuchtsvoll.

Einen kurzen Moment später glitten zwei ihrer Finger in Tessas Paradies hinein. Tessa stöhnte sofort laut auf. Automatisch machte sie auch wieder Gebrauch von ihren nun befreiten Händen. Sie umfasste Raphaelas Hüften, schob an ihrem Rücken. Sie wollte sie immer dichter spüren, sie in sich aufnehmen.

Tessas Hände pressten Raphaelas Hüften enger an ihren Körper und steuerten damit ihre Lust. Raphaela stöhnte im Rhythmus ihres Beckens, das sich an Tessas Schenkel auf und ab bewegte.

Beim nächsten Stoß von Raphaelas Fingern verlor Tessa die Kontrolle über ihren Körper. Laut stöhnend spürte sie, wie sich jede Faser ihres Körpers zusammenzog und vibrierte. Kaum einen Augenaufschlag danach stöhnte auch Raphaela so laut wie nie zuvor. Sie zitterte noch kurz, dann sank sie kraftlos auf Tessa nieder.

Eng miteinander verschlungen lagen sie da. Mit ihrem schweren Atem sog Tessa Raphaelas Duft tief in sich ein. Immer wieder wollte sie ihn genießen. Wenn sie noch Kraft gehabt hätte, hätte sie auch Raphaelas Körper an sich gezogen, um ihn noch enger zu spüren. Jede freie Stelle ihrer Haut sollte mit Raphaela bedeckt sein.

Raphaela hob den Kopf. Ein seliges Lächeln durchzog ihr Gesicht. »Ich liebe dich« Dann sank sie wieder in die Kuhle von Tessas Hals.

Am nächsten Morgen erwachte Tessa davon, wie Raphaela sie im Halbschlaf noch enger an sich heranzog. Verschlafen lächelte

Tessa und betastete plump die erstbesten Stellen von Raphaelas Körper, die ihr unter die Finger kamen. Sie musste sich einfach vergewissern, dass das kein Traum war. Sie hörte Raphaela kichern.

Als sie aufsah und in Raphaelas dunkle Augen zwischen den müden Lidern sah, machte sich dieses wohlig warme Gefühl in ihr breit. Es war genau die richtige Person, die neben ihr lag. Eine andere war gar nicht vorstellbar. Tessa küsste jede Stelle, die sich ihr bot und die sie mühelos erreichen konnte. »Guten Morgen, meine Süße«, murmelte sie dazwischen.

»Das ist wahrlich ein guter Morgen. So schön wurde ich ja noch nie geweckt. Fehlt nur noch das Frühstück, das du mir ans Bett servierst.«

Tessa sah sie an. »Ich fürchte, wir müssen einen Butler engagieren. Ich kann mich nämlich leider nicht von dir lösen. Hier, schau, wie festgeklebt.« Zur Demonstration entfernte sie ihre Hand von Raphaelas Körper, doch die Hand begann umso mehr zu zittern, je weiter sie sich entfernte. Schließlich fiel sie mit einem kleinen Klatschen zurück an die Stelle, an der sie vorher verweilt hatte. Raphaela lachte.

»Auch gut, dann nehme ich in meinem Deutschlandurlaub gleich ein bisschen ab.«

Alarmiert hob Tessa den Kopf und sah Raphaela an. »Ist das dein Ernst?«

Raphaela kicherte.

»Ich finde das nicht lustig!«, drohte Tessa. »Ich liebe dich so, wie du bist!« Sie fuhr mit ihrer Hand über Raphaelas Bauch und küsste ihn innig. Als sie wieder hochsah, begegnete sie Raphaelas hochgezogenen Augenbrauen. Ihr Kopf war ein wenig schräg gestellt.

»Schon gut«, seufzte Tessa und machte sich schweren Herzens mit dem Gedanken vertraut, aufstehen zu müssen.

Sie stützte sich auf und wollte sich gerade aufsetzen, da hielt Raphaela sie fest und zog sie wieder hinab. »Ich werde schon nicht gleich Hunger leiden, wenn ich das Frühstück auf sagen wir mal«, sie legte den Finger an die Lippen und drehte die Augen nach oben, »eine Stunde nach hinten verschiebe«.

Tessa kam dichter an Raphaela herangekrochen. »Und was wollen wir in dieser Stunde machen?«, fragte sie scheinheilig.

»Ich weiß nicht. Vielleicht hast du ja eine Idee.«

»Ja, die habe ich.« Tessa legte sich halb auf Raphaela und fixierte sie somit. Dann griff sie ihr abrupt in die Seite. Raphaela lachte quietschend auf. Kurz darauf riss sie sich jedoch so sehr zusammen, wie nur sie es konnte. Tessa mühte sich ab und versuchte vergeblich, wieder die Stelle zu finden, an der Raphaela kitzelig war. Sie veränderte ihren Griff, doch Raphaela lächelte sie siegessicher an. »Du hast echt eine Körperbeherrschung, das ist der Wahnsinn.«

»Mal sehen, ob du die auch hast.« Raphaela griff nun ihrerseits in Tessas Seite, die sich sofort krümmte und zur Seite wegrollte, um Raphaelas Händen zu entkommen. Sie kicherte und versuchte, Raphaela abzuwehren und ihre Hände wegzudrücken, doch sie bekam sie nicht einmal zu fassen.

»Nicht schon wieder! Hör auf!«, schrie Tessa.

Raphaela kostete den Moment noch kurz aus, bevor sie Tessas Bitte nachkam. Tessas Lachen hatte sie angesteckt. Sie sah sehr erheitert aus. Dann wurde auch sie ruhiger, während sie beobachtete, wie Tessa sich wieder entspannte und zu Atem kam. Lächelnd strich sie Tessa über die Wange. »Meine Süße«, murmelte sie, bevor sie Tessa einen innigen Kuss schenkte.

Tessa rückte sofort wieder näher an ihre Freundin heran und streichelte sie. »Also bleibt es dabei, dass wir den Tag im Bett verbringen, oder hast du es dir anders überlegt? Ich will nicht, dass du an deinem Abreisetag etwas bereust.«

Raphaelas Blick bekam einen ernsten Zug. »Erstens ist es ja mit Sicherheit nicht mein letztes Mal in Berlin. Und zweitens...« Sie zögerte. »Ehrlich gesagt, habe ich mir etwas überlegt, aber ich weiß nicht, wie du das findest.«

»Schieß los!«

»Was hältst du davon, dich mit Anne auszusprechen?«

Tessa zog die Augenbrauen unweigerlich in die Höhe und rückte ein Stück von Raphaela weg.

»Ihr zwei habt definitiv ein Problem, und offensichtlich möchtest du mit mir auch nicht so genau darüber reden. Natürlich geht es mich nichts an, was zwischen euch war, aber wenn ich das Gefühl habe, dass es dich heute noch beeinflusst – und das habe ich –, dann besteht ganz offensichtlich noch Klärungsbedarf. Und den kann wohl nur eine auslöschen.«

Tessa drehte sich auf den Rücken und sah zur Decke.

»Hey, es ist einfach nur gut gemeint. Ich sage ja auch gar nicht, dass ihr die besten Freundinnen werden sollt.«

Tessa wusste nicht, wie sie reagieren sollte. Dieser Vorschlag kam für sie mehr als überraschend.

»Ist der Vorschlag so schrecklich?«

»Na ja, ich hab einfach das Gefühl, dass sie sich zurzeit zu einer richtigen Plage entwickelt. Ich sehe nicht ein, warum ich ihr da noch entgegenkommen soll.«

»Um das alles abzuschließen. Und dann kannst du ihr auch mal ehrlich sagen, dass sie dich in Ruhe lassen soll.«

»Aber wenn du schon mal hier bist, will ich unsere kostbare Zeit nicht mit Anne verbringen.«

»Das ist ein schlaghaltiges Argument«, gab Raphaela zu. »Doch wie gesagt, es war ein gut gemeinter Vorschlag. Ich will einfach nicht, dass du mir irgendetwas verheimlichst. Du hast immerhin nie davon gesprochen, dass deine Ex dich belästigt. Davon höre ich heute zum ersten Mal. Ich frage mich einfach, aus welchem Grund.«

Tessa wusste keine Antwort.

»Ich will nicht, dass etwas zwischen uns steht«, fügte Raphaela leise hinzu. »Es fängt doch gerade erst an mit uns. Es soll perfekt sein.« Der letzte Satz war gerade noch ein Flüstern.

Tessa betrachtete Raphaela genau. Ihre Augen hatten diesen sorgenvollen Ausdruck. Tessa ließ ihre Hand zu Raphaelas gleiten, legte sie auf ihre und spürte ihre samtig zarte Haut. »Vielleicht hast du recht. Ich sollte nicht länger vor der Vergangenheit weglaufen. Wenn du meinst, dann treffe ich mich mit Anne.«

Raphaela lächelte. »Genau, und während ihr euch aussöhnt, treffe ich mich mit Veronika.«

»Was?«

Raphaelas Lächeln bekam etwas Schelmisches. »Ich habe doch gesagt, dass ich sie kennenlernen will.«

»Na, ich würde mich auch lieber mit Veronika treffen als mit Anne.«

»Komm schon, jetzt gibt es keinen Rückzieher mehr!« Raphaela drehte sich auf die Seite und stützte sich mit dem Ellenbogen auf. »Sag mal, kann Veronika eigentlich gut Englisch, oder müssen wir nachher noch einen Intensivkurs in Deutsch machen?«

»Ich weiß nicht, darüber haben wir noch nicht geredet. Das wirst du wohl herausfinden müssen.«

»Na ja, mit Händen und Füßen werden wir uns schon verstehen.«

Tessa sah sie beunruhigt an. »Aber ohne euch zu berühren, verstanden?«

Raphaela grinste. »Wer ist denn da eifersüchtig?« Sie zog eine Augenbraue nach oben und sah dabei unglaublich intellektuell und gleichzeitig sexy aus.

Tessa gab Raphaela einen kleinen Stups, um sie zu Fall zu bringen, was ihr natürlich nicht gelang. Stattdessen gab Tessa ihr einen Kuss.

»Also, ruf Anne an, ja?«, bat Raphaela.

»Das brauch ich gar nicht«, seufzte Tessa. »Sie meldet sich sowieso drei Mal am Tag bei mir.«

»Du siehst, es gibt Klärungsbedarf.«

Tessa blickte Raphaela tief in ihre braunen Augen. Sie hatte noch immer keine richtige Lust, sich mit Anne zu treffen. Sie hatte mehr um Raphaelas Willen zugestimmt. Während sie träumend in Raphaelas Augen versank, durchzog ein leises Surren die Luft. Raphaelas Augen bekamen einen feinen fragenden

Ausdruck. Ihr war das Geräusch nicht entgangen.

»Wenn man vom Teufel spricht«, sagte Tessa und drehte sich zum Nachttisch hin um. Ihr Handy vibrierte und gab somit das leichte Surren von sich, das man nur hörte, wenn Stille herrschte. Tessa warf einen Blick auf das Display und sah sich bestätigt. Sie war froh, dass sie ihr Handy lautlos gestellt hätte. Wer weiß, wie oft Anne sie sonst in Momenten gestört hätte, die sie mit Raphaela in trauter Zweisamkeit verbringen wollte.

»Ja?«, meldete Raphaela sich knapp.

»Hi, ich bin's. Na, wie war deine Nacht?«

»Hör zu, wir müssen reden.«

Zu Tessas Überraschung antwortete Anne nicht.

»Ist das okay für dich?«, fragte Tessa plötzlich verunsichert.

»Ja. Soll ich zu dir kommen?«

»Darüber habe ich noch gar nicht nachgedacht, aber ja, ich denke, das wäre okay.«

»Wann?«

Tessa schaute zum Wecker. Es war fast Mittag. »Am Nachmittag irgendwann. Gegen vier vielleicht?«

»Gut, bis dann. Ciao.«

»Tschüss«, sagte Tessa mehr als verwundert. Wieso nahm sich Anne auf einmal so zurück? Kopfschüttelnd legte sie das Telefon zurück.

»Alles okay?«

»Ja, wir treffen uns heute Nachmittag«, übersetzte sie für Raphaela. Jetzt muss ich nur noch schauen, ob Veronika auch Zeit hat.«

Einige Stunden später stand Veronika in der Tür. Tessa umarmte sie und bat sie hinein. Sie stellte ihr Raphaela vor und fragte, wie es um ihre Englischkenntnisse bestellt war. Veronikas Sprachkenntnisse entpuppten sich binnen kürzester Zeit als ziemlich gut. Sie brauchte nur zu Beginn immer wieder einen Moment, bis ihr die richtigen Wörter einfielen. Das ging jedoch zunehmend schneller. Die drei saßen auf Tessas Couch, als Veronika fragte: »Was ist denn für die nächste Zeit geplant?«

»Vielleicht kannst du mir ein paar nette Ecken von Berlin zeigen, die man gesehen haben muss«, schlug Raphaela vor.

Veronika dachte kurz nach. »Ja, ich denke, da wird uns schon was einfallen. Nicht wahr, Tessa? Du hast dir doch bestimmt schon was überlegt.«

»Ehrlich gesagt, nicht«, gestand Tessa. »Doch dir wird schon was einfallen.«

Veronika legte ihre Stirn in Falten. »Kommst du nicht mit?«

»Habe ich das nicht erwähnt? Ihr werdet für ein paar Stunden allein sein.«

»Wieso?« Veronika sah noch genauso irritiert aus.

»Ich werde mich in der Zeit mit Anne aussprechen.«

Veronika riss die Augen auf. »Und du meinst, das ist eine gute Idee?«

Tessa seufzte. »Irgendwann muss es doch geschehen.«

»Und da willst du das ausgerechnet jetzt machen, wo Raphaela zu Besuch ist?«

»Glaubst du, wenn sie wieder weg ist, hab ich eher Motivation, mich mit ihr zu treffen?«

Raphaela winkte in die Runde. »Ich bin übrigens anwesend. Ihr dürft mich gern einbeziehen. Und Veronika: Das war meine Idee.«

Veronika sah Raphaela überrascht an. »Du hast sie bestimmt auch noch nicht kennengelernt.«

»Nein, ich hab sie nur gestern im Flur mit Tessa reden gehört.«

»Wenn du sie kennen würdest, hättest du dir den Vorschlag bestimmt verkniffen«, mutmaßte Veronika.

Raphaela musterte sie abwartend.

»Die Frau ist einfach nur psycho.«

Unsicher schaute Raphaela zu Tessa.

»Nein, mach dir keine Sorgen, Schatz. Deine Idee war gut. Ich werde mich nachher mit ihr treffen. Wir reden, und dann verbringen du und ich die restlichen Tage deines Aufenthalts nur noch zusammen.«

Veronika sah Tessa mit sorgenvollem Blick an. »Trefft ihr euch hier?«

Tessa nickte.

»Sei bitte vorsichtig«, bat Veronika.

Tessa verdrehte die Augen. »Du tust ja gerade so, als wäre Anne eine Schwerverbrecherin.«

»Ich sag ja, dass sie mir suspekt ist.«

Nun sah auch Raphaela besorgt aus.

»Mein Gott, nun beruhigt euch mal wieder.« Tessa war ganz aufgebracht. »Immerhin war *ich* mit ihr zusammen. Ich werde die Situation wohl ganz gut einschätzen können.«

»Wenn du meinst«, sagte Veronika nur.

Tessa schaute auf die Uhr. »Sie müsste gleich da sein. Ihr könnt euch ja schon mal anziehen.«

Schweigsam standen Raphaela und Veronika auf und holten ihre Jacken.

»Und, wo geht's nun hin?«, fragte Tessa an Veronika gerichtet.

Veronika sah Raphaela fragend an. »Brandenburger Tor? Alexanderplatz?«

Raphaela lächelte und nickte.

»Mehr plane ich erst mal nicht ein. Ihr werdet euch ja sicher nicht ewig unterhalten.« Als Tessa nicht antwortete, fügte sie leise und auf Deutsch hinzu: »Ruf bitte an, wenn was ist, ja? Wir kommen sofort zurück.«

»Ja, okay«, erwiderte Tessa unbeschwert. Veronika konnte wirklich etwas übertreiben, fand sie.

Gerade da klingelte es an der Tür. Da alle bereits im Flur standen, wurde sofort geöffnet. Anne sah überrascht aus, dass sie so viele Personen auf einmal empfingen. »Tschüss, Tessa«, sagte Veronika, und Raphaela gab ihr zum Abschied einen Kuss.

»Viel Spaß!«, rief Tessa den beiden hinterher und hielt gleichzeitig für Anne die Tür offen. »Komm doch rein.«

»Wo gehen sie hin?«

»Sightseeing.« Tessa schloss die Tür und stand da wie bestellt und nicht abgeholt. »Willst du was trinken?«, fiel ihr dann ein. Sie ging vor ins Wohnzimmer.

»Ein Bier vielleicht.«

»Hab ich leider nicht da.«

»Ach ja, wir sind ja nicht mehr zusammen.« Anne lachte.

»Wasser, Tee, Kaffee, Saft?«

Anne sah überfragt aus. Sie blinzelte und sagte dann: »Du kannst aufhören, Tessa. Wir sind ja zum Reden hier und nicht zum Trinken.«

Tessa stand unbeholfen im Raum. »Ja, also ... wenn du etwas möchtest, dann sag es ruhig.«

»Mensch, Tessa, du verhältst dich, als würden wir uns heute zum ersten Mal treffen. Ich hab immerhin mal hier gewohnt. Ich weiß doch, wo alles ist.« Anne drehte sich um und setzte sich lässig aufs Sofa.

»Aber das ist ja nun mal vorbei. Du wohnst nicht mehr hier.«

Anne verdrehte die Augen. »Ja. Du musst mich trotzdem nicht wie eine Fremde behandeln.«

»Okay.«

Anne beobachtete irritiert, wie Tessa sich nicht vom Fleck bewegte. »Willst du dich nicht hinsetzen?«, fragte sie mit gerunzelter Stirn.

»Weiß ich noch nicht.«

»Entspann dich mal, oder sind wir in Zeitdruck?«

Tessa schüttelte den Kopf.

»Gut, dann lass uns nicht gleich streiten. Setz dich doch erst mal hin. Wir sollten zunächst mal wieder miteinander warm werden.« Anne klopfte neben sich auf das Sofa.

Tessa ging langsam zur Couch, setzte sich jedoch so weit von Anne weg wie möglich.

»Wie geht's dir?«, fragte Anne, um das Gespräch in Gang zu bringen. Dabei klang sie zu Tessas Überraschung ehrlich interessiert.

Tessa zuckte die Achseln.

Anne verzog den Mund und sah enttäuscht aus, fast als wollte sie sagen: *Jetzt hast du mich herbestellt, redest aber nicht mit mir.*
»Arbeitest du noch in der Fabrik?«, fragte Tessa daraufhin.
Anne schüttelte bedauernd den Kopf.
»Nein?« Tessa war überrascht. »Was denn dann?«
»Im Moment gar nichts.«
Tessa ging ein Licht auf. »Deswegen hast du auch so viel Zeit, um mich jeden Tag anzurufen und dich mit mir zu treffen.«
Anne antwortete nicht, und plötzlich musste Tessa an den Tag denken, an dem sie mit Veronika im Kino war. Ihre zufällige Begegnung mit Anne war ihr doch irgendwie unwahrscheinlich vorgekommen. Tessa schluckte und sah zu Anne, die sie abwartend anblickte. »Anne, sag mal, hast du mich auch verfolgt?«
Anne wirkte überrascht. »Meinst du nicht, dass du etwas übertreibst?« Sie klang gereizt. »So etwas traust du mir zu?«
»Entschuldige, ich glaube, ich sehe schon Gespenster.«
»Das glaube ich langsam auch. Du wirkst ziemlich angespannt und ausgelaugt. Macht dir deine Arbeit Stress?«
Tessa schüttelte den Kopf, dann verharrte sie in der Bewegung. »Hör zu«, begann sie leise, »da gibt es noch etwas.«
Anne verzog das Gesicht.
»Veronika hat eine Zeitlang seltsame Anrufe bekommen. Sie hat überlegt, ob du dahinter steckst.«
Anne atmete lautstark aus und verschränkte die Arme vor der Brust. »Jetzt verdächtigt mich deine feine Veronika auch schon. Sie kennt mich doch gar nicht!«
»Ich hatte nicht den Eindruck, dass ihr euch besonders gut verstehen würdet. Zum Beispiel kürzlich im Café. Sie sagte, du hättest dich ziemlich aggressiv ihr gegenüber verhalten.«
»Na sag mal, wie kommt sie dazu, so etwas zu behaupten?«, fragte Anne aufgebracht.
Tessa zuckte die Achseln.
»Wie lange kennst du sie?« Noch bevor Tessa antworten konnte, fragte Anne weiter: »Und wie lange kennst du mich?«

Tessa schüttelte vehement den Kopf. »Nein, Veronika würde mich nicht anlügen.«

»Aber ich, oder wie?«

»Mensch, Anne, klar kenne ich dich, aber die Zeiten haben sich geändert. Wir sind nicht mehr zusammen. Das kann einen Menschen doch auch ändern.«

»Tessa«, seufzte Anne nur. »Ich kann nicht glauben, dass du mich für so schäbig und niederträchtig hältst.« Sie schüttelte den Kopf und sah enttäuscht aus. »Wenn es nur das ist, was du mir zu sagen hast, dann gehe ich wohl besser.« Sie stand auf.

»Nein!«, rief Tessa. »Warte, setz dich wieder hin.«

Anne musterte sie abwartend.

»Okay, es tut mir leid, dass ich dich verdächtigt habe, aber was hättest du in meiner Situation getan? Es konnte nur so sein, wie Veronika es mir beschrieben hat.«

Anne setzte sich wieder und begann, auf Tessa einzureden: »Mensch, das kann doch jeder gewesen sein! Vielleicht war es sogar ein heimlicher Verehrer.«

»Anne, Veronika war total verängstigt. Wenn sie jemand verehrt, würde das wohl hoffentlich anders aussehen. Und was ist mit der Sache im Café?«

»Wenn du meinst, dass du ihr glauben musst, bitte«, sagte Anne beleidigt. »Veronika kann mich offenbar nicht besonders gut leiden. Okay, aber ich denke, dass du auch mal etwas kritisch sein kannst und nicht gleich alles, was sie sagt, schlucken musst.« Immer aufgebrachter klang sie. »Also gib nicht vor, ernsthaft mit mir reden zu wollen. Ich bin nicht hergekommen, um mich grundlos beschuldigen zu lassen.«

Tessa kamen ernsthafte Zweifel. »Okay, tut mir leid. Vielleicht hab ich wirklich vorschnell gehandelt. Die Anschuldigungen spar ich mir.«

»Aber?«

»Hm?« Tessa sah sie fragend an.

»Na, das klang eben so, als ob du noch etwas hinzuzufügen hättest.«

Aber lass mich in Ruhe. Aber ich will keinen Kontakt mehr zu dir. Aber ich muss dir sagen, dass du mich ab sofort in Ruhe lassen sollst. Wie Tessa es auch in Gedanken formulierte, kein Satz schien auch nur annähernd passend zu sein, um ihn laut auszusprechen. Anne machte auf einmal wieder so einen netten Eindruck. Irgendetwas schwebte manchmal in ihrer Stimme mit, das Tessa an die glücklichen Zeiten ihrer Beziehung erinnerte, eine gewisse Fürsorglichkeit und Zärtlichkeit.

»Tessa«, sagte Anne mit genau dieser Nuance in der Stimme. »Wieso wolltest du mit mir reden?«

Tessa öffnete den Mund, schloss ihn kurz darauf wieder und kam sich gleichzeitig albern vor wie ein Fisch auf dem Trockenen. »Ähm, also selbst wenn du Veronika nicht belästigt hast, du merkst, dass es Irritationen zwischen uns gibt«, improvisierte sie nun und versuchte dabei, höchst diplomatisch zu sein. Tessa wandte ihren Blick ab. »Es fühlt sich einfach nicht mehr richtig an, das zwischen uns. Ich finde, wir sollten unseren Kontakt zurückschrauben.«

»Zurückschrauben?«, fragte Anne irritiert. »Wie weit denn?«

»Komplett«, gab Tessa kleinlaut zu.

Anne begann zu lachen. Als sie Tessas fragenden Blick bemerkte, erstarb ihr Lachen. »Was denn? Du meinst das doch wohl nicht etwa ernst?«

Tessa nickte stumm.

»Wer hat dir denn den Floh ins Ohr gesetzt?«

»Es ist besser so.«

»Okay, jetzt übertreibst du aber wirklich ein bisschen.« Anne konnte sich das Lachen nicht weiter verkneifen.

Tessa sah sie an. »Kannst du mir mal sagen, was daran so lustig ist?«

»Lass doch die Spielchen, Tessa«, bemerkte Anne, ohne dabei zu lachen. Sie rutschte auf dem Sofa so dicht neben Tessa, dass ihre Oberschenkel sich berührten. Tessa ließ es wie hypnotisiert geschehen. »Du willst mich eifersüchtig machen«, löste Anne auf.

»Wie bitte?« Tessa wandte sich ihr zu und sah ihr direkt in die Augen.

Anne lachte wieder. »Es ist okay, du kannst aufhören, dich zu verstellen. Ich hab es mitbekommen.«

»Was hast du mitbekommen? Ich verstehe nicht.«

Amüsiert klärte Anne auf: »Du bist sauer, weil ich dich betrogen und verlassen habe. Deswegen willst du es mir jetzt heimzahlen und hast dir gleich zwei Liebhaberinnen gesucht, um mich eifersüchtig zu machen. Du hast dein Ziel erreicht, Tessa, du kannst jetzt aufhören.« Anne hob resignierend die Hände.

Tessa war sprachlos. Sie konnte nicht fassen, was Anne sich einbildete. »Ich habe dir nichts vorgespielt«, brachte sie schließlich heraus. »Das sind nicht meine Liebhaberinnen.«

»Jetzt muss ich dir sagen, dass ich überrascht bin, dass du es nicht zugibst. Ich habe es doch sowieso durchschaut.«

»Veronika ist nur eine gute Freundin für mich, und Raphaela ist meine Partnerin.« Tessa legte besonders viel Betonung in das letzte Wort.

»Ach Tessa, hör doch auf damit. Es ist keine Schande, wenn du mich zurück willst. Ganz im Gegenteil.«

»Ich will dich nicht zurück!« Verärgert stand Tessa auf und baute sich vor Anne auf.

»Das ist schon kompliziert, mit euch Frauen«, sagte Anne mehr zu sich selbst. »Wenn ihr ja sagt, meint ihr nein, und wenn ihr nein sagt, meint ihr ja, und eigentlich wisst ihr selbst immer nicht so genau, was ihr eigentlich wollt.«

»Doch, das weiß ich«, widersprach Tessa mit fester Stimme. »Ich will, dass du mich in Ruhe lässt.«

Unverhofft stand Anne auf und packte Tessa an den Handgelenken. »Jetzt hör mir mal zu! Ich weiß, dass ich einen Fehler gemacht habe, als ich zu einer anderen gegangen bin. Aber ich bin wiedergekommen und habe mich entschuldigt. Du hingegen zickst hier rum und vögelst skrupellos mit anderen, um mich eifersüchtig zu machen. Du scheinst aber nicht zu wissen, wann

Schluss ist. Nämlich genau jetzt.«

Tessa zog scharf die Luft ein, als sie diese Beschuldigungen hörte. Ihr Herz begann nervös zu rasen, als sie spürte, wie Annes Griff um ihre Handgelenke immer fester wurde. »Du tust mir weh.«

Annes Griff lockerte sich ein wenig. »Ich hab das Gefühl, dass ich dir mal verständlich machen muss, dass ich dich durchschaue, Tessa. Doch langsam bin ich die Spielchen leid. Ich weiß, dass ich Mist gebaut habe und dass ich eigentlich darauf hoffen musste und davon abhängig war, dass du mir vergibst, aber mittlerweile hast du das durch deine Aktionen ja vergolten. Du hast übertrieben!«

Tessas Mund fühlte sich plötzlich trocken an. Sie fühlte sich weder in der Lage dazu, etwas zu erwidern, noch kamen ihr Worte in den Sinn, die ihre Verblüffung ausdrücken konnten.

»Gib doch endlich zu, dass du eigentlich nur mich begehrst!« Fast schon gewaltsam presste Anne einen Kuss auf Tessas Lippen. Dann riss sie sie in einer Umarmung an sich. »Ach Tessa, wehre dich doch nicht gegen deine Gefühle. Wir gehören doch zusammen!«

Sie hatte ihre Handgelenke losgelassen, aber Tessa wusste nicht, was sie mit der nun gewonnenen Freiheit anfangen sollte, die ja doch keine war. Annes Körper umschlang ihren eigenen und ließ ihr kaum Platz zum Atmen, geschweige denn zum Denken. »Anne«, sagte sie rau. »Du bildest dir etwas ein. Was du artikulierst, sind nur deine Wünsche. Wir sind nicht mehr zusammen, und das ist auch gut so.«

Anne schob Tessa an ihren Schultern von ihrem Körper weg. Tessa hatte ihr kaum in die Augen blicken können, da traf sie Annes flache Hand im Gesicht. Der Schlag war so kräftig, dass ihr Kopf die Bewegung ein Stück mitmachte. Tessas Herz schlug bis zum Hals. Mit zittriger Hand berührte sie ihre heiße Wange, die zu pochen schien.

»Halt mich nicht länger zum Narren«, drohte Anne mit einem aggressiven Unterton.

In dieser Schrecksekunde wurde Tessa klar, dass sie Anne unterschätzt hatte. Sie war zu weit mehr fähig. Tessas Gedanken spielten plötzlich verrückt. Sie war in ihrer eigenen Wohnung, fühlte sich aber alles andere als sicher. Was sollte sie nur tun? Sie konnte nicht die Polizei rufen. Sie wusste nicht, was Anne ihr noch antun würde.

Tessa fühlte sich wie eine Geisel, und plötzlich wusste sie, wie sie handeln würde: sie musste sich gefügig machen, um sich selbst zu schützen. Das war die einzige Möglichkeit. »Tut mir leid«, sagte sie widerwillig.

Anne atmete schwer. »Ich glaube, du brauchtest diese kleine Abreibung, um wieder klar denken zu können.« Anne legte ihre Handfläche auf Tessas Wange, woraufhin Tessa ängstlich zusammenzuckte. »Entschuldige. Es ging nicht anders.« Annes Hand rutschte in Tessas Nacken. Langsam zog sie sie zu sich heran und umarmte sie erneut. »Wir gehören doch zusammen«, flüsterte sie dicht an Tessas Ohr.

Tessa konnte nicht sagen, wie oft diese Beschwörungsformel in ihr Gehirn drang und wie oft Anne sie davon wirklich ausgesprochen hatte.

Annes Hände strichen über Tessas Rücken, die einen kalten Schauer bei jeder Bewegung spürte, die von Anne ausging. »Tessa, du hast mich eifersüchtig gemacht. Was hast du denn erwartet, was passiert?« Anne erwartete nicht wirklich eine Antwort, denn sie sprach gleich weiter: »Es hat mich fast irre gemacht, zu wissen, dass die Frau, die zu mir gehört wie mein Leben, einen großen Fehler begeht. Und ja, deswegen hab ich deine Veronika immer mal wieder angerufen. Ich musste einfach wissen, ob sie bei dir ist.«

Veronika hatte recht gehabt. Tessa war zum Heulen zumute, aber sie verkniff sich jede emotionale Regung. »Du hast ihr Angst eingejagt«, sagte sie nur.

»Mein Gott, es waren doch nur ein paar Anrufe.« Anne hatte ihren Kopf von Tessas Schulter genommen, um sie anzusehen. Sofort winkelte Tessa ihre Arme an, um eine Barriere zwischen ihren Körpern zu schaffen. »Tessa, du weißt doch, dass ich dir niemals ernsthaft etwas tun würde.«

Tessa ging langsam rückwärts, versuchte, die Nähe zu Anne auszulöschen.

»Hey«, sagte Anne betont zärtlich und fasste Tessa bei den Schultern. »Es ist vorbei. Alles ist vorbei.«

Tessa schüttelte automatisch den Kopf. Zu mehr war sie nicht in der Lage.

Anne lächelte, als sie das sah. Sie strich Tessa über die Wange und küsste sie auf den Mund, was in Tessa eine regelrechte Abscheu verursachte. Plötzlich spürte sie die Wand hinter sich. Ohne dass sie es gemerkt hatte, hatte sie sich weiter rückwärts bewegt. Anne drückte sich ihr entgegen, sodass ihr ganzer Rücken die Wand berührte. Annes Hände stützten sich rechts und links von ihr an der Wand ab, während sie Tessa weiter küsste und dabei immer zügelloser wurde.

Tessas Herz begann wieder Alarm zu schlagen. Sie überlegt, wie sie Veronika verständigen konnte. Ihr Handy war in der Hosentasche. Würde sie blind ihre Nummer wählen können, ohne dass Anne es merkte? Sie spürte, wie Annes Hüften Tessas Unterleib an der Wand fixierten.

Nein, das Risiko war Tessa zu hoch. Tessa drehte ruckartig ihren Kopf weg, weil sie nur so gegen Anne ankam. »Anne, ich...«, keuchte sie. »Ich muss mal kurz ins Bad.« Sofort als sie den Satz gesagt hatte, ärgerte sie sich. War ihr nichts Besseres eingefallen? Anne würde sie doch sofort durchschauen.

Zu Tessas Erstaunen entfernte sich Anne so weit von ihr, dass sie von ihr loskam. »Bitte.«

Tessa kam sich ungemein befreit vor. Schnell nahm sie ihre Chance wahr, bevor Anne es sich anders überlegte. Im Bad schloss sie instinktiv die Tür ab. Zittrig nahm sie ihr Handy aus der Hosentasche. Sie musste sich beeilen, denn sie hatte ihr Zeitgefühl verloren.

Sie suchte Veronika im Adressbuch und wählte ihre Nummer. Sie hörte es zwei Mal tuten, dann erinnerte sie sich, dass

Anne sie nicht durch die Tür reden hören durfte. Sie legte auf. Dann betätigte sie die Toilettenspülung und wusch sich die Hände, um den Schein zu wahren. Als sie das Bad verließ, erschrak sie, als Anne direkt vor der Tür auf sie wartete. *Sie hat etwas gemerkt,* ging es ihr durch den Kopf. Tessa spürte, wie Schweiß aus ihren Poren drang.

»Hallo«, säuselte Anne und lächelte dabei. Dann ging sie auf Tessa zu und drängte sie wieder gegen die Wand, dieses Mal im Flur. »Wo waren wir stehengeblieben?«, fragte sie, ohne eine Antwort zu erwarten.

Sie streichelte Tessas Arme und küsste sie leidenschaftlich, sodass es Tessa die Kehle zuschnürte. Sie erschrak, als das Telefon in ihrer Hosentasche zu klingeln begann. Sie steckte sofort ihre Hand in die Hosentasche, um das Gerät herauszuholen.

»Lass doch«, hauchte Anne an ihr Ohr.

»Die geben doch sonst eh keine Ruhe«, zog Tessa sich aus der Affäre und nahm den Anruf an.

»Ist alles okay bei dir?« Veronikas Stimme klang panisch. Tessa betete, dass Anne ihre Stimme nicht hören konnte. Immerhin war sie dicht bei ihr.

»Hm«, machte Tessa nur.

»Kannst du nicht reden?«

»Hm.«

»Hör zu, wir sind auf dem Rückweg. Soll ich die Polizei rufen?« Tessa dankte ihr in Gedanken, dass sie ihre Stimme beim letzten Satz bedeckt gehalten hatte.

»Nein.« Veronika übertrieb ein bisschen. *Wer weiß, was sie sich ausmalt,* dachte Tessa. Anne würde nur richtig sauer werden, wenn sie die Polizei einschalteten. Tessa wusste nur eines: Seit heute hatte sie Angst vor Annes Zorn und wollte ihn gar nicht erst reizen.

»Tessa, du machst mir echt gerade etwas Angst. Ich hab keine Ahnung, was da bei dir los ist.«

»Hm.«

»Wir brauchen nicht mehr lange.«

»Okay, dann Tschüss.«

»Tschüss.« Tessa hörte die Unsicherheit in Veronikas Stimme. Wahrscheinlich wollte sie sie länger am Apparat halten, damit sie wusste, dass es ihr gut ging. Aber Tessa wusste überhaupt nicht, was sie sagen sollte. Ihr Kopf war wie leergefegt, und gleichzeitig tobte ein Sturm darin. Sie legte auf.

»Was ist?«, erinnerte Anne sie an ihre Anwesenheit.

»Sie kommen zurück.«

»Hättest du sie nicht hinhalten können?«

»Äh, nein, sie waren schon unterwegs.«

»Na super.« Anne drängte ihren Körper wieder an Tessas. »Dabei sind wir doch noch gar nicht fertig«, raunte sie, während ihr Becken sich in Bewegung setzte.

»Nicht, Anne.«

Annes Hand streichelte Tessas Taille und wanderte hoch zu ihren Brüsten. Tessa spürte den festen Kloß in ihrem Hals, als Anne sie so berührte. Sie versuchte, ihre Hand abzuwehren.

»Hör auf, bitte.«

»Die Zeit wird schon noch reichen. Es ist ja nicht unser erster Quickie.«

Annes Hand fuhr unter ihre Kleidung. Tessa atmete scharf ein und versuchte, Annes Hand zu fassen zu kriegen.

»Komm, du willst es doch auch. Jetzt hast du mich so lange warten lassen.« Anne wehrte Tessas Hand ab. Mit der anderen berührte sie Tessas Busen durch den Stoff ihres BHs. Währenddessen rieb sie sich an Tessas Bein.

»Bitte, Anne, ich will das nicht.«

Anne sah Tessa aufmerksam in die Augen. Sie brauchte das Warum gar nicht zu artikulieren.

»Ich kann nicht.« Noch nicht, hatte sie sagen wollen, um ihrer Rolle der gefügigen Geisel gerecht zu werden, aber sie hatte es nicht über die Lippen bringen können.

»Natürlich kannst du«, redete Anne ihr ein. »Du brauchst dich nicht mehr zu verstellen.« Anne rieb weiter ihre Mitte an Tessas Bein, während sie ihr ihre Lippen aufdrängte. »Verlernt hast du es garantiert auch nicht«, stöhnte sie an Tessas Mund.

Tessa drehte angewidert ihren Kopf weg. »Die anderen sind doch gleich da.«

»Ein besonderer Reiz, nicht wahr?!« Annes Hand wanderte weiter über Tessas Körper. »Jetzt tu doch nicht so. Ich weiß doch, was dir gefällt.« Sie erreichte Tessas Mitte und rieb sie durch ihre Hose. In diesem Moment hörte Tessa Schritte im Flur und kurz darauf das erlösende Klingeln an der Tür. Sie wand sich, um von Anne loszukommen.

»Sind wir denn schon fertig?«

»Sie sind doch schon da!« Tessa war erschrocken, dass Anne das offenbar gar nichts ausmachte.

Ein dumpfes Klopfen war zu hören. »Hallo? Tessa? Hörst du uns?« Tessa erkannte eindeutig Veronikas Stimme.

»Ja«, rief sie, ohne weiter darüber nachzudenken. Sie schob Anne von sich, die unbeeindruckt weiter vor Tessa stand.

»Gut, dann eben nicht heute«, murmelte Anne. »Werd die beiden los! Melde dich bei mir, falls du Hilfe brauchst.« Dann gab sie ruckartig nach, und Tessa war frei. Sie eilte zur Tür und öffnete. Sofort kam Raphaela hineingestürmt und schaute sich skeptisch um. Veronika folgte ihr. Misstrauisch beäugten sie Anne.

»Hi!«, sagte Tessa so heiter, wie sie nur konnte.

»Hi«, sagte Veronika tonlos. Raphaela kam zu Tessa und gab ihr einen Kuss auf den Mund.

»Tag, die Damen«, sagte Anne lässig. »Ich wollte gerade gehen. Also, man sieht sich. Schönen Tag noch.« Sie winkte Tessa kurz zu und verschwand. Sofort schloss Tessa die Wohnungstür. Wie hypnotisiert ging sie daraufhin ins Wohnzimmer und setzte sich auf die Couch. Die beiden anderen Frauen kamen ihr hinterher und setzten sich neben sie. Tessa stand sofort wieder auf, wortlos, und ging in die Küche.

»Tessa?«, rief Veronika besorgt.

Tessa holte sich eine Flasche Wasser und ein Glas. Sie kam zurück und stellte beides vor sich auf den Couchtisch. Die anderen beiden beobachteten jeden Atemzug von ihr. Tessa wollte die Flasche aufschrauben, da stellte sie sie wieder ab. »Ach halt.« Sie stand auf. »Ich hab vergessen, euch Gläser mitzubringen.« Dann schüttelte sie den Kopf und sagte dasselbe noch einmal auf Englisch.

»Nein, ist schon okay«, wehrte Veronika so ruhig wie möglich ab und zog Tessa leicht am Ärmel, um sie dazu zu überreden, sich wieder zu setzen. Tessa erschrak und zog instinktiv ihren Arm zurück, riss Veronikas Hand ab. Ungeachtet Veronikas Kommentar, machte sie sich wieder auf den Weg in die Küche und holte zwei weitere Gläser, die sie schließlich ebenfalls auf den Couchtisch stellte.

»Danke«, sagte Veronika matt.

»Setz dich bitte«, bat Raphaela angespannt.

Tessa setzte sich in Habachtstellung auf die Couch. Sofort rutschte Raphaela an sie heran, was Tessa sogleich unbehaglich wurde.

»Süße«, raunte Raphaela mitfühlend und bedeckte Tessas Hand leicht mit ihrer eigenen. Tessa zuckte sofort leicht zusammen und zog ihre Hand weg. Sie kümmerte sich um die Wasserflasche, schraubte sie auf und goss eines der Gläser halbvoll. Ihre Hand zitterte so sehr, dass sie die Flasche wieder absetzen musste, um nichts zu verschütten.

»Würdest du bitte mit uns reden«, flehte Veronika mit Ruhe in der Stimme.

»Hm?« Tessa sah sie an, als würde sie eine andere Sprache sprechen.

»Irgendetwas ist vorgefallen, und du brauchst gar nicht erst zu versuchen, das zu verdecken. Denkst du, wir sind blind? Mensch, Tessa, wir wollen dir doch nur helfen. Ein Wort von dir, und ich begleite dich zur Polizei.«

»Und ich natürlich auch«, versprach Raphaela, die jedoch ganz offensichtlich von Tessas Verstörtheit viel mitgenommener war.

Tessa nahm das Wasserglas und trank einen Schluck. Erfrischend floss das Wasser ihre ausgedörrte Kehle hinunter, spülte den schalen Geschmack weg und belebte sie. »Ist schon alles okay.«

»Verdammt, rede mit uns!«, bat Veronika inständig.

Tessa fühlte sich plötzlich nur noch mehr bedrängt. Unruhig stand sie auf und ging ziellos durch den Raum. Sie landete vor der Anrichte, auf der die Blumen, die Anne ihr geschickt hatte, standen. Gedankenverloren ließ sie ihre Fingerspitzen über die mittlerweile schon etwas trocken gewordenen Blüten streichen. Dann pickte sie sich eine Blume heraus und umschloss sie sanft mit einer Hand. Unerwartet drückte sie mit der Hand fest zu. Die trockenen Stellen gaben ein leichtes Knirschen von sich, das wohl nur Tessa wahrnahm, die dicht daneben stand. »Würde eine von euch so nett sein, die Blumen nach unten in die Tonne zu bringen?«

»Klar.« Veronika stand sofort auf und kam zu Tessa. Sie umfasste die große Vase und entzog sie Tessas Blickfeld. Bevor sie in den Flur trat, schaute sie sich noch einmal um, betrachtete Tessa und warf dann einen Blick auf Raphaela. Schweigend verließ sie die Wohnung.

Tessa stand noch immer wie angewurzelt vor der Anrichte. Sie hörte, wie Raphaela aufstand und sich ihr näherte. Sie spürte ihre Hand, die sich vorsichtig auf ihre Schulter legte. Die Hand strich langsam über ihren Rücken, und Tessa hatte das Gefühl, taub für diese Empfindungen zu sein. Raphaela kam ihr immer näher, lehnte sich von hinten an sie, umarmte sie dabei. Tessa spürte, wie sie ihren Kopf an ihrer Schulter ablegte. Ohne darüber nachzudenken, streichelte Tessa Raphaelas Unterarme, die sich vor ihrem Körper trafen. Plötzlich spürte sie, wie ein Tropfen von der Beuge zwischen Hals und Schulter ihr Schlüsselbein hinunterrann. Irritiert drehte sie ihren Kopf zu Raphaela, die ihr Gesicht noch immer verbarg. »Hey«, sagte Tessa zärtlich, um ihre Freundin zu trösten. Sie spürte, wie Raphaela hart schluckte. Dann hob sie den Kopf und blickte Tessa an. Sie sah erstaunlich abgeklärt aus, und Tessa fragte sich für einen

Moment, ob sie sich die Träne nur eingebildet hatte. Mit ihren Fingern berührte sie ihr Schlüsselbein und fand eine feine feuchte Spur. Raphaela verzog keine Miene. »Was ist?«, fragte Tessa.

»Es ist meine Schuld. Du wirkst total apathisch und sagst uns nicht, was passiert ist. Glaubst du denn, ich mache mir keine Sorgen um dich? Wenn ich dich nicht dazu überredet hätte, mit Anne zu sprechen, würde es dir jetzt gut gehen.«

»Vielleicht nicht, wer weiß.«

»Was redest du da?«

»Ich habe Anne unterschätzt. Ich glaube, sie ist zu allem fähig.«

Es klopfte an der Wohnungstür, und Tessa zuckte unweigerlich zusammen.

»Hey, ist schon okay«, flüsterte Raphaela. »Das ist nur Veronika. Ich gehe schon.« Sie ließ Tessa stehen und ging zur Tür. Kurz darauf kam sie mit Veronika zurück, welche die nun leere Vase auf die Anrichte zurückstellte. Tessa griff nach ihr und stellte sie an ihren Platz in den Schrank. Sie hörte dabei, wie Veronika Raphaela leise fragte, ob Tessa etwas gesagt hätte. Tessa drehte sich um und registrierte, wie sich beide ratlos ansahen. Veronika schaute auf und sagte: »Meinst du nicht, dass du nicht doch zur Polizei gehen solltest? Wenn du uns nicht sagen willst, was vorgefallen ist, vielleicht erzählst du es trotzdem einfach der Polizei, und wenn du willst, müssen wir ja auch nicht mitkommen.«

Tessa schloss den Schrank. »Nein«, sagte sie bestimmt.

»Gut, also hattest du nur einen netten Kaffeeplausch mit Anne?«, fragte Veronika mittlerweile fast schon gereizt.

Tessa erwiderte darauf nichts. Als sie Veronikas Blick nicht mehr standhalten konnte, ging sie zurück zum Sofa und setzte sich.

»Warum willst du dann nicht zur Polizei?«, hakte Raphaela vorsichtig nach.

»Anne ist zu allem fähig. Ich befürchte, sie wäre wütend, wenn ich zur Polizei ginge. Ich will nicht, dass eine von euch in

Gefahr gerät«, gab Tessa endlich preis.

Für einen Moment blieben Veronika und Raphaela stumm. Dann ging Veronika zu Tessa und setzte sich neben sie, Raphaela folgte ihr.

»Tessa, ich weiß nicht, was ich sagen soll«, begann Veronika. »Du brauchst keine Angst zu haben. Ich kann schon auf mich aufpassen. Aber ich kann nicht zulassen, dass eine Irre dein Leben kaputtmacht.«

Tessa kniff die Augen zu engen Schlitzen zusammen. »Vielleicht muss ich nur noch mal mit ihr reden und ihr klarmachen, dass wir nicht mehr zusammen sind und dass ich das ernst meinte.«

»Tessa, hat sie dich geschlagen?«, fragte Veronika unvermittelt.

Eine kleine Pause entstand, dann sagte Tessa: »Du hattest recht, was die Anrufe angeht. Es war Anne.«

»Gut, dann werde ich sie wegen Stalking anzeigen. Das hättest du im Übrigen auch schon längst tun können. Du wusstest ja, wer dich jeden Tag vier Mal anruft und zwei Mal an deiner Haustür klingelt.«

Tessa sah Veronika erschrocken an. »Nein, du kannst sie nicht anzeigen. Damit wirst du doch ohnehin nicht viel erreichen können. Stattdessen machst du sie nur sauer, und wer weiß, was dann passiert!«

»Dann zeigst du sie ebenfalls an wegen Körperverletzung, und dann müsste es ja wohl ausreichen, damit sie ein ordentliches Strafmaß bekommt.«

»Veronika, versteh mich doch. Wenn sie nur ein paar Sozialstunden aufgebrummt bekommt, dann hindert sie das doch an gar nichts. Sie weiß, wo ich wohne, und sie hat meine Nummer.«

»Lass das mal die Sorge der Polizei sein. Die werden den Fall schon ernst nehmen.«

Tessa winkelte ihre Beine an und umfasste sie fest mit beiden Armen.

Behutsam legte Veronika ihre Hand auf einen von Tessas Armen. »Du hast Angst«, sagte sie leise. »Ich verstehe dich doch, aber du musst dich wehren.« Veronikas Blick fiel auf Raphaela. »Siehst du das anders?«

Raphaela schüttelte nur matt den Kopf.

»Wenn ich es nicht besser wüsste, würde ich sagen, du warst mit Tessa hier. Du verhältst dich ja genauso teilnahmslos.«

»Es ist alles meine Schuld«, gestand Raphaela gegenüber Veronika. »Ich kannte Anne gar nicht und konnte sie nicht einschätzen. Trotzdem habe ich Tessa geradezu gedrängt, sich mit ihr zu treffen.«

»Puh!« Veronika atmete lautstark aus.

»Außerdem geht mein Flug morgen schon zurück.« Raphaela vergrub ihr Gesicht an Tessas Schulter. »Das Semester geht übermorgen wieder los. Gerade jetzt, wo du mich am meisten brauchst, kann ich nicht für dich da sein«, jammerte sie.

Veronika sprang auf und ging in Richtung Fenster. Kurz davor drehte sie wieder um und eilte zurück. In der Mitte des Raums machte sie wieder kehrt und schritt denselben Weg erneut ab. So ging es noch einige Male, und Tessa verfolgte jede ihrer Bewegungen mit den Augen. Urplötzlich blieb Veronika stehen und starrte aus dem Fenster. Mindestens genauso hastig drehte sie sich zu den beiden Frauen um. »Liebt ihr euch?«, verlangte sie zu wissen.

Raphaela hob den Kopf von Tessas Schulter und nickte sofort in Veronikas Richtung. Dann blickte sie Tessa abwartend an. Auch sie nickte schließlich.

»Es ist schon gewissermaßen mein Verdienst, dass ihr euch kennengelernt habt, oder?«

Raphaela nickte erneut, Tessa beobachtete nur.

»Vertraut ihr mir?«, fragte Veronika nun etwas herrisch.

»Ja«, bekannte Tessa. »Wieso?«

»Überlasst mir die Führung!«

»Was meinst du?«, fragte Raphaela.

»Tessa, du gehst jetzt sofort zur Polizei. Du entscheidest, ob jemand von uns mitkommen soll. Dort erzählst du dann ganz genau, was dir passiert ist. Auch falls Anne ...« Veronika stockte. Sie setzte wieder an und fuhr leiser fort: »Auch falls sie etwas getan haben sollte, das nur Raphaela tun darf.«

Tessa hörte, wie Raphaela neben ihr scharf die Luft einzog.

»Und von dem Stalking erzählst du selbstverständlich auch. Wenn du dort fertig bist, rufst du bei deiner Arbeit an und meldest dich krank.«

»Was? Das kann ich nicht. Ich hab mir doch erst für heute frei genommen.«

»Du sollst nicht frei nehmen«, betonte Veronika streng, »sondern dich krankmelden. Das würde dir jeder vernünftige Arzt mit einem Blick bestätigen.« Sie musterte Tessa kurz und fuhr dann fort: »Währenddessen werde ich dir einen Flug nach London besorgen. Am besten in der Maschine, mit der Raphaela fliegt.« Sie wandte sich an Raphaela: »Gib mir bitte mal die genauen Daten.«

Raphaela schaute etwas perplex.

»Du erholst dich also in England von dem Schreck und bist vor Anne sicher, während die Polizei hoffentlich ermittelt.«

Tessa brauchte einen Moment, um alle Informationen zu verarbeiten. Dann sagte sie matt: »Das kann ich doch nicht machen.«

»Wieso?«

»Was, wenn Anne sich an dir rächen will?«

»Mach dir mal keine Sorgen. Ich weiß mich schon zu verteidigen«, sagte Veronika selbstbewusst. Dann hockte sie sich vor den Couchtisch und griff sich den Kuli, der darauf lag. Sie fischte sich ein Stück Papier, irgendeine Fernsehzeitung. »Kannst du mir die Airline und die Uhrzeit des Fluges nennen?«, fragte sie Raphaela.

»Ist das nicht etwas übertrieben?«, sagte Tessa mehr zu sich selbst. »Ich kann doch nicht einfach so meinen Job sausen lassen.«

Veronika blickte sie interessiert an. »Ich dachte ehrlich gesagt, dass dich dort sowieso nicht viel hält. So einen Job findest du auf jeden Fall kinderleicht immer mal wieder. Jetzt kümmert euch lieber mal um eure Beziehung.« Sie sah Raphaela wieder an, die ihr daraufhin die Daten nannte. Veronika notierte sie am Rand der Zeitschrift. »Also, Tessa, was hältst du von meinem Vorschlag?« Sie blickte von ihrer Notiz auf und legte den Kuli wieder beiseite.

Tessa begann zaghaft zu nicken. »Okay.« Sie spürte Raphaelas Hand, die ihre festhielt. Tessa sah wieder auf und traf Veronikas Blick. »Danke!«

»Dafür sind Freunde doch da.«

Am späten Abend desselben Tages wuselte Tessa durch ihre Wohnung. Sie packte ihre Koffer. Veronika hatte tatsächlich noch ein Ticket für sie in derselben Maschine, in der Raphaela sitzen würde, ergattern können. Am Abend nach ihrem Dienstschluss wollte sie es vorbeibringen.

Raphaela saß relativ unbeteiligt im Wohnzimmer, half Tessa nur hier und da, etwas zusammenzupacken. Ihre eigenen Habseligkeiten hatte sie schnell in ihrer Tasche verstaut.

»Ich kann nicht glauben, was ich hier schon wieder tue«, murmelte Tessa vor sich hin.

»Es ist das Richtige. Veronika hatte recht.«

Tessa kniete vor ihrem Koffer und legte ihre Kleidung hinein. Ihre Bewegungen wurden immer langsamer, während sie über die vergangenen Ereignisse sinnierte.

»Es war richtig, zur Polizei zu gehen«, bekräftigte Raphaela. Als Tessa nicht antwortete, bemerkte Raphaela: »Du hast mir übrigens immer noch nicht auf meine Frage von vorhin geantwortet. Wie war es auf dem Revier?«

Tessa hielt in ihrer Tätigkeit inne. »Es war okay. Sie haben mich ziemlich ernst genommen. Ich hatte befürchtet, dass sie denken, ich würde mir nur einen Scherz erlauben beziehungsweise jemanden Unschuldigen anklagen.«

Raphaela setzte erneut zum Sprechen an, tat sich aber

schwer, ihre Gedanken zu formulieren. Immer wieder verengten sich ihre Augen, und sie versuchte es erneut. »Was ... was hast du ihnen denn nun alles erzählt?«

Tessa sah sie aufmerksam an. »Alles, was passiert ist«, erwiderte sie dann bitterernst.

Raphaela rutschte vom Sofa herunter und landete Tessa gegenüber auf den Knien. Sie tätschelte ihre Hände und fasste sie schließlich. »Genau dazu hast du ja noch nicht so viel gesagt – mir gegenüber.«

Tessa schwieg.

»Ich bin deine Freundin. Mich interessiert, was in deinem Leben vorgeht, und wenn dir jemand etwas antut, dann ... Tessa, das lässt mir einfach keine Ruhe.«

»Was willst du denn jetzt hören?«

»Ich spüre doch auch, dass du angespannt bist, seitdem du mit Anne allein warst. Bitte sag mir doch einfach, was vorgefallen ist.«

»Sie bildet sich ein, wir wären noch zusammen.«

Raphaela massierte Tessas Handflächen mit ihren Daumen und beobachtete sie dabei, als wären es nicht ihre Finger. »Hat sie dich ... berührt, ohne dass es dir recht war?«

Tessa nickte, und Raphaela sah es wohl aus dem Augenwinkel. Sie hob den Kopf, dann senkte sie ihn wieder. Ihre Stimme klang beengt. »Tessa, hat sie dich vergewaltigt?« Das Ende des Satzes entwickelte sich zu einem heiseren Flüstern.

Tessa schüttelte den Kopf. »Nein.«

»Aber es war sexuelle Nötigung, oder?«

»Ja, verdammt, wahrscheinlich schon.« Plötzlich hitzig zog Tessa ihre Hände weg und widmete sich wieder ihrem Koffer.

»Hast du das auch der Polizei gesagt?«

»Ja.« Tessas Tonfall war gereizt.

Raphaelas Hände lagen untätig in ihrem Schoß. »Das ist alles meine Schuld. Ich wollte nicht, dass dir das passiert. Es tut mir so leid.«

Tessa sah besorgt zu ihrer Freundin. Sie robbte ein Stück näher an sie heran, und nun war sie es, die sich um ihre Hände kümmerte, sie schützend umfing. »Hey«, sagte sie zärtlich, »du konntest doch nicht wissen, was passiert. Du hast es doch nur gut gemeint.« Tessa sah sie an, doch Raphaelas Blick war nach unten gerichtet. Wie ein Häufchen Elend saß sie vor ihr. »Ach Süße, mach dir bitte keine Vorwürfe.« Tessa schlang ihre Arme um Raphaelas Oberkörper. »Es ist einfach deine Art«, raunte Tessa an ihrem Ohr. »Du glaubst an das Gute im Menschen und gehst völlig unvoreingenommen auf andere zu. Und das ist toll, denn sonst wären wir vielleicht gar nicht zusammengekommen.«

»Stimmt, du hättest dich wohl kaum getraut, mich zum Kaffee einzuladen«, warf Raphaela mit einem Schmunzeln in der Stimme ein.

»Du sahst ja auch zum Fürchten aus«, gestand Tessa scherzhaft.

»Ach Süße.« Raphaela drückte Tessa fester an sich heran. »Ich müsste jetzt für dich da sein, nicht du für mich.«

»Vielleicht ist da so in der Liebe. Vielleicht müssen wir gegenseitig füreinander da sein.« Sie spürte, wie Raphaela sie am Hals küsste. »Weißt du, ich hab auch immer daran geglaubt, dass alles gut ist. Dabei hab ich einfach ignoriert, wenn es nicht so war, und mir wahrscheinlich eingeredet, dass alles in Ordnung ist. Vielleicht muss man einfach mal etwas Schlechtes erleben, um überhaupt erkennen zu können, was gut ist im Leben und um es richtig wertschätzen zu können. Du und Veronika, ihr habt mir die Augen geöffnet. Jetzt weiß ich, dass es nicht lohnt, sich mit einer Situation abzugeben, in der man nicht völlig glücklich ist. Und vor allen Dingen, wenn man merkt, dass man nicht mehr man selbst ist. Oder sein kann.« Tessa spürte Raphaelas Hand, die sich an ihrem Rücken festkrallte. »Jetzt weiß ich, dass meine Ex auch eine Schauspielerin ist.« Tessa schluchzte kurz auf. »Doch es hat viel länger gedauert, um zu verstehen, wann sie mit mir spielt und wann nicht.«

»O Tessa«, sagte Raphaela gerührt. »Du weißt, dass ich nie

mit dir spielen würde.«

»Ja.« Tessa lächelte bei dieser Erkenntnis. »Aber ich war lange mit einer Frau zusammen, die es getan hat. Erst jetzt im Nachhinein habe ich ihr wahres Gesicht erkannt.«

Raphaela löste sich aus der Umarmung und sah Tessa fest in die Augen. »Ich liebe dich, und ich würde niemals wollen, dass du unglücklich bist. Selbst wenn wir uns dafür trennen müssten. Ich würde alles für dich geben.«

Tessa konnte nichts gegen ihr Lächeln tun. Sie war einfach nur glücklich. »Aber ich will mit dir zusammen sein«, sagt sie froh.

»Das ist gut«, lachte Raphaela. »Ich nämlich auch mit dir.« Dann küsste sie Tessa heiß und innig.

Da klingelte es an der Tür. »Das wird Veronika mit deinem Ticket sein«, freute sich Raphaela.

Beschwingt sprang Tessa auf und rannte zur Wohnungstür. Ihre Freude verflüchtigte sich augenblicklich ins Nichts, als sie öffnete. »Anne«, gab sie überrascht von sich. Sie fühlte sich, als würde sie von einer Klippe in die tosende See gestoßen.

»Hey.« Anne lächelte zaghaft, als wäre nichts gewesen.

Die Polizei, erschrak Tessa in Gedanken. *Sie waren bei ihr, und nun will sie sich an mir rächen.* Krampfhaft hielt sie die Türklinke fest, um sie im Notfall zuschmeißen zu können.

»Bist du sie losgeworden?«, fragte Anne, während sie die Wohnung betreten wollte.

»Nein«, sagte Tessa mit fester Stimme und hielt die Tür fest. Sie war nur einen kleinen Spalt offen, so dass Anne nicht hindurchpasste, aber es wäre ihr ein Leichtes, die Tür aufzustoßen.

»Brauchst du Hilfe dabei? Soll ich sie ein bisschen einschüchtern? Glaub mir, wenn ich mit ihr rede ...«

»Nein, verdammt!«, schrie Tessa.

Anne sah sich unwohl im Hausflur um. »Nicht so laut«, ermahnte sie Tessa. »Du weißt doch, wie hellhörig der Flur hier ist.«

»Ich rede so laut, wie ich das möchte!«

»Mein Gott, bist du mit dem falschen Bein aufgestanden?«, witzelte Anne.

»Nein, ich war mit der falschen Frau zusammen«, antwortete Tessa wütend.

»Ich sag ja, dass es Quatsch ist, mit einer Ausländerin was anzufangen.«

»Ich meinte dich.«

Anne zog die Augenbrauen hoch und ihren Kopf dabei leicht nach hinten. Ihr Ausdruck wirkte auf Tessa, als würde sie sie nicht ernst nehmen.

»Ich habe es dir vorhin schon versucht, deutlich zu machen, aber ganz offensichtlich war es dir ziemlich egal, was ich gesagt habe.« Tessas Stimme wurde von Wort zu Wort lauter. »Wir sind nicht mehr zusammen, und ich will auch nicht mehr mit dir zusammen sein. Du hast mich behandelt wie den letzten Dreck, nicht nur vorhin, auch in unserer Beziehung.«

Anne lachte auf. »Tessa, jetzt übertreibst du aber wirklich.«

»Nein, diese Ansage ist überfällig, sonst denkst du weiterhin allen Ernstes, dass alles in Ordnung ist zwischen uns.«

Anne lachte weiter, was Tessa nur noch mehr anstachelte.

»Für dich war ich doch nur ein kleines Spielzeug. Dir war es doch egal, ob ich glücklich war oder nicht.«

»Du warst glücklich«, stellte Anne selbstsicher fest.

»Ich weiß erst jetzt, was Glück wirklich ist.«

»Bitte, was hat sie denn, was ich dir nicht bieten kann?«

»Viel.« Tessa stierte Anne böse an. Sie war kaum zu bremsen. Ihre Gedanken verlangten, ausgesprochen zu werden. »Was sollte das denn? Wieso wolltest du zum Beispiel nicht, dass ich mich in meiner Freizeit weiterbilde oder einen anderen Job suche?«

»Tessa, das sind doch Hirngespinste. Damals wie heute.«

»Nein«, keifte Tessa. »Du wolltest doch nur ein kleines Dummchen, das du dominieren kannst. Es war nicht denkbar, dass deine Frau mehr verdient als du, denn du warst ja die Verantwortliche.«

Annes Augen verengten sich zu Schlitzen.

»Ich dachte wirklich, dass ich am Ende auch noch glücklich war«, gestand Tessa leise, »aber es war doch nur Gewohnheit. Ich habe dich nicht mehr begehrt, Anne. Und heute ist Begehren alles andere, was ich für dich empfinde.« Sie hielt kurz inne. »Ich verabscheue dich.«

Annes Mund wurde schmal, und Tessa konnte beobachten, wie ihre Hände sich verkrampften und schließlich zu Fäusten ballten. Tessa umfasste die Türklinke so fest sie konnte.

»Deine feine Freundin hat dir doch eine Gehirnwäsche verabreicht!«, zischte Anne. »Wer weiß, was sie für Sitten und Gebräuche hat in ihrem Land. Du solltest mal deinen Verstand einschalten, Tessa. Wir waren fünf Jahre miteinander glücklich. Wie lange seid ihr es? Fünf Wochen?«

»Ich wiederhole es auch gern noch einmal für dich: wir waren nicht glücklich miteinander. Du warst höchstens mit mir zufrieden, weil ich nach deiner Pfeife getanzt habe, doch ich weiß jetzt, dass das kein Glück war. Und vielen Dank auch für den Tipp, ich habe bereits meinen Verstand eingeschaltet.«

Anne fauchte wütend. Mit einem Mal schoss sie nach vorn und drängte sich wütend in die Wohnung. Tessa hielt die Tür mit ihrer Hand und stemmte zusätzlich ihr Bein dagegen. Annes Hände krallten sich am Türrahmen und an der Tür fest. Tessa spürte, wie Raphaela plötzlich hinter ihr stand. Sie war ihr zu Hilfe geeilt, und nun drückte sie ebenfalls von innen gegen die Tür.

»Wenn du gewaltsam hier eindringen und uns zusammenschlagen willst«, schrie Tessa in den Flur hinein, »dann kannst du dir sicher sein, dass eine von uns schneller am Telefon ist und die Polizei gerufen hat, als du denkst. Hausfriedensbruch und Körperverletzung werden sie nicht sehr erfreuen.«

»Halt doch dein Maul!«

Tessa spürte, wie ihr Kiefer zitterte. Während sie sich mit der linken Hand weiterhin gegen die Tür stemmte, fischte sie mit der rechten ihr Handy aus der Hosentasche und tippte sofort die Notrufnummer ein.

»Hey«, sagte Anne plötzlich versöhnlich. Sofort ließ der Druck vom anderen Ende nach. »Übertreib es mal nicht! Ich hab ja gar nichts gemacht.« Anne trat demonstrativ einen Schritt zurück.

Tessa brach den Anruf ab und sah Anne fest an. »Ich lasse mich von dir nicht mehr terrorisieren«, sagte sie leise, doch bestimmt.

»Ich komm wieder, wenn du dich beruhigt hast.« Anne klang vorwurfsvoll. Dann wandte sie sich zum Gehen, als würde sie Tessa damit strafen.

»Nein, Anne.« Tessa schaffte es, dass Anne ihr das Gesicht zuwandte. »Ich will dich nie mehr sehen oder hören«, setzte sie hinterher.

»Tz.« Anne drehte sich wieder weg und stapfte die Treppen nach unten.

Kraftlos lehnte Tessa sich nach hinten in Raphaelas Arme. Diese schloss hastig die Tür mit einer Hand, während die andere um Tessa lag. »Alles okay?«, fragte Raphaela.

Tessa nickte. »Ich habe ihr endlich die Wahrheit gesagt. Die ich selbst erst vor Kurzem erkannt habe«, erklärte Tessa noch einmal auf Englisch.

»Ihre Reaktion kann ich erahnen. Sie sah ja schaurig aus. Und da sagtest du, ich hätte bei unserer ersten Begegnung zum Fürchten ausgesehen. Das war doch gar nichts gegen diese Frau!«

Tessa musste lächeln, und sie war froh, dass Raphaela sie in dieser Situation auffangen konnte.

»War sie sauer wegen der Polizei?«

»Nein, ehrlich gesagt, glaube ich, dass sich die Polizei noch nicht bei ihr gemeldet hat. Sie dachte allen Ernstes, dass ich nur darauf warte, dass du verschwindest und ich dann zu ihr zurückkehre.«

»In einer Sache hat sie recht«, erkannte Raphaela. »Du wartest doch nur darauf, dass ich verschwinde.« Sie strich Tessa eine Haarsträhne aus dem Gesicht. »Aber du verschwindest mit mir«, flüsterte sie.

Erleichtert ließ sich Tessa noch mehr in ihre Arme sinken.

Kaum einen Tag später betraten sie Raphaelas WG. Jess kam neugierig aus der Küche zu ihnen, als sie ihre Koffer erst einmal im Flur abstellten. »Das ist ja eine Überraschung«, rief sie. »Tessa ist zu Besuch. Davon hattest du gar nichts gesagt«, rügte sie Raphaela.

»Das war mal wieder sehr spontan.« Raphaela lächelte Tessa wissend an.

»Tja, dann habe ich gute Neuigkeiten«, verkündete Jess. »Sarah ist ausgezogen.«

Schlagartig starrte Raphaela Jess an. »Sie ist was?«

»Ja, sie ist aus London weggezogen.

»Aber sie kann doch nicht einfach so ausziehen, ohne uns Bescheid zu sagen«, echauffierte sich Raphaela.

»Sie hat Bescheid gesagt, aber du warst ja nicht da.«

»Und wieso konntest du mich da nicht anrufen?«

»Warum bist du denn so gereizt?«

»Wir brauchen unbedingt eine Nachmieterin. Wenn wir die Miete nur durch zwei teilen, ist das ganz schön viel Kohle.«

»Bleib locker. Die Nachmieter stehen doch schon Schlange. Du brauchst nur noch mitentscheiden, wer es werden soll.«

Raphaela entspannte sich wieder. »Ach so, entschuldige. Dann danke!«

»Bitte, bitte«, lachte Jess. »Wie lange bleibst du denn?«, fragte sie Tessa.

»Das weiß ich noch nicht so genau.«

»Okay.« Freudig zog sie die Augenbrauen hoch. »Na, dann kommt erst mal an.« Damit zog Jess sich wieder zurück. Und auch Raphaela und Tessa gingen in ihr Zimmer. Raphaela ließ sich rückwärts auf ihr Bett fallen. Sie breitete ihre Arme aus und nickte Tessa zu. Tessa ging zu ihr und kuschelte sich in ihren Arm. Raphaela strich ihr über die Schläfen, ließ ihre Fingerspitzen über Tessas Ohr und ihren Hals entlanggleiten. »So etwas hab ich noch nicht erlebt.«

Tessa hob leicht ihren Kopf und sah ihr erschöpft in die Augen. »Was genau?«

Raphaelas Gesicht wurde von einem sanften Lächeln durchzogen. »Ich hab mich bis über beide Ohren in die tollste Frau des Universums verliebt.«

Tessa lachte abschätzig. »Jetzt übertreibst du aber etwas.«

Raphaelas Lächeln erstarb. »Mensch, Tessa, was du in letzter Zeit erleben musstest ... es tut mir selbst richtig weh, wenn ich daran denke.«

»Ist schon okay.«

»Nein, ist es nicht«, widersprach Raphaela. »Mensch, ich habe mich die ganze Zeit so hilflos gefühlt. Ich glaube, ich konnte dich kein bisschen unterstützen, aber dafür sollte die Partnerin doch da sein. Wir sind noch gar nicht so lange zusammen, und schon gab es diese Zerreißprobe. Es ist auch nicht selbstverständlich, dass du dich für mich entschieden hast. Weißt du, dass du unglaublich mutig bist?«

»Was? Nein, ich bin alles andere als mutig.«

»Du hast dich gegen Anne gewehrt. Aber eigentlich hast du schon viel eher Mut bewiesen. Du hast mich genommen, obwohl du wusstest, dass das Ganze auf eine Fernbeziehung hinauslaufen würde.«

Tessa sah sie interessiert an.

»Tja, jetzt kann ich es dir auch sagen«, fuhr Raphaela fort. »Ich hatte ziemlich Angst, dass du mich fallenlassen würdest. Außerdem war ich mir selbst nicht sicher, ob es klappen würde. Ich meine, wir kannten uns nicht einmal eine Woche.«

»Du hattest Angst?«, fragte Tessa ungläubig.

»Ja«, lachte Raphaela. »Immer wieder schön, zu sehen, dass das mit dem Schauspielern klappt.« Sie wurde wieder ernst. »Vielleicht sollte ich mich dir gegenüber nicht mehr so oft verstellen. Mit Schauspielerinnen hast du nicht gerade gute Erfahrungen gemacht.«

»Raphaela«, sagte Tessa empört. »Es ist selbstverständlich für mich, dass du mir alles erzählen kannst, auch deine Ängste und Gefühle.«

Raphaela streichelte mit ihren Fingerspitzen Tessas Arm, der auf ihrer Brust lag. »Ich verspreche, dass ich dir alles erzählen werde.«

»Wow«, seufzte Tessa. »Mit dir zusammen zu sein, fühlt sich so komplett anders an als alles, was bisher war.«

»Es ist etwas Besonderes, oder?«

Tessa nickte und stieß dabei mit ihrem Kinn immer wieder an Tessas Schlüsselbein.

»Wir überstehen doch jetzt alles. Da bin ich sicher. Und das mit der Fernbeziehung ... schau mal, es ist doch ganz leicht.« Sie küsste Tessa auf die Stirn.

»Tja, jetzt vielleicht, jetzt sind wir ja auch zusammen, aber was war die Zeit davor? So wird es immer wieder werden. Ehrlich gesagt, ich habe immer wieder Zweifel, ob ich das aushalten kann, mich immer wieder aufs Neue von dir trennen zu müssen.«

Raphaela blinzelte langsam. Mit ihrer Fingerspitze zog sie die Linien auf Tessas Hand nach und schaute sich selbst dabei zu. »Vielleicht ist es ja ein Omen.«

»Was?«

»Dass wir ausgerechnet jetzt ein freies WG-Zimmer haben.«

Nun sah Tessa auf und suchte ihren Blick. Unweigerlich schüttelte sie den Kopf. »Das geht nicht«, sagte sie fast schon weinerlich. »Nicht so schnell.«

»Ich weiß. Entschuldige.« Raphaela strich ihr über den Kopf. »Das ist keine Entscheidung, die man mal eben so fällt. Vielleicht bin ich es auch, die in deine Welt gehört. Vielleicht muss ich einfach mehr Deutsch lernen, und dann ziehe ich über kurz oder lang zu dir.«

»Wer weiß. Wir werden es herausfinden.«

Tessas Handyklingeln durchbrach die melancholische Nachdenklichkeit.

»O nein«, stöhnte Raphaela. »Das wird doch wohl nicht ...«

»Nein«, durchkreuzte Tessa ihre Sorge mit einem Blick aufs Display. »Hallo!«

»Hi Tessa, das ist ja toll, dass man dich mal wieder hört.« Chloe klang gutgelaunt.

»Ja, die Zeit ist ziemlich schnell vergangen.«

»Und wer hat sich nicht bei uns gemeldet?« Chloe klang vorwurfsvoll.

»Sorry, aber ich hatte ziemlich viel um die Ohren.«

»Ich hab dich sogar mal angerufen. Da hättest du wenigstens zurückrufen können.«

»Das Handy war in letzter Zeit nicht gerade mein Lieblingsspielzeug.«

»Was? Wieso?«

»Ach, das erzähl ich am besten mal, wenn wir uns mal wieder treffen. Hey, apropos, ich bin gerade in England.«

»Was? Wieso hast du das nicht gleich gesagt. Wie cool!«, kreischte Chloe. »Besuchst du Raphaela?«

»Ja.«

»Wie lange bleibst du denn? Wir haben bald wieder Ferien. Da könnten wir ja mal wieder einen Abstecher nach London machen.«

»Ich weiß noch nicht genau, wie lange ich bleibe.«

»Was? Hast du deinen Job geschmissen?«

»Äh ...« Tessa zögerte. »Eigentlich nicht so richtig.«

»Na, das ist ja sehr explizit.«

Raphaela winkte, um Tessas Aufmerksamkeit zu bekommen. Als Tessa sie aufmerksam ansah, flüsterte sie ihr etwas zu.

»Hey, Chloe, Raphaela hat mir gerade einen Vorschlag gemacht. Wenn ihr mal für ein Wochenende herkommen wollt, könnt ihr in dem freien WG-Zimmer schlafen. Ihr braucht nur eine Luftmatratze oder so.«

»Echt? Das klingt ja super.«

»Ist vielleicht etwas eng zu zweit, aber ihr seid es ja gewohnt.«

Sie hörte, wie Chloe zügig die Luft durch die Nase ausatmete, fast so, als wäre sie über etwas sehr amüsiert. »Was denn?«, hakte Tessa gleich nach.

»Es gibt da noch eine Neuigkeit.« Tessa wartete, und als Chloe merkte, dass sie nichts sagen würde, offenbarte sie ohne Aufforderung, aber geheimnisvoll tuschelnd: »Karen und ich, wir sind jetzt ...«

»Zusammen?«, fragte Tessa erfreut.

»Ja.«

»Wow, das ist ja super! Ich freue mich für euch. Wie kam es denn dazu?«, quetschte Tessa sie aus und musste dabei grinsen.

»Eines Tages hat mir Karen einfach gesagt, was sie für mich empfindet. Und so kam gewissermaßen eines zum anderen.«

»Also, ich finde wirklich, das müsst ihr mir noch mal in Ruhe erzählen, von Angesicht zu Angesicht.«

»Weißt du, was mir gerade einfällt? Wir könnten uns auch mal gemeinsam woanders treffen. Du musst schließlich noch ein paar andere Ecken vom Königreich kennenlernen. Du wirst sehen, irgendwann willst du ganz automatisch gar nicht mehr weg. Wir könnten mal Brighton oder Manchester unsicher machen. Die sind beide auch berühmt für ihre Szenelokalitäten.«

»Ich habe doch noch nicht mal einen Bruchteil von dem gesehen, was London zu bieten hat.«

»Na, immerhin war das Wichtigste für dich schon dabei.« Als sie keine Reaktion von Tessa hörte, fügte sie hinzu: »Raphaela.«

Tessa blickte zufrieden zu ihrer Freundin, welche die Sachen aus ihrer Reisetasche packte und in den Schrank oder zur Schmutzwäsche sortierte. »Ja«, hauchte sie verliebt.

Chloe kicherte ins Telefon. »Ich werde euch dann mal allein lassen. Also, meld dich mal. Vielleicht willst du uns ja auch hier in der Provinz besuchen.«

»Wer weiß«, sagte Tessa lächelnd.

»Bis dann.«

»Ja, tschüss.«

Tessa beobachtete, wie Raphaela den Reißverschluss der Tasche wieder zuzog und sie auf den Kleiderschrank hievte. »Soll ich dir auch beim Auspacken helfen?«

Tessas Lächeln erstarb. »Ich weiß ja noch nicht einmal, wie lange ich bleibe.«

Raphaela nickte, sah aber alles andere als glücklich aus.

Tessa klopfte auf die Stelle neben sich auf dem Bett. Daraufhin kam Raphaela angeschlichen und setzte sich neben sie. »Ich bin froh, hier zu sein. Ich glaube, wenn ich jetzt noch in Deutschland wäre, hätte ich jeden Tag Angst davor, dass Anne vor der Arbeit oder meiner Wohnung lauert und sich an mir rächen will, weil ich sie angezeigt habe.«

Raphaela strich mit der Außenseite ihrer Finger über Tessas Wange.

Tessa sah ihr in die braunen Augen, und ein bekanntes Kribbeln machte sich in ihrem Magen breit. In manchen Situationen fühlte sie sich wie am ersten Tag, aufgeregt, unsicher, überwältigt.

»Hier bist du sicher.« Mit dem Daumen strich Raphaela über Tessas Lippen, die durch ein Lächeln sanft geformt wurden. Raphaela zog ihren Daumen zurück, um Platz zu machen für ihre Lippen.

Wie ein hauchdünner Schleier umfing Tessa Raphaelas Weichheit. Sie seufzte. Raphaela würde es immer wieder schaffen, dass sie sich wohlfühlte, davon war sie überzeugt. Tessa spürte, wie Raphaelas Hand von ihrer Wange zu ihrem Hals glitt und dort die Beschaffenheit ihrer Haut erforschte.

»Ich weiß, dass du dich in Deutschland nicht mehr sicher gefühlt hast«, sagte sie zwischen den Küssen, »aber hier wird dir nichts passieren. Ich beschütze dich«, prophezeite sie Tessa, bevor sie sie weiterküsste.

Tessa gab sich ganz ihren Berührungen und Küssen hin und genoss die Zärtlichkeit. Raphaela ließ ihre Finger über Tessas Nacken gleiten, spreizte die Finger und fuhr mit ihnen von unten in Tessas Haaransatz hinein. Wie einen Kamm zog sie ihre Finger durch Tessas Haare und setzte erneut an. Dabei massierte sie zärtlich Tessas Nacken und ihre Kopfhaut. Tessa schnurrte wie eine Katze. »Das ist schön«, murmelte sie. »Schade, dass ich es dir nicht zeigen kann.« Tessa berührte Raphaelas starre Haarsträhnen. Dann streichelte sie ihren Nacken. »Zumindest das geht.«

Tessa sah, wie Raphaela lächelte. »Ja, das ist wirklich schön.« Nach einem Moment beschloss Raphaela: »Die Haare kommen bald ab.«

»Was?« Tessa sah sie überrascht an. »So spontan?«

»Nein, ich überlege das schon eine Weile. Kurze Haare würden mir doch bestimmt auch gut stehen, oder?«

Tessa legte den Kopf schräg und sah Raphaela an. »Bestimmt. Ich weiß nicht, was dir nicht stehen würde.« Plötzlich fiel Tessa etwas ein: »Ist das denn okay für deine Rolle?«

»Genau deswegen werden sie abgeschnitten.« Raphaela grinste.

»Ach so, dann war es gar nicht deine Entscheidung.«

»Doch, ich hätte schließlich nein sagen können, aber dann hätte ich die Rolle nicht bekommen.«

Tessa nahm eine einzelne verknotete Haarsträhne in die Hand und schüttelte sie, als würde sie jemandem die Hand reichen. »Also dann, auf Wiedersehen.«

Raphaela lachte. »Wusstest du, dass ich eigentlich Locken habe?«

»Nein.« Tessa untersuchte Raphaelas Haaransatz mit den Fingern. Dort wuchs ihr Haar aus und verdrängte die Dreadlocks. In der Tat konnte sie einige störrische Kringel erkennen. »Wenn du sie lang wachsen lassen würdest ...«, überlegte Tessa.

»Was dann?«

»Dann würdest du wahrscheinlich aussehen wie eine waschechte Italienerin.«

»Na, das würde dir natürlich gefallen, nicht wahr?« Raphaela grinste und küsste sie dann. Ihre Zunge drang sogleich in Tessas Mund ein und eroberte ihn. Ihre Zungen begannen miteinander zu ringen, im nächsten Moment liebkosten und neckten sie sich zärtlich.

Mit der Zungenspitze kitzelte Raphaela Tessas Gaumen und weckte in Tessa das Verlangen, sie in jedem Winkel ihres Körpers, mit jeder Faser ihres Seins zu spüren.

Tessas Hände krallten sich an Raphaelas Schultern fest, um ihr die Möglichkeit eines Rückzugs zu nehmen. Als sie merkte, dass Raphaela alles andere tun würde, als sich zurückzuziehen, lockerte Tessa ihren Griff und begann nun, zärtlich ihre Haut zu ertasten. Weich wie Blütenblätter war sie, und an den Stellen, wo ihre Knochen verliefen, spürte sie feste Erhebungen.

Wenn Raphaela ihren Kopf auf eine bestimmte Weise hielt, bildeten sich zwischen Schlüsselbein und Schulter kleine Absenkungen. In diese vergrub Tessa ihre Finger.

Raphaela umfasste Tessas Taille und warf sich schließlich auf sie. Die Hohlräume nahe ihres Schlüsselbeins verschwanden, und Tessa hielt sich wieder an ihrer Schulter fest. Raphaela entzog Tessa ihre Lippen und sah sie mit gesenkten Lidern an.

Ein Feuer entbrannte in Tessa, als sie Raphaelas Lust in ihrem Blick zu erkennen glaubte. Das Kribbeln im Bauch wurde unerträglich und konnte nur durch Raphaela gemildert werden.

Raphaelas Hand erkundete derweil Tessas Bauch. Sie war unter ihr T-Shirt gehuscht und berührte nun mit ausgestreckten Fingern die weiche Haut. Ein einzelner Finger machte sich auf den Weg zu Tessas Bauchnabel, und als er ihn fand, umkreiste er ihn spiralförmig, bis er sich kurz in die kleine Grube legte und erholte. Doch Raphaelas Hand ruhte nicht lange und setzte sich wieder in Bewegung. Sie fuhr nach oben und glitt mit einem Finger zwischen Tessas Brüste. Dann ließ Raphaela ihre Hand erst über die eine, dann über die andere Brust gleiten. Sie verstärkte den Druck nach und nach, bis sie Tessas Atemgeräusche deutlich hören konnte.

Mit einer unverkennbaren Ungeduld begann Raphaela, Tessa die Kleider vom Leib zu reißen. Sie zog ihr das T-Shirt über den Kopf, öffnete den BH und streifte ihn ab. Dann zerrte sie an

Tessas Jeans und gleichzeitig an ihrem Slip.

Tessa erregte Raphaelas Ungeduld, und sie genoss es, begehrt zu werden. Raphaela stand kurz auf, um sich selbst schnellstmöglich zu entkleiden. Dann glitt sie wieder auf Tessa hinab.

Der erste Moment, in dem Tessa ihre nackte samtweiche Haut ohne jegliche Barrieren auf ihrer spürte, fühlte sich an wie der Eintritt in Garten Eden.

Tessa kam ihrem Drang nach, Raphaelas Haut immer wieder zu streicheln, wo immer sich ihr ein Fleckchen bot. Raphaela drückte sanft ihre Schultern auf die Matratze, bis Tessa auf dem Rücken lag und sich nicht mehr dagegen sträubte. Raphaela winkelte Tessas Beine an und fädelte sich selbst dazwischen, bis sie eine Sitzposition gefunden hatte, in der ihre Beine miteinander verwinkelt waren und Raphaelas Scham Tessas Mitte immer wieder leicht berühren konnte. Tessa schlang begierig ihre Beine um Raphaela und umfasste immer wieder ihre Knie, um ihr zu zeigen, wie nah sie sie wirklich haben wollte.

Raphaela hatte nun unverhüllten Blick auf Tessas nackten Körper. Tessa spürte ihre Blicke wie zehnfach multipliziert, und zu ihrem Erstaunen erregte es sie nur noch mehr, denn sie wusste, dass nur Raphaela sie in diesem Moment so sehen konnte.

Ein zufriedenes Lächeln zierte Raphaelas Gesicht, während ihre Hände immer wieder über Tessas Oberkörper glitten. Hauchzart flogen sie über Tessas Brüste, deren Warzen sich Raphaelas Handflächen entgegenreckten. Raphaela ließ ihre Handflächen kreisförmige Bewegungen in der Luft machen, so dass sie Tessas Nippel mehr und mehr reizte. Dann packte sie zu und knetete Tessas Busen.

Tessa reagierte sofort mit einem heiseren Seufzer. Augenblicklich rutschte eine von Raphaelas Händen nahe an Tessas Paradies. Ihre Finger tänzelten über die kurzgeschorene Wiese, erklommen den Hügel und purzelten hinunter ins Tal. Raphaelas Daumen streifte das Gelenk, dort, wo Tessas Behaarung endete. Die Haut dort war weicher als an irgendeiner anderen

Stelle, die sie bisher erkundet hatte. So kam es, dass sich ihre Finger diesen zwei oft vernachlässigten Orten widmeten.

Tessa seufzte erneut, reckte aber danach ihren Kopf in die Höhe. Ihre hibbeligen Finger berührten Raphaelas und versuchten, sie zum goldenen Mittelweg zu führen. Raphaela schmunzelte, kam aber Tessas Wunsch sogleich nach. Mit einer Hand legte sie Tessas Hände zur Seite, die andere legte sie auf das paradiesische Tal. Ihre Handinnenfläche sogen die Wärme auf und spürten die Feuchtigkeit. Auch hier begann sie nun, ihre Hand in leichte Kreisbewegungen zu versetzen. Sie reizte die zwei Hügel, die den kleinen Graben begrenzten, und fand eine Perle, die im Gesträuch versteckt war. Raphaela rieb diese Perle sanft mit dem Ballen ihrer Hand.

Tessa warf, als sie das spürte, ihren Kopf nach hinten auf den weichen Untergrund. Sie konnte den Geruch von Raphaelas Kopfkissen wahrnehmen und fühlte sich ihr gleich noch näher.

Raphaela ließ nicht von Tessa ab. Sie rieb mit der einen Hand ihre Mitte und tastete mit der anderen nach Tessas Brüsten. Tessa riss die suchende Hand an sich und zeigte ihr den Weg. Unwillkürlich hatte sie auch begonnen, ihr Becken kreisen zu lassen, soweit es die Umklammerung durch Raphaelas Beine zuließ. Sie spürte, wie Raphaelas kreisende Bewegungen langsamer wurden.

Gerade in dem Moment, als sie anhielt, fand einer ihrer Finger den Weg zu Tessas Öffnung. Sie kreiste leicht am Eingang und glitt fast automatisch hinein.

Tessa riss den Kopf hoch und stöhnte. Als Raphaela begann, sich stoßend in Tessa zu bewegen, durchfuhr Tessas Körper immer wieder ein Zucken. Sie warf ihren Kopf von der einen Seite zur anderen, während ihre Hände sich mit weit gespreizten Fingern in die Bettdecke krallten. Sie stöhnte im Rhythmus der Stöße, und als sie ihrem Becken ein letztes Mal eine Gegenbewegung gewährte, durchfuhr sie eine heiße Welle, die einer Explosion glich. Tessa stöhnte laut auf und krallte sich in der Bettdecke fest.

Raphaela zog ihren Finger zurück und umarmte Tessas angewinkelte Beine. Sie legte ihren Kopf auf Tessas Knie und sah zufrieden auf sie herab. Tessas schweißnasser Körper begann sich abzukühlen und Tessa fröstelte leicht. »Komm her«, flüsterte sie.

Raphaela ließ sich das nicht zweimal sagen und legte sich dicht neben Tessa. Sie zog die Bettdecke unter ihnen hervor und deckte sie beide damit zu. Raphaelas Arm legte sich um Tessas Oberkörper. Tessa genoss ihre Nähe und streichelte Raphaela leicht. »Ich liebe dich.«

»Ich dich doch auch«, sagte Raphaela in einem selbstverständlich klingenden Ton.

Es waren diese Momente, die Tessa all ihre Probleme und auch die Zweifel an einer Fernbeziehung vergessen ließen. Arm in Arm schliefen sie ein.

Am Abend sahen sich Tessa und Raphaela wieder. Tessa war durch die Stadt gezogen, während Raphaela erst zur Uni und dann zu ihrem Nebenjob gegangen war. Nun bereiteten sie das gemeinsame Abendessen vor. Jess war nicht da, also waren sie ganz unter sich.

»Wie war dein erster Tag im neuen Semester?«

»Ganz okay. Nur ziemlich stressig.« Raphaela gähnte. »Ich bin das gar nicht mehr gewöhnt, mich so lange zu konzentrieren. Nur die Straße auf und ab zu gehen und Leute zu erschrecken, ist ja doch etwas anderes.«

Tessa streichelte ihr über den Kopf. »Du wirst dich schon wieder daran gewöhnen.«

»Ja.« Raphaela öffnete den Küchenschrank und holte zwei Teller heraus. Bevor sie sie auf den Tisch stellen konnte, musste sie eine Zeitung wegräumen. Etwas schien ihre Aufmerksamkeit erregt zu haben, denn sie starrte auf die Zeitung in ihrer Hand und vergaß scheinbar völlig, die Teller in der anderen Hand auf den Tisch zu stellen. Eine kleine Falte hatte sich über ihrer Nasenwurzel gebildet.

Tessa drehte sich um und kümmerte sich um die Töpfe. Sie stellte die Gaszufuhr des Kochers ab und bewaffnete sich mit Topflappen, um die Nudeln abzugießen. Sie hörte das Geräusch der Teller, die auf den harten Untergrund des Tischs trafen.

Gleich darauf drang Raphaelas Stimme von hinten an ihr Ohr. Sie musste gegen den kleinen Wasserfall ankämpfen, den Tessa mit dem Topf im Spülbecken verursachte. »Hast du das hier angestrichen?«

Tessa beendete ihre Arbeit, und erst, als nur noch geringfügig Tropfen aus dem Topf ins Waschbecken entwichen, drehte sie den Topf wieder um. Sie wandte sich dem Tisch zu und stellte den Topf darauf ab. Dabei begegnete ihr Raphaelas fragender Blick. Tessa nickte nur.

Raphaela legte daraufhin die Zeitung aus der Hand und wandte sich dem zweiten Topf mit der Bolognesesoße zu. Tessa nutzte die Gelegenheit und warf erneut einen kurzen Blick auf die Anzeige, die sie beim Frühstück entdeckt und eingekreist hatte.

Eine Sprachschule suchte Lehrer, bevorzugt Muttersprachler, für verschiedene Sprachkurse, unter anderem Deutsch. In diesem Moment drehte sich Raphaela mit dem Soßentopf in der Hand um und stellte ihn auf den Tisch. Dann setzte sie sich, und Tessa tat es ihr gleich, nachdem sie die Zeitung endgültig zur Seite gelegt hatte.

Schweigsam tat Raphaela ihnen das Essen auf die Teller. Ihr Blick traf immer wieder Tessas. Schließlich sagte sie beiläufig: »Das wäre doch was für dich, oder?«

Tessa nahm ihr den Teller ab. »Vielleicht.«

»Aber?«

»Man braucht sicher irgendwelche Qualifikationen, die ich nicht habe, ein Studium oder so was.«

»Ja, vielleicht. Vielleicht aber auch nicht.«

»Das glaubst du doch selbst nicht.«

Raphaela begann zu essen und konnte somit nichts erwidern. Für einen Moment saßen sie sich still kauend gegenüber. Dann sagte Raphaela: »Vielleicht könntest du dort oder woanders erst mal ein Praktikum oder so machen, um zu sehen, ob dir das Spaß machen würde. Und wenn es so ist, könntest du die eventuell nötige Qualifikation doch erwerben.«

Tessa legte ihr Besteck auf den Teller und ihre Hände jeweils rechts und links vom Teller flach auf den Tisch. Schweigend betrachtete sie ihre Nudeln. Dann verkündete sie: »Vielleicht hast du recht.«

»Ruf doch einfach morgen mal an, oder geh vorbei.«

Nachdenklich verfiel Tessa in ein leichtes Nicken. »Okay.« Ein Lächeln stahl sich auf ihr Gesicht, als diese Entscheidung getroffen war. Zufrieden nahm sie ihr Besteck wieder auf und setzte das Essen fort.

Tessa trat von der Rolltreppe in Richtung des Ausgangs vom U-Bahnhof. Sie schlich sich dem Zugang zur Straße entgegen und konnte langsam erkennen, wie die Sonne strahlte. Schräg fiel das Licht in den gefliesten Gang.

Tessa lehnte sich an die Wand an und spähte hinaus. Ihr Blick schweifte über die Menschenmassen, die vor dem Bahnhof hin und her gingen, eintraten oder das Gebäude verließen. Endlich hatte sie sie entdeckt. Sie schlich auf der anderen Straßenseite einer Gruppe Jugendlicher hinterher und schien darauf zu warten, dass sie sich umdrehen würden.

Einer der jungen Leute blieb stehen und zeigte mit dem Finger auf etwas. Die anderen folgten mit dem Blick der gewiesenen Richtung.

Da ergriff sie ihre Chance und machte offensichtlich ein lautes Geräusch, was Tessa aus der Entfernung nicht vernehmen konnte.

Die Jugendlichen zuckten zusammen, drehten sich um und lachten. Dann bewegte sie die Lippen, und Tessa konnte erahnen, wovon sie sprach. Aber die Jugendlichen winkten ab und gingen einen kurzen Moment später weiter ihres Weges.

Die Frau in dem nostalgischen Kleid sah einmal nach rechts

und einmal nach links und suchte sich neue Opfer aus.

Eilig verließ Tessa ihren Platz und überquerte schnell die Straße. Sie huschte hinter der ihr so bekannten Gestalt hinterher, und noch bevor sie von ihr bemerkt wurde, packte sie sie bei den Schultern und schrie: »Buh!«

Sie spürte, wie Raphaela tatsächlich kurz zusammenzuckte, doch als sie sich umdrehte, ließ sie Tessa davon nichts mehr merken. Raphaela lächelte, als sie sah, wer ihr einen Schrecken einjagen wollte.

»Hi«, sagte Tessa gutgelaunt und gab ihr flink einen Kuss auf das geschminkte Gesicht.

»Hi.« Raphaela schien etwas überrascht von Tessas guter Laune. »Nett, dass du mich abholen willst, aber ich muss noch etwas arbeiten.«

»Ich weiß«, erwiderte Tessa grinsend.

Raphaela blickte sie erwartungsvoll an, als wollte sie fragen: *Was gibt's?,* doch stattdessen wartete sie einfach ab, was Tessa sagen würde.

»Ich bin auch nur vorbeigekommen, um dir zu sagen, dass ...« Sie hörte mitten im Satz auf und lächelte, wollte den Moment auskosten.

Raphaela starrte sie an, die Geduld in Person, doch sichtlich gespannt.

Tessa atmete tief durch. »Wenn es okay ist, würde ich das WG-Zimmer anmieten.«

Raphaela öffnete verdattert den Mund und starrte sie nur an. Offensichtlich war diese Offenbarung überraschender als Tessas Schreckattacke von hinten. Raphaela schloss den Mund und setzte dazu an, etwas zu sagen oder zu fragen, aber es kam kein Ton heraus. Kleine Hügel bildeten sich auf ihrer Stirn, und ihre Augen waren in ständiger Bewegung.

Tessa erlöste sie schließlich und gab bekannt: »Ich war eben bei der Sprachschule. Die geben mir den Job. Einfach so«, quietschte Tessa vergnügt. »Wenn ich länger dort bleiben will, sollte ich irgendwann mal noch ein paar Fortbildungsseminare belegen. Aber erst mal brauchten sie ganz schnell jemanden.«

Ein strahlendes Lächeln entstand auf Raphaelas Gesicht. »Wirklich? Das ist ja unglaublich. Für wie lange?«

»Das wird sich noch zeigen«, erklärte Tessa ernst.

Ungläubig schüttelte Raphaela den Kopf. »Das ist irre!«

»Ja.« Auch Tessa konnte es kaum fassen, und setzte ein Dauergrinsen auf. Sie fühlte es, ganz fest, dass das die richtige Entscheidung war. Auch wenn sie dafür ihrer Heimat den Rücken zukehren musste, es war ihr egal. Sie würde die nächste Zeit mit der Frau verbringen, die sie über alles liebte, und hoffentlich auch den Rest ihres Lebens.

Ehe sie es gemerkt hatte, hatte Raphaela ihren Körper umfasst und sie in die Luft gehoben. Nun drehte sie sich mit ihr um die eigene Achse. Tessa schrie vergnügt auf, und Raphaela lachte. Raphaela blieb stehen und sah glücklich zu Tessa auf.

»Du bist ja richtig stark«, stellte Tessa überrascht fest, da sie sich noch immer in der Luft befand.

Raphaela nickte.

»Dann sollte ich dich wohl mal belohnen«, sagte Tessa grinsend und senkte ihre Lippen auf Raphaelas.

ENDE

Weitere Titel der édition el!es

Corina Ehnert: Eine WG zum Verlieben (Band 3: »Danie«)

Liebesroman

Daniela Breuer zieht in die Lesben-WG, um ihr Liebesleben endlich in Gang zu bringen. Mit tatkräftiger Unterstützung der alterfahrenen Mädels bahnt sich recht schnell eine Beziehung zu Mitstudentin Rebecca an. Doch damit gehen die Probleme erst richtig los: Danies Mutter kommt zu Besuch und soll eine heile Heterowelt vorgespielt bekommen, während sich die WG um den Preis »Verrückteste Wohngemeinschaft« bewirbt, Franzi und Paula Gefühle füreinander entwickeln und Sanny eifersüchtig wird ...

Catherine Fox: Zu wissen, es ist für immer

Liebesroman

Das Liebesleben von Staranwältin Evelyn verläuft genauso nach Plan wie ihre Karriere. Doch eines Tages stürzt sie bei einem Ausritt vom Pferd und wird von einer jungen Frau gerettet. Andie ist das Gegenteil von Evelyn, respektlos, planlos, bar jeder Manieren. Trotzdem nimmt Evelyn Andie bei sich auf, denn sie hat sich in sie verliebt. Doch die Unfälle häufen sich – und immer ist Andie in der Nähe. War die Rettung gar kein Zufall? Hatte Andie den Unfall geplant? Evelyn will das nicht glauben, doch Zweifel beginnen an ihr zu nagen ... Sie muß das Geheimnis um Andie auf jeden Fall lüften.

Ruth Gogoll: In der Hitze der Nacht

Erotischer Liebesroman

Ein heißes Abenteuer im Rhein in einer schwülen Sommernacht ... mehr sollte es gar nicht sein. Doch als Tina eine Anwältin braucht, fällt ihr niemand außer Mar ein. Dabei kommen unerwartet auch noch andere Gefühle ins Spiel als nur die für die Suche nach den richtigen Paragraphen.
Tina will davon jedoch nichts wissen, denn noch immer steht »Es war nur Sex, keine Liebe« wie eine Wand zwischen ihnen. Können sie diese Mauer irgendwann niederreißen?

Tala Storm: Das neue Leben

Erotischer Amazonen-Liebesroman

Alles könnte so schön sein: Kallisto und Cay-La leben gemeinsam unter einem Dach im Amazonenreich und genießen den Frieden, ihr Beisammensein in lustvollen Stunden. Doch dann geschieht etwas Schreckliches: Cay-La wird von Leandra, einer Sklavenhändlerin, entführt. Leandra ist für ihre Brutalität bekannt und dafür, dass sie sich nimmt, was sie möchte. Wieder vereint, ist Cay-La nicht mehr die Gleiche. Nicht nur äußerlich hat sie tiefe Wunden davongetragen. Kallisto ist verzweifelt. Wird es ihr gelingen, ihre junge Kriegerin wieder zum Lachen zu bringen?

Julia Schöning: Diagnose: Liebe

Erotischer Liebesroman

Recherchen führen die Journalistin Sophie in die Krankenhaus-Notaufnahme zur Internistin Dr. Hannah Rehfeld. Es funkt zwar zwischen den beiden, aber Sophie will ihrer Fernbeziehung Alina nicht untreu werden, obwohl es schon länger kriselt. Ein unerwartetes Wiedersehen endet dann doch im Bett, da steht plötzlich Alina vor der Tür – Hannah flieht, und Sophie muß sich entscheiden ...

Maren Frank: Irischer Liebessommer

Erotischer Liebesroman

Als Zeugin eines Verbrechens wird Stefanie Gardner ins Zeugenschutzprogramm aufgenommen. Zusammen mit ihrer Leibwächterin Gundula, genannt Gun, wird Steffi für einige Zeit in Irland versteckt. Die Leichtigkeit des irischen Sommers läßt Gefühle entstehen, gegen die sich beide nicht lange wehren können ... die Tage vergehen voller erotischer Abenteuer. Da trifft die Nachricht ein, daß die Täter gefaßt seien und Steffi wieder gefahrlos nach Deutschland zurückkehren könne. Wird sie ihre Leibwächterin nun tatsächlich nicht mehr brauchen?

Catherine Fox: Der Liebe auf der Spur

Erotischer Liebesroman

Während eines Praktikums im Morddezernat lernt die Studentin Karen die Kommissarin Diane kennen. Beide verstehen sich auf Anhieb. Die Aufklärung des Mordanschlages auf einen Stadtratsabgeordneten bringt sie auch privat näher. Doch Karens manchmal äußerst merkwürdiges Verhalten bringt Diane immer wieder durcheinander, bis Karen eines Tages spurlos verschwindet. Die Kommissarin beginnt fieberhaft zu ermitteln ...

Ruth Gogoll: Ein paar Tage Zärtlichkeit

Erotischer Liebesroman

Gina und Teri sind kein Liebespaar. Sagt Gina zumindest. Nur der Zufall hat sie zusammengeführt, über den Wolken, als sie nebeneinander im Flugzeug saßen. Obwohl Teri nicht auf kurzzeitige Affären aus ist, gibt es einen besonderen Grund, warum sie an Weihnachten nicht allein sein will. Deshalb läßt sie sich auf die Affäre mit Gina ein.

Sie verleben eine berauschende Weihnachtszeit miteinander, danach gehen sie wieder getrennte Wege. Doch Teri hat sich verliebt, während Gina mühelos in die üblichen Affären zurückzugleiten scheint.

Waren »ein paar Tage Zärtlichkeit« wirklich alles, was Teri erwarten konnte?

Sal Mathews: Stan und Lea

Erotischer Liebesroman

Die Malerin Stan verliebt sich Hals über Kopf in die attraktive Goldschmiedin Lea und bittet sie, ihr für ein Bild Modell zu sitzen. Dabei kommen die beiden sich näher, aber Lea ist immer noch hetero. Oder wird sich das auf ihrer gemeinsamen Reise nach Schottland ändern? Denn Lea spürt zwar die Anziehungskraft, die Stans Liebe auf sie ausübt, aber sie war noch nie mit einer Frau zusammen und will Stan keine Versprechungen machen, die sie vielleicht nicht halten kann ...

Alison Barnard: Spaziergang im Regen

Erotischer Liebesroman

Es ist eine eine einmalige Chance für ihre Karriere: Schauspielerin Shara Quinn soll in einem Film die faszinierende, offen lesbisch lebende Dirigentin Jessa Hanson verkörpern. Während der Vorbereitungen auf die Rolle kommen sich Shara und Jessa unerwartet nah, aber eine Liebesbeziehung zwischen ihnen würde allem widersprechen, was die Welt von ihnen erwartet. Zudem ist Shara doch zweifellos hetero ... oder vielleicht doch nicht?

Annette Schniter: Mach mal halblang, Babe

Erotischer Liebesroman

Celines Vorgesetzte ist ungemein attraktiv, aber offensichtlich hetero. Dennoch spielen Celines Hormone bei jeder Begegnung verrückt. Gleichzeitig ist da noch eine Chatbekanntschaft, die Celine auf eine andere Art in ihren Bann zieht. Als die Zeit gekommen ist, endlich die virtuelle Welt zu verlassen, wissen beide, daß nun ganz neue Schwierigkeiten auf sie zukommen werden. Mit den tatsächlich eintretenden Problemen hat jedoch keine gerechnet ...

Julia Schöning: Lass es Liebe sein

Erotischer Liebesroman

Um ihrem Leben nach einer Trennung eine neue Richtung zu geben, beschließt die Versicherungskauffrau Sarah sich von ihren langen Haaren zu trennen, nicht ahnend, dass der Friseurbesuch ihr Leben gehörig durcheinanderbringen wird. Denn die rationale und konservative Sarah verliebt sich in ihre völlig gegensätzliche Friseurin, die unkonventionelle, impulsive und freiheitsliebende Katja. Einige Zufälle führen dazu, dass die beiden eine leidenschaftliche Nacht miteinander verbringen, doch danach wird deutlich, dass Katja nicht an einer Beziehung interessiert ist. Sarah ist verzweifelt, denn sie wünscht sich, dass es auch bei Katja Liebe sein möge ...

Julia Arden: Die Frau im Rückspiegel

Erotischer Liebesroman

Mit dem unerwarteten Angebot, als Chauffeurin für die Reedereibesitzerin Rebecca zu arbeiten, kommen völlig neue Herausforderungen auf Christiane zu. Die distanzierte und wortkarge Chefin mit höflich-zurückhaltendem Respekt durch die Stadt zu chauffieren, will Christiane nie so recht gelingen. Rebecca erträgt Christianes forsche Art nur widerwillig. Das Eis bricht, als sich Christiane als Pflegerin anbietet, um Rebeccas Hausangestellte nach einem Unfall zu betreuen. Rebecca und Christiane kommen sich näher, doch wirklich öffnen kann sich die Chefin nicht, so daß für Christiane die Frage bleibt: Wer verbirgt sich hinter der Frau, die sie täglich im Rückspiegel sieht?

Toni Lucas: Zeit der Versuchung

Erotischer Liebesroman

Der Australienexpertin Sarah Jansen werden zwar die Fördergelder für ihr neuestes Projekt nicht bewilligt, doch sie erhält unerwartet die Chance, sich gemeinsam mit der attraktiven, aber seltsam distanzierten Fotografin Florentine auf eine Reise quer durch den australischen Kontinent zu begeben. Beide kommen sich näher und scheinen durchaus füreinander geschaffen, wenn da nicht noch Carmen, Sarahs langjährige Partnerin, und Marisol, Florentines tote Geliebte, wären. Es beginnt eine Zeit der Versuchung, in der sich jede der Frauen darüber klarwerden muss, was wirklich für sie wichtig ist.

Corina Ehnert: Eine WG zum Verlieben (Band 2: »Katrin«)

Liebesroman

Die Polizistin Katrin Brant ist nach einer gescheiterten Beziehung mit Paula wieder Single und fest integriert in den Freundeskreis rund um die WG aus der Pfeiffstraße. Sie ist glücklich mit ihrem Leben und hält sich für eine gestandene Frau. Als Alex (mit der sie im ersten Band eine Affäre hatte) mit ihrer Freundin Nico in eine gemeinsame Wohnung zieht, sucht die WG eine neue Mitbewohnerin. Eine der Bewerberinnen ist die Journalistin Hanna Reuters, von der Katrin sofort fasziniert ist. Aber schnell stellt sich heraus, daß es nicht so einfach ist, diese Faszination zu leben ...

Julia Arden: Mein Geheimnis bist du

Liebesroman

Mareike Holländer schnappt Andrea einen wichtigen Posten vor der Nase weg – ausreichend Grund, auf die neue Kollegin wütend zu sein. Dennoch schleichen sich zärtliche Gefühle in das kühle Verhältnis. Aber Mareike ist liiert. Während Andrea noch versucht herauszufinden, wie ernst diese Liaison ist, taucht Laura auf, Mareikes große Liebe. In der Vergangenheit hatte Laura zwar Mareike mehr als einmal sitzengelassen, dennoch ist Mareike ihr immer wieder aufs neue verfallen ... also bleibt Andrea nichts weiter übrig, als ihre Gefühle vor Mareike zu verbergen ...

Victoria Pearl: Aller Anfang geht daneben

Erotischer Liebesroman

Als Simone sich in die umwerfend attraktive Autorin Bettina verliebt, ahnt sie nicht, was noch auf sie zukommen wird. Sie und Bettina verleben eine wundervolle, berauschende Zeit, die jedoch durch das plötzliche Auftauchen von Bettinas Exfreundin Linda jäh gestört wird. Linda lässt sich bei Bettina häuslich nieder. Braucht sie nach einer schweren Zeit wirklich nur etwas freundschaftliche Unterstützung von ihrer Exfreundin, oder verfolgt sie andere Ziele?

Toni Lucas: Paar für ein Jahr

Die Pierrots tanzen weiter

Leas Glück scheint perfekt. Lilia hat sich tatsächlich für sie entschieden und ist bei ihr eingezogen. Doch wie kann sie mit einer Frau zusammenleben, die gerade erst dabei ist, sich selbst zu finden und die so ganz eigene Vorstellungen von einer Beziehung hat?
Ihr bleibt nur ein Jahr, um das herauszufinden ...

Maren Frank: Liebe in Schottland

Liebesroman

Wie ein Blitz trifft es die junge Archäologiestudentin Nathalie, als sie auf einer Party die schöne Eileen kennenlernt. Zwar ist die Begegnung kurz, doch geht die attraktive Frau mit den smaragdgrünen Augen Nathalie nicht mehr aus dem Kopf. Und nicht nur die Liebe bereitet Nathalie Sorgen. Nachdem sie ihren Job verloren hat, braucht sie schleunigst einen neuen. Tatsächlich ergibt sich schon bald etwas, doch Nathalie ahnt nicht, was dabei alles auf sie zukommt ...

Erotische Adventsgeschichten

Mit Geschichten von Catherine Fox, Maren Frank, Heike Fremmer, Ruth Gogoll, Julia Schöning u.a.

Erzählungen um alte Freundinnen, die sich wiedersehen, und neue Freundinnen, die sich finden, um die Suche nach der Liebe unterm Weihnachtsbaum, die trotz aller Schwierigkeiten immer gut endet, und um die Hoffnung, daß eines der Geschenke die Frau sein möge, nach der man sich schon so lange sehnt ...

Julia Schöning: Verirrte Herzen

Erotischer Liebesroman

Anne, ihre vierjährige Tochter Lilly und Caro sind eine glückliche Familie. Doch als Lilly in den Kindergarten kommt und Anne beschließt, wieder halbtags zu arbeiten, bekommt die Beziehung Risse. Die erfolgreiche Anwältin Caro schafft es nicht, Anne im Haushalt zu unterstützen. Als Anne dann auch noch die geheimnisvolle Nora kennenlernt, die mit ihrer faszinierenden Ausstrahlung Verwirrung stiftet, scheint das Glück der kleinen Familie ernsthaft bedroht.
Können Caro und Anne ihre Gefühle füreinander bewahren und wieder zueinanderfinden?

Tina Grasses: Das Geheimnis der Nebelinsel

Lesbischer Fantasy-Roman

Die Sensei Iliska begegnet der Schwertkämpferin Shiree. Die beiden kommen sich näher, doch dann verschwindet Iliskas Freundin Beth unter dramatischen Umständen. Zur gleichen Zeit folgt Karimah einer geheimnisvollen Vision und findet in Beth ihre große Liebe. Doch ihr Glück wird überschattet von einer uralten Gefahr. Die vier Kriegerinnen nehmen den Kampf auf, doch wird es für Karimah und Beth eine gemeinsame Zukunft geben?

Shari J. Berman: Herz ist Trumpf

Erotischer Liebesroman

Die junge Journalistin Rachel lernt auf einem Lesbenpokerabend die verführerische, etwas ältere Eden kennen – ein erotisches Abenteuer beginnt, das schnell zu Liebe wird. Obwohl zunächst alles perfekt scheint, bleibt die Vertreibung aus dem Paradies nicht aus und stellt die Beziehung auf eine harte Zerreißprobe.
Sind die Bande zwischen Rachel und Eden stark genug, die dramatischen Ereignisse zu überstehen?

Brenda L. Miller: Mein Herz bewacht dich

Liebesroman

Grace, pubertierender Teenager, wird für sechs Monate in ein Boot Camp geschickt. Dort lernt sie zu gehorchen, wird aber auch von der strengen Ausbilderin Carey ermuntert, ihre Nase in Bücher zu stecken und zu lernen. Denn Grace ist nicht unbegabt. Nach einiger Zeit jedoch wird das Verhältnis zwischen Grace und Carey immer freundschaftlicher – und liebevoller ...

Julia Arden: Liebe unerwünscht

Liebesroman

Jennifer Feiler ist knallharte Geschäftsfrau und bekannt für ihre Affären. Auch der Flirt mit der attraktiven Ärztin Caroline stellt keine Ausnahme dar, doch Caroline weist Jennifer ab. Caroline fühlt sich zwar mehr zu Jennifer hingezogen, als ihr lieb ist, aber Jennifer ist nicht die Frau, der man sein Herz schenken sollte – für tiefere Gefühle hat sie keine Verwendung: Liebe ist ihr unerwünscht.

Victoria Pearl: Das zwischen uns

Erotischer Liebesroman

Jasmin hat es sich recht gemütlich im Junggesellinnendasein eingerichtet, als eine atemberaubende Schönheit ihre Buchhandlung betritt. Sie verlieren sich aus den Augen, sie sehen sich wieder – und es beginnt etwas, das Jasmin »Beziehung« nennt. Ihre Geliebte hält sich jedoch einiges offen. Ständig lernen sie neue Frauen kennen, von denen Jasmin nie weiß, wie nahe sie und ihre Geliebte sich kommen. Geduldig erträgt sie die Spielchen, doch kann eine solche Beziehung wirklich ewig dauern?

Corina Ehnert: Eine WG zum Verlieben (Band 1: »Alex«)

Liebesroman

Eine Lesben-WG, in der es drunter und drüber geht: Alex kann sich nicht zwischen Katrin und Nico entscheiden, obwohl Nico eigentlich Paulas Blind Date ist; Casanova Franzi wandelt plötzlich auf monogamen Pfaden, und Thea kriegt irgendwie nie eine Frau ab. Verwicklungen und Verzwicklungen bleiben spannend bis zum Schluß – an dem sich die Fäden entwirren. ... oder?

Catherine Fox: Achterbahn der Gefühle

Liebesroman

Jessica will heiraten und hält sich für glücklich, als sie von ihren Freundinnen eine Junggesellinnenreise geschenkt bekommt. Auf einem Reiterhof soll sie ihrem Hobby frönen und die letzten Tage Freiheit genießen. Doch mit der Entspannung ist es bald vorbei, denn sie trifft Kim, die ihren Gefühlshaushalt gehörig durcheinanderbringt. Sie gerät in einen Strudel leidenschaftlicher Gefühle, erfährt eine Zärtlichkeit, die sie nicht kannte. Sie verliebt sich in Kim, aber was wird bleiben, wenn sie wieder zu Hause im alten Trott versinkt?

Ruth Gogoll: Zwei Welten

Erotischer Liebesroman

Wer sich etwas wünscht, sollte vorsichtig sein bei der Formulierung. Nico jedenfalls war es nicht und landet inmitten einer schrecklich netten Familie im Herzen der Heterosexualität: Häuschen in der Vorstadt, Ehegatte geht morgens brav zur Arbeit, die Kinder quengeln, die Nachbarinnen tratschen ... Da taucht in dieser Heterohölle ein ganz normales (lesbisches) Paar auf, und Nico verliebt sich. Wie kann sie aber in ihre eigene Welt zurückkehren und gleichzeitig diese Liebe aus der anderen Welt bewahren?

Anthologie »Lesbisches Jugendbuch«

Kurzgeschichten

In dieser Anthologie werden die Geschichten der Gewinnerinnen aus unserem Schreibwettbewerb »Lesbisches Jugendbuch« veröffentlicht. Geschichten von Jugendlichen für Jugendliche – ausgewählt vom Literaturteam des Jugendzentrums *anyway* in Köln.

Hanna Berghoff: Du bist die Welt für mich

Liebesroman

Ein Bauernhof inmitten Deutschlands: Die Fehde zwischen den Schwestern Veronika und Franziska Perner vertieft sich, als die neue Tierärztin Dr. Jutta Adler mit frischen Ideen und Behandlungsmethoden gehörig Staub aufwirbelt. Aus Liebe (zu den Tieren und zur Tierärztin) beginnt Veronika in München Veterinärmedizin zu studieren, doch Franziska läßt nichts unversucht, um dem Liebesglück ein jähes Ende zu bereiten. Als dann noch die Zukunft des Hofes auf dem Spiel steht, muß Veronika eine schwere Entscheidung fällen ...

Toni Lucas: Vom Tanz der Pierrots

Liebesroman

Nach einem nicht ganz freiwilligen One-night-stand wird Lea aus ihrer bequemen, langjährigen Beziehung herauskatapultiert. Sie zieht in eine Kleinstadt, die trostloser nicht sein kann. Nur ihre verheiratete Kollegin Lilia bringt Farbe in den Alltag, und nach einiger Zeit mangelt es auch an Erotik nicht. Allerdings scheinen die beiden zunächst doch nicht füreinander geschaffen – oder müssen sie erst einmal auseinandergehen, um schließlich zueinander zu finden?

Heike Fremmer: Hotel Prinzess

Liebesroman

Sofie managt ein Hotel in Hamburg, das an einen Amerikaner verkauft werden soll. Die von ihm entsendete Frau fürs Grobe ist Erica, die sich inkognito im Hotel aufhält. Sofie und Erica kommen sich näher, doch Erica verschweigt den wahren Grund ihres Aufenthaltes. Kein gutes Fundament für eine Beziehung, doch Erica hat Angst, Sofie zu verlieren, wenn die Wahrheit ans Licht kommt ...

Julia Arden: ... und wenn du auch die Wahrheit sprichst

Liebesroman

Michaela Dietz läßt sich engagieren, um die Tochter eines Hotelbesitzers zu überreden, das Familienunternehmen weiterzuführen. Sehr zur Freude des schlechten Gewissens blüht Tanja Kanter in Michaelas Nähe auf und – natürlich, verliebt sich in sie. Doch was passiert, wenn Tanja Michaelas wahre Gründe für die unerwartete Zuneigung erfährt? Und was sagt Michaelas langjährige Freundin Vanessa eigentlich dazu?

Ruth Gogoll: L wie Liebe

Liebesroman

Bunt und unterhaltsam: Großstadtlesben und ihre (Liebes-)Abenteuer. Da ist das ungleiche Paar Marlene und Anita, das gehörig Nachhilfe in Sachen Romantik benötigt; Carolin und Ina schweben (noch) im siebten Himmel; Chris und Sabrina stecken in einer verstaubten Beziehung fest, und schließlich können sich Rick, Thea und Melly noch nicht so recht entscheiden. Verwicklungen folgen, und schon sehr bald ist nichts mehr so, wie es anfänglich war ...

Victoria Pearl: Endlich gefunden

Liebesroman

Krankenschwester Hanna hat sich gerade aus der unheilvollen Beziehung zu Birte gelöst, als ihr eine Fremde für einen kurzen Moment den Kopf verdreht. Zurück im Arbeitsalltag nimmt Hanna erst nach langer Zeit wieder via Internet Kontakt zu anderen Frauen auf. Die Überraschung folgt auf dem Fuß, doch ist die Traumfrau tatsächlich endlich gefunden?

Julia Arden: Vertrau mir

Roman

Anna Ravensburg lebt ruhig und zurückgezogen auf ihrem Tierhof. Mit der Idylle ist es vorbei, als Kommissarin Maike Roloff auftaucht: Zwei Pharma-Manager sind entführt worden, und Annas Vergangenheit als radikale Tierschützerin könnte bei der Aufklärung helfen. Zunächst widerstrebt es Anna, die Polizei zu unterstützen, doch bald muß Anna sich eingestehen, daß sie sich zu Maike hingezogen fühlt. Maike hingegen scheint sich nur für eines zu interessieren: Die Lösung ihres Falles.

Alexandra Liebert: Träume aus der Ferne

Liebesgeschichten

Geschichten rund um das Verlieben: »Viele Wege führen nach Rom, aber keiner führt an den Geschichten von Alexandra Liebert vorbei – wenn frau romantische Liebesgeschichten schätzt. In ihrer ganz eigenen, feinfühligen Art beschreibt die Autorin das Suchen und schließlich auch das Finden der Liebe, die verschiedene Gesichter haben kann und darum auch auf unterschiedlichen Wegen erkämpft, erwartet oder erkannt werden will.« (Victoria Pearl)

Anna Peters: Herzköniginnen

Liebesroman

Susanne gibt eine Zeitungsanzeige auf und lernt die um einiges ältere Anna kennen. Sie beginnen eine rege Brieffreundschaft, verlieben sich, treffen sich schließlich – und werden in einer leidenschaftlichen, intensiven Beziehung glücklich.
Die Geschichte wird allein in den Briefen erzählt, die sich beide schreiben.

Ruth Gogoll: Verbotene Leidenschaft

Erotischer Liebesroman

Sich in die eigene Chefin zu verlieben, wenn diese augenscheinlich hetero ist, gehört in jedem Fall zu den Dingen, die eine Lesbe nicht tun sollte. Doch eine erwachte Leidenschaft läßt sich nicht einfach abschalten, und so gilt es, die Chefin zu bekehren – auch, wenn das mit reichlich Widrigkeiten einhergeht.

Ruth Gogoll: Wie ein Stern, der vom Himmel fällt

Erotischer Liebesroman

Weihnachtliches Plätzchenbacken gehört eigentlich in glückliche Familien. Wenn jedoch die unfreundliche Nachbarin nur für sich allein backt, dann ist das verdächtig. Und wenn diese Nachbarin zwar spröde, aber ungemein attraktiv ist und mit ihren schönen Augen lockt, dann erwacht der lesbische Jagdtrieb: Wenn schon Plätzchenbacken, dann bitte nur zu zweit ...

Ruth Gogoll: Eine Insel für zwei

Erotischer Liebesroman

Neunzehn Jahre alt und auf der Suche nach der großen Liebe: Das ist Andy, als sie Danielle kennenlernt, Besitzerin einer Werbeagentur. Danielle hält Liebe für eine Illusion. Sie lädt Andy zu einer Reise durch die Ägäis ein, doch fordert dafür einen hohen Preis.
Andy läßt sich darauf ein, weil sie Danielle liebt und hofft, daß Danielle auch lernen wird zu lieben. Fast scheint es, als hätte Andys Liebe eine Chance, doch da geschieht etwas Unvorhergesehenes ...

Tala Storm: Der lange Weg

Liebesfantasy in drei Teilen

Cay-La erwacht eines Morgens ohne Erinnerung. Sie schließt sich zunächst der schönen Kallisto an, doch als die eine Kriegerin töten will, wechselt Cay-La die Seiten. Zusammen mit der Kriegerin und ihrer Gefährtin versucht sie ihre Vergangenheit zu erfahren, die Erinnerung an sich selbst wiederzufinden. Eine nicht ungefährliche Reise ins Reich der Amazonen beginnt, denn der Zorn Kallistos begleitet sie ...

Ruth Gogoll: Ostereier

Erotischer Liebesroman

Eine Geschichte um Ostereier? Nein, eine Liebesgeschichte. Die Begegnung in einem Supermarkt kurz vor Ostern – ist sie Zufall oder Schicksal? Befördert der Einkauf von Obst und Gemüse die Liebe – oder hindert er sie an ihrer Erfüllung? Und was ist mit der geheimnisvollen Bemerkung, mit der alles begann?
Das alles sind Fragen, denen sich die beiden Protagonistinnen stellen müssen.
Werden sie eine Lösung finden?

Victoria Pearl: Sag's mit Rosen

Erotischer Liebesroman

Blümchen heißt das alte Wohnmobil, mit dem Jessie herumfährt und geradeheraus Frauen anbaggert. Leonie ist von dieser Masche nicht begeistert, doch sie kann sich Jessies Charme nicht entziehen. Eine gemeinsame Reise in dem engen Gefährt bleibt nicht ohne Folgen, aber Leonie befürchtet die baldige Trennung; wie wird Jessie sich entscheiden?

Julia Arden: Unter Verdacht

Liebesroman

Als Professorin eher distanziert, geraten Sylvias Gefühle immer mehr außer Kontrolle, während die Zusammenarbeit mit der Architektin Karen enger wird. Das Tüpfelchen auf dem i: Karen ist lesbisch. Sollte Sylvia tatsächlich etwas für Karen empfinden? Doch die Idylle wird jäh zerstört, als Karen wegen Kreditbetrugs verhaftet wird. Mit Sylvias Hilfe aus dem Gefängnis entlassen, machen sich beide auf die Suche nach dem wahren Täter und kommen sich dabei immer näher.

Sarah Dreher: Solitaire und Brahms

Liebesroman

»Wenn eine Frau, die Frauen liebt, keine Frau ist, wer dann?«
Beruflich erfolgreich, allgemein beliebt und frisch verlobt, wehrt sich Shelby dennoch gegen das traditionelle Rollenverhalten einer gehorsamen Ehefrau, in das ihre Umwelt sie drängen will. Als sie merkt, wieviel ihre neue Nachbarin Fran ihr bedeutet, beginnt sie die Puzzleteile in ihrem Leben endlich neu zu ordnen.
Sarah Dreher zeichnet in ihrem persönlichsten Roman ein einfühlsames, humorvolles und zugleich schmerzhaft realistisches Bild der sechziger Jahre, aus der Zeit vor Stonewall und Gay Pride, als eine »richtige Frau« sich nicht gegen gesellschaftliche Erwartungen auflehnen, geschweige denn in eine andere Frau verlieben durfte.

Victoria Pearl: Sonnenaufgang in deinen Armen

Erotischer Liebesroman

Luisa lernt in der Firma, in der sie arbeitet, Ingeborg kennen und fühlt sich sofort zu ihr hingezogen. Sie verläßt den Mann, mit dem sie seit sechs Jahren zusammenlebt, und versucht sich Ingeborg vorsichtig zu nähern. Ingeborg jedoch lehnt dies stets schroff ab. Als das Chorsingen sie beide ins Schweizerische Bergell verschlägt – gemeinsames Hotelzimmer mit Doppelbett – schlägt Luisas Stunde: Kann sie Ingeborgs Zuneigung gewinnen?

Julia Arden: Das Lächeln in deinen Augen

Roman

Beate sieht in Cornelia Mertens, ihrer neuen Chefin, zunächst nur das, was alle sehen: die kühle, distanzierte Geschäftsfrau. Liebe ist etwas für Träumer – aus dieser ihrer Meinung macht Cornelia kein Geheimnis.
Nach und nach lernt Beate aber eine ganz andere Seite an Cornelia kennen. Cornelia überrascht sie mit unerwarteter Fürsorge, Verständnis und einer seltsamen Mischung aus Heiterkeit und Ernst. Also doch harte Schale, weicher Kern? fragt sich Beate. Ist das äußere Erscheinungsbild nur Fassade für all die, die sich nicht die Mühe machen dahinterzuschauen? Oder sind Sanftmut und Charme nur Trick, Teil eines Planes? Nämlich dem, sie zu verführen? Letzteres wäre fatal für Beate, denn so oder so – sie hat sich in Cornelia verliebt.

Mehr Bücher von el!es?

Besuchen Sie unseren Webshop:

www.elles-shop.de

www.elles.de